Revier in Angst

Georg von Andechs ist das Pseudonym des Kriminalbeamten Jörg Ziemer, der seit fast fünfundzwanzig Jahren in seiner Heimatstadt Duisburg Verbrechern das Handwerk legt – mal mit mehr, mal mit weniger Erfolg. Seine dienstlichen Eindrücke und Erfahrungen verarbeitet er in seinen Büchern. Hauptsächlich bekannt ist er in Duisburg und Umgebung durch seine gesangliche Tätigkeit als Solotenor des Duisburger Polizeichores und des Vokalensembles »Restroom Singers«. Jörg Ziemer ist in zweiter Ehe verheiratet und Vater von vier Kindern.

Revier in Angst

Ruhrgebiets-Krimi

von

Georg von Andechs

Bibliografische Information der Deutschen Nationalbibliothek

Die Deutsche Nationalbibliothek verzeichnet diese
Publikation in der deutschen Nationalbibliografie, de-
taillierte biografische Daten sind im Internet unter
http://dnb.dnb.de abrufbar

© 2017 Jörg Ziemer

Herstellung und Verlag

BoD – Books on Demand, Norderstedt

ISBN: 978-3-7412-7363-6

Disclaimer

Alle geschilderten Ereignisse und beschriebenen Personen entspringen ausschließlich der Fantasie des Verfassers, wiewohl sie von tatsächlichen Geschehnissen und Personen inspiriert worden sein können.

Oder, um meinen großen Kollegen Dick Francis zu zitieren:

Meine Bösewichter sind alle erfunden. Meine Freunde könnten einige ihrer positiven Eigenschaften in den Helden wiederfinden.

Für meine Freunde,

    die mir auch an trüben Tagen den Mut geben,

        immer weiter zu machen.

Prolog

Das Herz des Mannes hämmerte in der Brust, als ob es die Rippen nach außen drücken wollte. Sein Atem ging keuchend und stoßweise, und er versuchte verzweifelt, sich an die Lektionen zu erinnern mit deren Hilfe er seinen Biorhythmus kontrollieren konnte, doch der Schmerz in seinem Unterleib hinderte ihn daran.

Als er die Hand vom Unterbauch nahm, verstärkte sich das zwischen seinen Fingern herausrinnende Blut zu einem stetigen Strom, der seine Hose rot färbte und sie an seinen Beinen kleben ließ. Hamit El Tannoui zerbiss einen Fluch zwischen den Zähnen und erhöhte schleunigst den Druck auf die Verletzung, deren Schwere ihm niemand zu erklären brauchte. Er lehnte sich schwankend an die nächste Hauswand und holte tief Luft, während seine Gedanken rasten.

Wie zum Teufel war er nur in diese verdammte Situation geraten? Was wollten diese Kerle von ihm? Und warum kam es ihnen offenbar darauf an, ihn zum Schweigen zu bringen? Hätte er doch nur seine Dienstwaffe dabei, dann könnte er sich schon verteidigen, aber so....

Hamit war Polizist, genauer gesagt: Kriminal-oberkommissar bei der Duisburger Fahndung. Da er aufgrund seines algerischen Vaters fließend Arabisch und Französisch sprach, hatte ihn seine Chefin vor knapp einer Woche damit beauftragt, die Abschiebung eines illegalen Marokkaners namens Nusret Jallanoui nach Marrakesch durchzuführen. Er hatte sich sehr auf den Trip in die

Wärme Nordafrikas gefreut, da das Wetter in Duisburg immer noch zwischen Sonne und Sintflut hin und her pendelte und er keinen Bock auf die nächste Bronchitis hatte. Jetzt wäre mir der Husten allemal lieber, dachte er und knirschte mit den Zähnen.

Der Transport des Marokkaners verlief völlig entspannt, und doch hatte sich Jallanoui aufgeführt wie ein Lamm, das zur Schächtung geführt wurde. In der Erinnerung verzog sich das Gesicht des Polizisten zu einem zynischen, bitteren Lächeln. Sein Beschuldigter hatte sich verzweifelt an ihn geklammert, als er feststellte, dass ihr Flugzeug nach Marrakesch gehen würde.

„Das dürfen Sie nicht tun", hatte er gefleht. „Die haben überall ihre Leute sitzen, und wenn sie mitbekommen, dass ich zurück bin und mit der Polizei geredet habe, bringen sie mich um."

Hamit hatte nur gelacht. Solche Redensarten waren ihm nicht neu, denn er hörte sie von jedem zweiten, den er in seine Heimat zurückbefördern durfte. Er lieferte Jallanoui also bei den marokkanischen Kollegen am Flughafen ab und genoss den Spaziergang durch eine sehenswerte Stadt, aus deren Schönheiten die Gärten und die Altstadt hervorragten. Der zentrale Marktplatz Jemaa el Fnaa war ihm nicht nur durch dessen ehemalige Funktion als Richtstätte bekannt, und er genoss die malerische Aussicht, während er die würzige Luft tief einatmete. Beim Anblick des Cafè Argana, in dem ein Terroranschlag vor einigen Jahren mindestens 14 Menschenleben gekostet hatte, sah sich der Polizist unwillkürlich um – und versteifte sich beim Anblick des Mannes, der eilig auf ihn zugelaufen kam und mit dessen Erscheinen er absolut nicht gerechnet hatte.

„Jallanoui! Was zum…. Wie sind Sie so schnell freigekommen? Ich dachte…" Sein ehemaliger Gefangener unterbrach ihn rüde, doch es war nicht die Unhöflichkeit, sondern die Todesangst im Gesicht seines Gegenübers, die den Polizisten verstummen ließ.

„Ich hatte es Ihnen doch gesagt, Herr Kommissar. Ich bin tot. Ich bin schon tot, weil ich einfach zu viel weiß. Sie haben die hiesige Polizei geschmiert und für meine Freilassung gesorgt, damit sie mich problemlos umbringen können. Dass ich bei der deutschen Polizei geschwiegen habe, wissen sie nicht, aber es ist auch irrelevant für sie, denn sie interessiert nur, dass ich etwas hätte sagen können."

„Also erzählen Sie schon, Mann! Vielleicht ist zu reden Ihre einzige Lebensversicherung", bot Hamit dem völlig Verängstigten an, doch der schüttelte nur den Kopf. „Nein. Reden allein hilft mir nicht. Ich muss Ihnen ganz schnell…"

Der Mann hielt im Wort inne, sah den Polizisten ungläubig an und torkelte auf ihn zu, bis er unmittelbar vor seinen Füßen in die Knie brach, während er sich nach einem Halt suchend in den Taschen der Windjacke des Fahnders festkrallte. Als El Tannoui am Rücken des Marokkaners herabsah, durchfuhr ihn ein Schock, denn auf seinem Hemd hatte sich ein großer roter Fleck ausgebreitet, der beständig anwuchs. Innerhalb eines Augenblicks durchzuckten zwei Gedanken Hamits Kopf. Jallanoui war kein Spinner, sondern jemand mit wichtigen Informationen, und das machte ihn zu einem lohnenden Ziel für einen Scharfschützen mit Präzisionsgewehr. „Sie haben es", flüsterte der Mann mit letzter Kraft. „Sie haben es, Herr Kommissar. Denken Sie an Fußpunkt. Und durch drei. Nicht vergessen. Durch drei! Laufen Sie. Schnell! Sie wollen viele töten, und zwar..."

Der Polizist musste nicht auf den sich aufbäumenden Jallanoui sehen um zu wissen, dass dieser ein zweites Mal getroffen worden war. Der scharfe Schmerz in seinem Unterleib bewies nur zu deutlich, dass die tödliche Kugel den Körper des Mannes vor ihm durchschlagen und auch ihn getroffen hatte. Er presste die rechte Hand auf die Wunde, ließ den toten Jallanoui zu Boden gleiten und tat, wie ihm geheißen worden war. Hamit El Tannoui lief um sein Leben, während die Menschen um ihn herum zu schreien begannen und er mit der Linken sein Handy aus der Jackentasche nestelte, um die örtliche Polizei zu rufen. Doch dort meldete sich nur eine Bandansage.

Hamit fluchte wild und wartete, bis das Piepsen ihm zeigte, dass er jetzt eine Nachricht hinterlassen könne. „Hier ist der deutsche Polizist. Jallanoui ist ermordet worden, und ich bin angeschossen. Helft mir! Ich versuche zu entkommen. Ortet mein Handy."

Das Adrenalin verlieh ihm zunächst eine ungeahnte Kraft, und er versuchte, in die Gassen der Altstadt zu entkommen, doch schon an der Ecke zur Avenue El Mouhahidine jaulte der erste Querschläger an seinem Kopf vorbei, was ihm bewies, dass er seine Verfolger nicht hatte abschütteln können. Die Wunde brannte und pochte, und das Blut sickerte durch seine verkrampften Finger. Das Hotel, dachte er fiebrig, während er sich blindlings im Zickzack durch die engen Gassen schlängelte. Da muss ich hin. Dort wird die Polizei mich finden.

Er hatte gehofft, in der Menschenmenge untertauchen zu können, doch die einheimischen Händler und Passanten wichen entsetzt vor den vorbeihastenden Verwundeten zurück. Dennoch gelang es ihm, sich immer weiter vom Marktplatz zu entfernen, ohne dass nochmals auf ihn geschossen wurde, doch als er um die letzte Ecke bog und auf das Hotel Almoravides zueilte, konnte Hamit schon auf hundert Meter Entfernung sehen, dass zwei verdächtig aussehende Männer vor dem Eingang standen und sich suchend umsahen. Verzweifelt zerbiss der Polizist einen Fluch zwischen den Zähnen, taumelte in das Parkhaus des Hotels, schaffte es irgendwie in die dritte Etage und versteckte sich hinter einem geparkten Mercedes. Hamit wusste, dass es nur eine Frage der Zeit sein würde, bis die Verfolger ihn finden würden. Er beschloss, diese Zeit mit Nachdenken zu verbringen.

Was hatte Jallanoui damit gemeint, als er sagte „Sie haben es, Herr Kommissar?" Was hatte er? Wissen? Irgendetwas Materielles? Der Polizist schüttelte den Kopf, und plötzlich erinnerte er sich.

Als Jallanoui vor ihm zusammengebrochen war, hatte es sich nicht so angefühlt, als wolle er sich festhalten. Eher schien es, als würde er seine Hände in die Jackentaschen schieben. El Tannoui überprüfte mit der Linken seine Tasche und ertastete dort einen Gegenstand, den er herauszog und verblüfft betrachtete. Er war klein und daher sehr leicht zu übersehen gewesen. Kein Wunder, dass Jallanoui ihn hatte verstecken können. Es war eine Micro SD-Karte.

Schnelle, leise Schritte näherten sich, und mit einem Anflug von Zynismus dachte Hamit, dass er den Inhalt des Datenträgers wohl kaum in Ruhe würde auswerten können. Kurzerhand schob er die Karte in sein Handy, kopierte das Gespeicherte, wählte aus den Kontakten wahllos einem kompletten Buchstaben und drückte auf ‚senden an alle'.

Die Nachricht war gerade übermittelt, als ein Schatten auf den Polizisten fiel. Instinktiv schleuderte er sein Handy in Richtung des Verfolgers, der blitzschnell auswich und seelenruhig verfolgte, wie das Handy an der Garagenwand zerplatzte. Die Gestalt entpuppte sich als ein großer Mann mit braunem Teint, der in einen hellgrauen Sommeranzug gekleidet war und unter dessen linker Achsel sich das Schulterhalfter deutlich abzeichnete. Als ein mordlüsternes Grinsen das Gesicht des Mannes überzog, schloss Hamit die Augen und erwartete den Tod. Ich hätte nie gedacht, dass es mich mal in Afrika erwischt, dachte er matt.

„Wo ist es?" flüsterte der Auftragsmörder. „Sag es, dann stirbst du schneller." Der Angesprochene öffnete mühsam die Augen, und gegen seinen Willen sah er die Trümmer seines Handys an. „Ach, so schlau warst du", höhnte der Angreifer. „Es nützt dir aber nichts." Er sammelte die Bruchstücke des Mobiltelefons ein und wandte sich dem stöhnenden Polizisten zu, der sich mit einiger Mühe wieder aufgerappelt hatte.

Hamit witterte Morgenluft als hinter seinem Angreifer Sirenen erklangen, doch die leise Hoffnung machte der Killer sofort wieder zunichte. „Sie kommen zu spät", grinste er, machte zwei schnelle Schritte auf den Polizisten zu und drückte ihn rückwärts gegen die hüfthohe Mauer. „Ich wünsche dir einen guten Flug". Er trat einen Meter zurück und zog die Arme an, um nochmals zuzustoßen.

Der ist fertig und leistet keinen Widerstand mehr, dachte der Killer abschätzig. Er beobachtete amüsiert, wie der Beamte wohl zum Abschätzen der Fallhöhe nach unten sah, doch plötzlich erstarrte sein Gesichtsausdruck, denn sein Opfer hatte sich umgedreht, war mit letzter, unerwarteter Kraft auf die Mauer gesprungen und hatte sich abgestoßen, als wolle es an einem Wettbewerb im Turmspringen teilnehmen.

Die Sirenen wurden jetzt lauter, und das auf dem Parkdeck auftauchende Polizeiauto hinderte den Attentäter daran, die Landung El Tannouis zu verfolgen. Er wandte sich ab, ging zu seinem unauffälligen Renault und fuhr unbehelligt in dem Bewusstsein davon, seinen Auftrag erfolgreich ausgeführt zu haben.

Er sah nicht, wie die beiden marokkanischen Polizisten aus ihrem Auto sprangen, nachdem sie von unterhalb des Parkhauses hysterische Schreie vernommen hatten. Als sie sich über die Brüstung beugten sahen sie, wie ein offenbar bewusstloser Mann von zwei Hotel-Securities aus dem Pool gezogen wurde, dessen Wasser sich rot zu färben begann. Bei ihrer Ankunft am Schwimmbecken kämpfte sich Hamit noch einmal aus der Ohnmacht zurück und sah seine Kollegen eindringlich an. „Er sprach

Deutsch", flüsterte er. „V…". Dann fiel sein Kopf zur Seite.

„Was sollte das bedeuten?", fragte der Security einen der Polizeibeamten, doch der winkte nur ab. „Nichts von Bedeutung. Er muss echt schon im Delirium gewesen sein. Er meint doch glatt, einen deutsch sprechenden Pfau gesehen zu haben…"

Eins
28. Mai, Vormittag

„Ventura Versicherung, guten Morgen, Sie sprechen mit…" – „Ich weiß, mit wem ich spreche, meine Süße", unterbrach Klaus Heppner seine Marion und machte ein unmissverständliches Kussgeräusch. Marion lachte hell auf. „Tja, welch ein Glück, dass ich deine Stimme erkannt habe, sonst hättest du schon ein Verfahren wegen sexueller Belästigung an der Backe", flachste sie. „Was gibt es denn so Dringendes, dass du mich vom Dienstapparat mit unterdrückter Nummer anrufst? Ist es was Dienstliches, oder…"

„Nö", knurrte Heppner betreten. „Ich habe nur blöderweise mein Handy zu Hause liegengelassen, als ich zum Dienst gefahren bin. Bis zu meiner Rückkehr nach Feierabend bin ich also nur über meine Büronummer oder mein Diensthandy zu erreichen."

Seine Frau seufzte leise. Derartige Schusseligkeiten waren ihr nichts Neues. „Na gut, es liegt aber auch nichts Besonderes an, oder?" Heppner grunzte bestätigend. „Nur Routinefälle. Drei Leichensachen, die ich büromäßig abzuarbeiten habe. Darunter sind zwei über 90 Jahre alte Insassen eines Pflegeheimes mit Krebs im Endstadium, und der dritte Tote ist ein Industriearbeiter, der vor 14 Tagen von einem Gerüst 10 m tief gestürzt, mit dem Kopf zuerst gelandet und jetzt an den Unfallfolgen verstorben ist. Eigentlich alles sonnenklar, aber die Ärzte haben auf den Totenscheinen jedes Mal ‚unklare Todesursache' angekreuzt. Also kommen wir ins Spiel." Heppners Missvergnügen war auch für Uneingeweihte deutlich zu hören.

„Ach du Ärmster", spöttelte Marion. „Es gibt wohl keine interessanten Tätigkeiten mehr für euch. Irgendwie seid ihr Mordermittler doch ein bisschen schizophren. Wenn viel los ist, jammert ihr über die Belastung, und wenn nichts zu tun ist, über Langeweile. Ich wette, du würdest eine ganze Menge für eine wirklich spannende Mordkommission geben."

Klaus Heppner stimmte ihr gedanklich uneingeschränkt zu. Er wusste nicht, dass er nur wenige Tage später viel darum gegeben hätte, wieder gelangweilt zu sein…

***

„Wir haben gerade die Meldung einer Streifenwagenbesatzung aus Rahm bekommen, die ziemlich ominös klang. Einerseits ein Suizid, andererseits möglicherweise ein Einbruch mit einem Toten. Der Streifenbeamte klang aufgeregt und verstört. Klaus, fahre mit Marco zur Adresse Am Golfplatz 24 und sieh dir die Sache an. Ich bin hier mit höchst wichtigen Verwaltungsaufgaben beschäftigt und daher unabkömmlich. Unser Erkennungsdienst steht Gewehr bei Fuß und wird dich unterstützen, wenn du ihn anforderst." Heppner nickte ergeben und rollte die Augen. Noch mehr Routinekram, dachte er angewidert. Vielleicht hat sich der Bursche umgebracht, weil bei ihm eingebrochen und die Sammlung von Kinderpornos geklaut wurde. Er schüttelte den Kopf und rief sich selbst zur Objektivität auf. Nicht spekulieren, hielt er sich vor. Erst mal zählen die Fakten.

Marco de Koning, Kommissaranwärter des Bundeskriminalamtes und während seiner Ausbildung dem KK 11 beim Polizeipräsidium Duisburg zugeordnet sah Heppner mit strahlenden Augen an. Der altgediente Polizist musste sich ein Grinsen verkneifen, als er den Eifer in der Miene des jungen Kollegen bemerkte. So idealistisch war ich auch mal, dachte Heppner melancholisch, bevor der polizeiliche Alltag mein Weltbild verändert hat. Er winkte de Koning zu sich, der ihm ins Geschäftszimmer folgte, wo er sich von einer frustriert aussehenden Regierungsbeschäftigten Nadine Resznick einen Dienstwagen aushändigen ließ.

„Was ist denn mit dir, Nadine? Du machst ein Gesicht wir drei Tage Regenwetter. Dabei solltest du dich freuen, weil du doch vor der Höhergruppierung stehst." Seine Kollegin schnaubte in einer Art, die Heppner nur zu gut kannte. Ihm schwante Übles.

„Ach, ja? Diese Höhergruppierung ist eine einzige Verarsche. Stimmt, ich bin dann nicht mehr in Stufe 4, sondern in Stufe 6, was im Grundgehalt einen Lohnzuwachs wegen der gesteigerten Verantwortung bedeutet. Das Grundgehalt ist aber nur eine Komponente des Gesamtlohns. Es kommen nämlich noch die so genannten Erfahrungsstufen hinzu, das heißt wie lange ich schon in der jeweiligen Entgeltstufe bin. Ich habe gerade gerechnet und festgestellt, dass ich durch Höhergruppierung und gleichzeitige Reduzierung der Erfahrungsstufe pro Monat 75 € weniger ausgezahlt bekäme. Da niemand für höher qualifizierte Arbeit weniger Geld bekommen darf, erhalte ich eine Ausgleichszahlung, die sich aber mit jeder Gehaltserhöhung weiter reduziert, und bis ich tatsächlich mal mehr Geld bekomme, stehe ich kurz vor der Rente. Ist doch geil, oder?! Nee, ich denke, ich werde die Höhergruppierung ablehnen – und die damit verbundene Mehrarbeit einfach verweigern. So einfach ist das."

Heppner blieb die Luft weg. Fairness bei Tarifverhandlungen erwartete er schon lange nicht mehr, seitdem die Landesregierung nur durch Verfassungsklagen dazu gebracht werden konnte, die Tarifabschlüsse im öffentlichen Dienst anzuerkennen. Dass jemand für höher qualifizierte Arbeit letztlich weniger Geld bekommen sollte hatte er aber nicht erwartet. Er winkte de Koning zu, der ihm ergeben wie ein junger Hund zum Dienstwagen folgte.

„Wir sehen uns die Angelegenheit erst mal an. Du machst nichts und beobachtest genau was ich mache, klar?" Heppner bog auf die A 59 in Richtung Süden ein und sah mehr auf die Benzinpreise als auf seinen Kollegen. 1,25 € für einen Liter Super. Dass ich so etwas noch mal erleben darf… Er trat aufs Gas, und gehorsam schoss der Xedos 6 über die Autobahn, deren traditioneller Name ‚Nord-Süd-Achse' langsam in Vergessenheit geriet.

„Wann reißen sie die Dinger da eigentlich mal ab? Ist doch ein totaler Schandfleck", bemerkte de Koning und deutete auf die Ruinen der Gebäude auf dem Güterbahnhofsgelände, welches im Rahmen der Loveparade 2010 zu trauriger Berühmtheit gelangt war. Heppner schnaubte nur. „Was fragst du mich? Frag lieber die Fuzzis im Stadtplanungsamt, oder noch besser diesen Möbelheini, der das Gelände gekauft hat und jetzt alles verfallen lässt, weil …. ihm die Stadt keine maßgeschneiderten Straßen bis vor die Tür baut, er die Erschließungskosten zurückerstattet haben will… was immer er sich halt an Ausreden einfallen lässt. Und währenddessen baut er in einer Nachbarstadt genauso ein Center. Jeder kann sich ausmalen, dass er einen zweiten Laden in unmittelbarer Nähe garantiert nicht bauen wird, nur die Großkopfteten der Stadt merken nix. Die sind doch sowieso alle unfähig, verfilzt oder korrupt."

De Koning nickte und sank etwas tiefer in den Beifahrersitz. Er wusste, dass weitere Fragen an seinen Tutor vergeblich sein würden, so lange dieser eine solch miese Laune hatte. Der junge Polizist verschränkte die Arme und starrte wortlos durch die Windschutzscheibe.

Der Weg nach Rahm dauerte lediglich eine Viertelstunde, dann standen die beiden Ermittler vor einem 14-geschossigen Hochhaus, das entgegen populärer Vorurteile einen sehr gepflegten Eindruck machte. Ein Streifenwagen mit eingeschaltetem Blaulicht stand quer im Zugang, und der Rest des Weges war mit rotweißem Flatterband abgesperrt. Heppner und de Koning bückten sich unter dem Band durch, als ein uniformierter Kollege sich ihnen in den Weg stellte.

„Sie können hier nicht rein... ach, du bist es, Klaus. Ich hatte dich nicht erkannt, entschuldige." POK Marco Pezzoli schüttelte den beiden Kriminalbeamten die Hand und führte sie um die Ecke des Hochhauses in Richtung des Hauseinganges, wo er ihnen bedeutete anzuhalten. Heppner sah die Bescherung schon auf den ersten Blick, seine Berufserfahrung ließ ihn sofort eine unsichtbare Wand aufbauen, die es ihm ermöglichte, den Anblick abzublocken, doch de Koning, der nicht über diese Fähigkeit verfügte, war dem optischen Eindruck schutzlos ausgeliefert. Er verfärbte sich, wandte sich ab, rannte zum Zaun und entledigte sich würgend seines Frühstücks.

„Wir vermuten, dass es sich bei dem Toten um Sebastian Vorholt handelt. Zu erkennen ist er nicht mehr so gut, aber er hatte seinen Pass in der Tasche. Er wohnte hier im 12. Stock, und gegenüber seiner offen stehenden Wohnungstür befinden sich am Geländer des offenen Flures einige Spuren, die von seinen Schuhen stammen könnten. Der Notarzt meinte, die Verletzungen würden zu einem Sturz aus dem 12. Stock passen. Da ist aber auch das einzige, was hier stimmig ist. Na gut, manche Opfer eines Einbruchs sind darüber schockiert, wenn jemand in ihren Intimbereich eindringt, aber sich gleich umzubringen.... Ich weiß nicht. Bei der Sache habe ich ein sehr mulmiges Gefühl."

Ich auch, dachte Heppner mit trockenem Mund. Er zog sich einen Spurensicherungsanzug über und ging zu dem Toten, wobei er seinen Weg sorgsam markierte. Die ausgebreitete Blutlache zeigte nur zu deutlich, dass aufgrund der multiplen Verletzungen wohl ein erfahrener Pathologe erforderlich sein würde. Viel Spaß, Professor

Kürten, dachte Heppner gallig, sah sich das Gesicht des Toten an und sog scharf die Luft ein, bevor er sich zu dem leichenblassen Marco de Koning umdrehte.

„Ruf Detlef an. Er soll uns die Jungs von der Spurensicherung herschicken, und sie sollen sich auch die Wohnung genau vornehmen. Das hier war kein Suizid, sondern ein Tötungsdelikt." – „Sicher?", fragte de Koning nervös, und Heppner nickte.

„Der Mann ist mit der rechten Körper- und Kopfseite aufgeschlagen, wo er sich wahrscheinlich jeden Knochen gebrochen hat. Er hat aber außerdem Platzwunden an der linken Augenbraue und dem Jochbein, und last but not least – eine Strangfurche am Hals. Was außer massiver äußerer Gewalt könnte solche Spuren hinterlassen?"

„Ein Einbruch, der aus dem Ruder gelaufen ist?", mutmaßte Pezzoli. Heppner seufzte nur. Die Antwort auf diese Frage zu finden wird uns einige Zeit kosten, dachte er.

Er ahnte nur noch nicht, dass ihm und seinen Kollegen die Zeit bald davonlaufen würde…

***

„Hier ist Mehdi. Wir haben den ersten Hund auf der Liste eingeschläfert", erklang die Stimme aus dem Lautsprecher des Smartphones. Der Empfänger der Nachricht lächelte zufrieden, stellte aber doch noch eine Frage.

„Und die andere Sache, um die ihr euch kümmern solltet? Ist das auch erledigt?" – „Spurlos", bestätigte der Mehdi genannte nickend, ohne zu überlegen, dass sein Gesprächspartner dies natürlich nicht sehen konnte. Er beendete das Gespräch mit „Allahu Akbar" und sah hinüber zu dem Hochhaus, wo die hektische Aktivität vor seinem Eingang ihn milde lächeln ließ.

Die gesamte Aktion war wie geplant abgelaufen. Sie waren unter einer Legende in das Mehrfamilienhaus gelangt, hatten die Wohnungstür ihrer Zielperson geräuschlos geöffnet und sofort damit begonnen, die Zimmer so herzurichten, dass jeder bei dem Anblick an das Werk eines stümperhaften Einbrechers denken musste. Danach hieß es nur noch: warten.

Das Opfer hatte keine Chance gegen ihn und seinen Kumpan Mahmut gehabt. Als er die Wohnung betrat, waren sie über ihn hergefallen, hatten ihn überwältigt und auf ihn eingeprügelt, bis er alles gesagt hatte was er wusste. Mehdi hatte schon begonnen den Mann zu erdrosseln, als Mahmut ein besserer Gedanke kam. Ein Hieb gegen seine Schläfe raubte dem Opfer umgehend das Bewusstsein, so dass es kein Problem gewesen war, ihn über die Balustrade zu werfen. Der Anblick des Toten hatte die Hausbewohner so gefesselt, dass die Mörder wenige Minuten später mühelos durch den Kellereingang verschwinden konnten, ohne im Mindesten beachtet zu werden. Nein, sie waren sich sicher, dass niemand sie wiedererkennen würde.

Mehdi seufzte, steckte sich eine Zigarette zwischen die Lippen und griff in die Tasche, um die Streichhölzer herauszuholen. „Die Dinger werden noch dein Tod sein", knurrte Mahmut, der sich gerade aus dem Overall schälte. Sein Partner zuckte nur die Schultern. „Wer will schon ewig leben", antwortete er lakonisch und suchte weiter in seinen Taschen nach Feuer. Mahmut rollte die Augen, griff in die Hosentasche und hielt seinem Kumpan ein Feuerzeug hin. „Dann habe ich bei dir was gut."

Sein Freund nickte, zündete seinen Glimmstängel an und inhalierte tief, bevor auch er sich aus dem Arbeitsanzug schälte und diesen in den Laderaum des Fiat Ducato warf, den sie für die Aktion benutzt hatten. „Wenn ihr in ein Haus mit mehreren Mietparteien müsst, gibt es keine bessere Legende als sich als Maler oder Klempner zu tarnen", hatte ihr Chef ihnen geraten. „In solchen Häusern ist immer was zu renovieren oder zu reparieren, und die Zeugen sehen nur auf die Overalls und nicht auf die Gesichter." Natürlich hatte er recht gehabt – wie sich gerade gezeigt hatte.

Die Kleidung würde in ein paar Stunden hundert Kilometer entfernt zusammen mit dem Lieferwagen in Flammen aufgehen. Die beiden Araber wussten, dass die Meldung der dortigen Polizei wahrscheinlich niemals in Zusammenhang mit ihrer Tat gebracht werden würde. Mehdi zog noch einmal an seiner Zigarette, warf den Rest auf den Boden und stieg in den Transporter. Als Mahmut anfuhr, zog er eine Liste aus der Tasche und reichte sie seinem Partner, der die erste Position sorgfältig durchstrich.

„Und jetzt?", fragte Mehdi. „Nehmen wir die zweite Duisburger Nummer?" Mahmut schüttelte den Kopf. „Das wäre zu gefährlich. Wir sollten die Bullen nicht unterschätzen. Ab und zu ist da mal ein kluger Kopf dabei, der genial genug ist, die Zusammenhänge zu erkennen. Nein, wir gehen die Liste der Reihe nach durch. Wir entsorgen den Wagen, und dann kümmern wir uns um den zweiten Hund. Wie ich sehen kann, ist es sogar eine Hündin…"

***

„Sein Blutdruck ist stabil, der Puls und die Herzfrequenz regelmäßig, und durch die Trepanation haben wir den Hirndruck gesenkt. Sehen Sie, wie gut das EEG aussieht! Trotzdem wacht der Mann einfach nicht auf. So langsam aber sicher fürchte ich, dass das Koma irreversibel ist." Professor Jamal Al-Hatoumi, Chefarzt der Neurologie im Centre Hospitalière Universitaire Ibn Rochd in Casablanca sah frustriert auf seinen Patienten herunter, der reglos vor ihm im Bett lag.

„Ist es vielleicht die Schusswunde im Unterbauch, Herr Professor? Könnte sich da eine Sepsis gebildet haben, die ihn vergiftet und das zerebrale System angegriffen hat?" Oberarzt El-Motassir sah seinen Chef fragend an, doch der wehrte ab. „Auf keinen Fall! Die Blutwerte waren erstklassig, und die Wunde ist nach Entfernen des Projektils von den Kollegen in Marrakesch sofort versorgt worden, bevor man den Patienten hierher verlegt hat. Nein, daran liegt es nicht. Das Problem dürfte der sturzbedingte Hirnschaden sein."

Der Mediziner wandte sich bedauernd ab. So ein Jammer, dachte er. Allah ist nicht immer gerecht. Vielleicht müssen wir doch versuchen, ihn mit leichten Elektroimpulsen zu wecken. Bei so einem jungen Mann haben wir vielleicht eine Chance.

Während sich die Tür hinter den beiden Ärzten schloss, bewegte der Mann im Bett keinen Muskel, und nicht einmal seine Lider flatterten. Niemand konnte sehen, dass hinter den geschlossenen Augen die Verzweiflung wuchs wie ein Krebsgeschwür.

Hamit El Tannoui war schon drei Tage nach der Operation an seinem Kopf wieder aufgewacht und hatte sofort nach einer Schwester gerufen, die ihn aber wohl nicht gehört hatte. So dachte er jedenfalls. Erst als ein Pfleger hereinkam und dieser auf den Kontaktversuch wieder nicht reagierte hatte er bemerkt, dass er wie versteinert im Bett lag und nicht in der Lage war, sich der Umwelt mitzuteilen. Warum kann ich mich nicht bewegen, dachte der Polizist wie unzählige Male zuvor, und wieder und wieder versuchte er, zumindest seine Finger mit einem Befehl zu erreichen, doch es tat sich nichts. Fast eine Stunde kämpfte der Polizist ebenso energisch wie vergeblich um die kleinste Bewegung, bevor er erschöpft aufgab. Morgen versuche ich es wieder, dachte er, bevor er in einen tiefen Schlaf fiel. Er sah und hörte daher nicht, wie sich zwei Stunden später die Tür öffnete und zwei Gestalten den Raum betraten. Doch genau in diesem Moment zuckte sein rechter Zeigefinger zweimal auf und ab.

***

„Hast du das gesehen, Tom? Hast du es auch bemerkt?" Der Angesprochene schüttelte den Kopf. „Nee, Hanna. Ich habe nix gesehen, und wenn eine Bewegung da war und dich das Licht hier im Raum nicht getäuscht hat, war das sowieso nur ein ungesteuerter Reflex. Immerhin wachsen die Haare wieder. Ist aber nur ein schwacher Trost." Tom Hermanns deutete auf den Kopf des katatonischen Patienten und seufzte tief.

„Ich hätte nicht gedacht, dass wir unsere erste gemeinsame Urlaubsreise dazu benutzen, schwer verletzte Kollegen zu besuchen. Eigentlich wollten wir an den Strand, Basare besuchen und auf Kamelen durch die Wüste reiten."

Hanna Karl sah ihn an und verzog missbilligend ihr Gesicht. „Wenn wir schon mal da sind… Du hast doch schon von der Theorie gehört, dass im Koma liegende eine ganze Menge von dem mitbekommen, was um sie herum passiert." – „Ja, und ich glaube auch an Telepathie", ulkte Hermanns, was ihm einen erneuten Rippenstoß einbrachte. Tatsächlich hatten sich die beiden Duisburger Polizisten während ihres Urlaubs in Marokko spontan zu einem Tagesausflug nach Casablanca entschlossen, der mit einer Stippvisite in der Moschee Hassan II. begonnen hatte und sich unvermeidlich mit einem Besuch in Rick's Café (ja, das gibt es wirklich) fortsetzte. Natürlich hatte Tom Hanna tief in die Augen geblickt und frei nach Humphrey Bogart „Ich hau dir auf die Augen, Kleines" gemurmelt, was sie dazu brachte, verzweifelt mit den angesprochenen Sinnesorganen zu rollen. Später kamen sie auf die Idee, bei Hamit El-Tannoui vorbeizuschauen, dessen schwere Verletzung alle Duisburger Kollegen schockiert hatte. Aufgrund des Hirnschadens, die sich ihr Kollege beim Aufprall an den Beckenrand des Swimmingpools zugezogen hatte, war an einen Rücktransport nach Deutschland noch nicht zu denken gewesen.

„Und ich habe doch gesehen, dass er sich bewegt hat", zischte Hanna verdrossen und wandte sich ab. Tom seufzte und schlag seine Arme um seine Freundin. „Streite ich ja nicht ab. Ich denke nur…" Hermanns erstarrte, und seine Reaktion ließ auch Hanna noch einmal hinsehen.

Es war mehr ein Zittern, und von einer Absicht konnte bei der schwachen Bewegung der rechten Hand El-Tanouis bestimmt nicht gesprochen werden. Dennoch entfuhr Hanna ein schwacher Schrei.

„Da! Ich hatte doch recht! Er…" – „Jetzt mach dir keine übertriebenen Hoffnungen, Hanna", dämpfte Tom die Freude seiner Liebsten. „Das alles können schwache Reflexe des Unterbewusstseins sein…. Hee, lass das!" Er versuchte Hanna festzuhalten, die aus seinen Armen an Hamits Bett geeilt war und ihren Kollegen heftig in den

Arm kniff. Dessen einzige Reaktion war ein heftiges Schnauben durch die Nase, was Hanna enttäuschte.

„Schluss jetzt, Hanna", mahnte Tom streng. „Du hast doch nicht geglaubt, einen Komapatienten durch Kneifen aufwecken zu können. Wenn du das schaffst, ist dir der Medizin-Nobelpreis sicher. Komm jetzt, wir fahren wieder. Wenn du willst, können wir vor unserer Abreise ja noch mal herkommen."

Hanna nickte und folgte ihrem Freund aus dem Zimmer. Sie drehte sich nicht um, wodurch ihr etwas Interessantes entging. Hamit war tatsächlich durch den Schmerz in seinem Arm aufgewacht, und er hatte das Schnauben seines Körpers, der ihn wie ein Gefängnis umschloss, bewusst wahrgenommen. Jetzt reproduzierte er diese Impulse, und er stieß Luft durch die Nase aus. Der Lufthauch war schwach und kaum von einem normalen Atemzug zu unterscheiden, und dennoch füllte sich Hamits Geist mit wildem Triumph. Er verdrängte die Müdigkeit und konzentrierte sich auf seine Atmung, bis er gezielt deutlich vernehmbare Luftstöße abgeben konnte. Geistig lachte er in wilder Freude auf. Nun kann ich ihnen zeigen, dass mein Geist noch lebt, dachte er. Ich werde mich verständlich machen können und ihnen berichten was ich weiß. Mit diesem Gedanken schlief er zufrieden ein, und vielleicht war wirklich die Spur eines Lächelns auf seinem Gesicht zu sehen.

Zwei

28. Mai, Nachmittag

„Nö, die Wohnung sieht keinesfalls aus wie ein Schlachtfeld", berichtete Ede Vollstraß den Mitgliedern der einberufenen Mordkommission, die seinen Worten gebannt lauschten. „Die Täter sind dort eher mit chirurgischer Präzision vorgegangen."

Klaus Heppner sah sich um und nickte den Kollegen, die rund um den großen Besprechungstisch herumsaßen, nacheinander zu. Da Detlef Schall, der Leiter des KK 11 morgen in den Urlaub gehen sollte und die Stellvertreterposition derzeit vakant war, hatte Volkhard van Dyke, der Leiter der Kriminalinspektion 1 ihn zum Leiter der Mordkommission ernannt. „Sie verstehen doch von allen hier am meisten davon", hatte er Heppner zugeflüstert, „und außerdem können Sie sich so im Rennen um den mit A 12 dotierten Stellvertreterposten positionieren." Die Botschaft hör ich wohl, allein fehlt mir der Glaube, hatte Heppner frei nach Goethe gedacht, aber sich in sein Schicksal gefügt. Aktiv an den Ermittlungen teilzunehmen hätte ihm besser gefallen.

„Ich habe schon eine Menge Türen gesehen, die mit sanfter Gewalt geöffnet worden sind, aber hier waren die Spuren echt nur mit der Lupe zu entdecken. Echt professionell, ich könnte es nicht besser. Kein Wunder, dass Vorholt nichtsahnend zur Tür reingekommen ist und die Täter keine Mühe hatten, ihn zu überwältigen."

„Die Täter, Ede? Bist du sicher, dass es mehrere waren?", fragte Steffi Cornelius, die seit einem halben Jahr Dienst beim KK 15 versah, sich dort um Pkw-Diebe kümmerte und die Abwechslung in einer Mordkommission spürbar genoss. Ede zog einen Flunsch und sah Heppner an.

„Du hast den Toten ja gesehen, Klaus. Er war zwar nur 170 cm groß, wog aber fast 120 kg. So sieht mal halt aus, wenn man seine gesamte Freizeit nur als Gamer vor dem Rechner verbringt und keine Bewegung hat – es sei denn, man stiefelt in die Küche, um sich Pizza, Döner und Burger heiß zu machen. Das war nämlich der Inhalt seines Kühlschranks – zusammen mit Bier und Cola. Typisch für die Playstation-Generation." Ede schnaubte angewidert, bevor er weiter berichtete.

„Also ich kenne keinen, der einen solchen Koloss allein ohne fremde Hilfe über das 1,30 m hohe Geländer bugsiert. Das traut sich nicht mal Ulli Teichert zu, mit dem ich den Tatort aufgenommen habe, und der muss es wissen". Die Kollegen nickten beeindruckt. Ihr Kollege Ulli Teichert war immerhin deutscher Rekordhalter im Bankdrücken. Ede grunzte nur und fuhr mit seinem Bericht fort.

„Selbst zu zweit hat man dabei Schwierigkeiten. Dürfte auch der Grund gewesen sein, dass wir Spuren an Mauer und Geländer gefunden haben, die den Schrammen an seinen Schuhspitzen entsprechen. Ein kleiner Stein im Rauputz hat eine waagerechte Kerbe in seine linke Schuhspitze gezogen; also wurde er liegend über das Geländer gewuchtet."

„Gesprungen ist er wohl kaum selber", spottete Peter Elgert, der wieder einmal dabei war. „So sportlich wie er war hätte er zum Übersteigen der Mauer eine Trittleiter gebraucht, und die glänzte ja durch Abwesenheit." – „Du willst wohl Tom Hermanns ersetzen", flachste Willi Beugen zurück. „Dessen Späße sind aber besser. Also gib dir keine Mühe."

Peter Elgert rollte nur die Augen. „Spielverderber", murmelte er. Klaus Heppner räusperte sich schnell, um wieder Ernst einkehren zu lassen. „Sonst noch was, Ede?", fragte er, und der Angesprochene nickte heftig.

„Und ob, Klaus. Ehrlich gesagt, fange ich erst an. Ulli und ich haben uns die Wohnung zentimeterweise angesehen. Leute, das war kein Einbruch. Dazu habe ich zu viele echte Tatorte aufgenommen. Gut, es waren Schubladen herausgezogen und Schranktüren geöffnet, aber irgendwie hatte ich sofort ein mulmiges Gefühl, und Ulli ging es genauso. Wir haben uns also die geöffneten Fächer mal genauer angesehen und fanden die Unordnung nur sehr oberflächlich. Wer als Einbrecher Wäsche aus dem Schrank zieht, hebt sie nicht an oder stopft sie zurück, sondern lässt sie fallen. Und er übersieht auch keine Kellnergeldbörse mit 8000 €."

Ein Raunen ging durch die Kollegenschaft, und Heppner nickte Ede anerkennend zu. „Okay, ein Punkt für dich. Und was war noch auffällig, außer dass nichts entwendet wurde?"

Vollstraß runzelte die Stirn. „Wer hat denn gesagt, dass nichts fehlt? Klar haben sie Bargeld übersehen, aber mitgenommen haben sie was, und ich glaube, sie haben genau danach gesucht. Obwohl wir den Karton eines Smartphones der neuesten Generation gefunden haben, war kein Gerät in der Wohnung – und auch er selbst hatte keins in den Taschen. Er muss aber ein Handy besessen haben, weil die Rechnung des Providers aus dem letzten Monat noch im Schrank lag.

Als wir uns den PC angesehen haben, stellten wir fest, dass rundherum alle möglichen Spielekartons lagen. GTA, World of Warcraft, Assassins Creed, Call of Duty…. alles da, und der PC sah nach neuester Hardware aus. Was jedoch fehlte, waren externe Festplatten, und als ich mir den Tower mal näher besah stellte ich fest, dass nahezu alle Anschlüsse abgezogen waren. Nicht mal der Monitor war eingestöpselt.

Ich habe also den Tower hochgehoben, und plötzlich fielen mir die Seitenteile des Gehäuses entgegen. Der PC war aufgeschraubt und die Festplatte ausgebaut worden. Wer immer in diese Wohnung eingedrungen war, hatte es auf Vorholts Daten abgesehen. Ich frage mich nur, warum."

„Identitätsklau? Oder hatte es jemand auf seine Bitcoins abgesehen?", mutmaßte Harry Merkens vom KK 31, der IT-Dienststelle des PP Duisburg. „Keine wilden Vermutungen, bitte", mahnte Klaus Heppner, bevor ihm einfiel, dass er sich auf dem Weg zum Tatort noch selbst eine Theorie zusammengebastelt hatte. Die Leiterfunktion hat es in sich, dachte er trocken.

„Wer fährt denn nun morgen früh nach Düsseldorf, um an der Obduktion teilzunehmen? Professor Kürten hat…" – "Das mache mal schön selber", ertönte Jimmy Hellwichs protestierende Stimme. "Du bist wahrscheinlich der einzige, der ihm nicht alles vollkotzt, wenn er den Fettsack ausweidet. Ich halte hier so lange die Stellung."

Heppner registrierte das beifällige Gemurmel mit hochgezogenen Brauen und seufzte. Zwar konnte er dank geistiger Disziplin eine mentale Sperre errichten, die er als "unsichtbare Wand" bezeichnete und so den ekelerregenden Anblick bei einer Leichenöffnung abblocken, sonderlich erpicht war aber auch er auf eine solche Erfahrung nicht. Da er aber frei nach Clausewitz nichts von seinen Leuten verlangte was er nicht selbst zu tun bereit war nickte er nur und ging zur Tagesordnung über, was bedeutete, Ermittlungsteams den Tatort abgrasen und nach Zeugen suchen zu lassen. Harry Merkens nahm er dabei aus. Für ihn hatte er nämlich eine Spezialaufgabe.

"Wenn Vorholt ein Gamer war, hat er Spuren im digitalen Netz hinterlassen. Ich will alle Kontakte von ihm ermittelt haben, jeden, der mit ihm gespielt oder sonst wie kommuniziert hat. Vielleicht finden wir so eine Antwort auf die Frage nach dem Grund für Einbruch und Mord."

***

Mohammed Al-Tahiqq griff zum gefühlt fünfhundertsten Mal an diesem Nachmittag zum Küchenschaber und wendete routiniert die runden Fleischfladen, die vor ihm auf der Ofenplatte brutzelten. Allah sei Dank, dass sie hier nur Rindfleisch verwenden, dachte er. Sammy, wie ihn seine Kollegen riefen arbeitete seit zwei Jahren, als er aus Marokko nach Deutschland gekommen war bei einer großen amerikanischen Imbisskette, und fühlte sich eigentlich ganz wohl bei seiner Arbeit. Der Verdienst war brauchbar, und die Kollegen waren immer nett zu ihm gewesen, obwohl er anfangs kaum Deutsch sprach. Inzwischen beherrschte er diese schwierige Sprache fast fehlerfrei, und sein Chef hatte ihm in Aussicht gestellt, auf Kosten der Firma das deutsche Fachabitur nachholen zu können. Mohammed zuckte zusammen, als ein heißer Fettspritzer seinen Unterarm versengte, und verbiss sich einen lautstarken Fluch. Deutschland ist immer noch schwierig, dachte er. Jeder zweite marokkanische Fluch würde hier strafrechtliche Bestimmungen verletzen, und „Scheiße" nahm er nicht in die Hand, geschweige denn in den Mund. Er murmelte etwas in sich hinein und rieb sich die schmerzende Stelle, als das Handy in seiner Hosentasche ein unüberhörbares Brummen von sich gab. Mohammed trat zwei Schritte zurück und nestelte das Handy hervor. „Was?", bellte er in das Gerät, doch was er aus dem Handy hörte ließ ihn reflexartig erstarren.

Etwa eine halbe Minute lang stand er bewegungslos mitten im Raum und lauschte der Stimme an seinem Ohr, während die Hamburger zu verschmoren begannen. Dann ließ er die Hand mit dem Telefon sinken, drehte sich mit leeren Augen um und ging in Richtung Ausgang.

„Sammy! Was ist mit den…. Sammy! Wohin gehst Du?" Die neunzehnjährige Nadine Lürmann, die seit einem

Jahr grenzenlos in den zwei Jahre älteren, schüchternen Marokkaner verschossen war riss sich das Headset vom Kopf und wollte schon hinter ihn hereilen, als sich „Sammy" umdrehte und sie mit einer Kälte ansah, die sie abrupt anhalten ließ.

Ihr Kollege nahm seine Schürze ab und schleuderte sie wie angewidert von sich. „Komme mir nicht zu nahe, Ungläubige", flüsterte er und ging rückwärts zum Ausgang, wo er noch etwas murmelte und die Tür hinter sich ins Schloss warf.

Piotr Machalek, Filialleiter und Vorgesetzter Al-Tahiqqs stürmte in die Küche. „Was zum Teufel… wo bleiben denn die Cheeseburger? Die Kunden stehen schon Schlange, und…. Wo ist denn Sammy?"

„Weg", flüsterte Nadine. „Er ist einfach weggegangen, und er wird wohl auch nicht wiederkommen." Machalek sah, dass sie den Tränen nahe war und ergriff sie sanft bei den Armen, nachdem er den Herd ausgeschaltet hatte. „Was war los, Nadine? Wo ist Sammy hin?"

Nadine Lürmann schüttelte nur den Kopf. „Ich weiß es nicht. Er hat mich eine Ungläubige genannt und mit einer Verachtung angesehen, die ich noch nie gesehen habe. Und er hat etwas gesagt, was ich noch nie von ihm gehört habe, als er herausging. ‚Allahu Akbar' hat er gesagt. Allahu Akbar…"

***

Als Sandra Vetter an diesem Abend ihren Arbeitsplatz verließ, hätte sie das, was mit ihr geschehen würde wohl mit den Worten: ‚Echt gute Story. Kann man groß aufziehen' kommentiert. Die achtundzwanzigjährige Moderatorin des Duisburger Lokalsenders „Studio 47" hatte gerade die Aufzeichnung der stündlichen Nachrichtensendung beendet und freute sich auf zu Hause. Die Fahrt nach Haltern am See würde zwar beim derzeitigen Berufsverkehr noch eine knappe Stunde dauern, aber dann konnte sie endlich die Füße hochlegen und mit einem Glas Beaujolais auf der Terrasse sitzen. Es war ein Jammer, dass sich schöne Pläne nicht immer in die Tat umsetzen lassen.

Sandra Vetter kam gerade noch in die Nähe des Bauernhauses, welches sie von ihren verstorbenen Eltern geerbt hatte. Sie hatte dem Lieferwagen mit der Firmenaufschrift, der unweit ihrer Garageneinfahrt am Straßenrand stand zunächst keine Beachtung geschenkt, bis ein Mann mit einem Zettel ausstieg und winkend auf sie zulief. Der wird sich verfahren haben, dachte die Moderatorin, drehte die Scheibe herunter, und dann….

Als sie wieder aufwachte, saß sie auf einem Stuhl, ihr Schädel dröhnte, und Übelkeit und Schwindelgefühle führten dazu, dass sie den Kopf zur Seite drehte und sich heftig erbrach. Aus weiter Ferne hörte sie die Stimme eines Mannes, den sie nur schattenhaft sehen konnte. Die Stimme klang überraschend sanft, aber seine Worte ließen die Journalistin vor Schreck fast erneut das Bewusstsein verlieren.

„Wir haben dein Handy gefunden, Frau. Wir wissen also, dass du mit ihm in Kontakt gestanden und die Informationen erhalten hast. Wir haben nichts gegen dich persönlich, aber wir müssen wissen, an wen du die Dateien weitergegeben hast. Wenn du es uns also nicht sagst, müssen wir dich töten."

„Was für Daten? Von wem sprechen Sie? Hören Sie, ich bin Journalistin, da stehe ich mit vielen Menschen in Kontakt. Ich sage ihnen alles, aber Sie müssen mir schon sagen, von wem sie reden." Trotz der Übelkeit klang die geschulte Stimme Sandra Vetters überraschend klar und deutlich.

Wortlos hielt ihr der Mann das Display ihres Smartphones vor die Augen. Sandra blinzelte und las, während ihre Gedanken durch ihr erschüttertes Gehirn rasten. Dann nickte sie und sah den vor ihr stehenden Mann direkt an.

„Ja, den kenne ich. Ich habe ihn vor drei Monaten mal interviewt, weil wir einen Beitrag über Duisburger mit Migrationshintergrund gemacht haben. Er hat den Eindruck gemacht, ein netter Kerl zu sein, und wir sind ein-, zweimal ausgegangen. Warum er mir aber eine Mail mit verschlüsseltem Anhang geschickt hat, weiß ich nicht. Ich habe keine Ahnung, was sie enthält. Darüber wollte ich mit ihm reden, wenn er sich das nächste Mal meldet. Auf meine Anrufe hat er jedenfalls nicht reagiert. Ach ja, und weitergegeben habe ich die Datei auch nicht. Warum auch, wenn ich keine Ahnung habe, was sie zu bedeuten hat."

Der Mann vor ihr kam jetzt noch näher, und sie konnte erkennen, dass seine Augen bei ihren Worten hart geworden waren. Als er zu sprechen begann, ließ die plötzliche Kälte in seiner Stimme ihr Blut zu Eis werden.

„Danke, das genügt. Zu deiner Kenntnis: wir sind der Grund, warum der Bursche sich nicht mehr bei dir gemeldet hat. Dass du die Daten nicht weitergegeben hast rettet zumindest ein Leben. Aber deines ist es nicht. Jetzt, Mehdi."

Wie aus dem Nichts tauchte jetzt eine zweite Gestalt hinter der Journalistin auf und warf ihr von hinten ein geflochtenes Seil um den Hals, welches er mit aller Macht nach hinten zog, während er der nach Luft ringenden Frau das Knie in den Rücken presste. Sandra Vetter hatte keine Chance. Nach nur wenigen Sekunden erlahmte ihr Widerstand, ihre Augen brachen, und die um das Seil gekrampften Hände sanken schlaff herab. Trotzdem hielt der Killer den Druck noch eine ganze Minute aufrecht, um völlig sicher zu gehen. Als er das Seil löste und die Frau tot zu Boden fiel, seufzten die beiden Mörder fast gleichzeitig auf.

„Es war fast schade um sie. Sie war eine echte Schönheit. So stelle ich mir die Houris im Paradies vor", murmelte Mahmut, und sein Komplize nickte nachdenklich.

„Sie war beim Fernsehen. Also musste sie gut aussehen, das war uns doch klar. Aber das darf auf unsere Aufgabe keinen Einfluss haben. Wir werfen die Frau vor ihrem Haus ins Gebüsch, legen einige Trugspuren um die Bullen zu verwirren, und danach beseitigen wir den Transporter. War eine gute Idee von dir, ihn noch mal einzusetzen. Zu einer Firma haben die dummen Deutschen doch immer Vertrauen." Mehdi schüttelte verständnislos den Kopf.

Eine Stunde später hatten die beiden Killer ihr Vorhaben ausgeführt. Sandra Vetters Haus war unauffällig durchsucht, ihre Leiche lag neben den Mülltonnen ihres Hauses, ihr Laptop war in kleine Stücke zerhackt und der Fiat Ducato brannte auf einem Feldweg in Hamminkeln. Das war so weit von beiden Toten entfernt, dass die Polizei garantiert keinen Zusammenhang ziehen würde.

Dachten sie….

***

Willi Beugen setzte sich auf die oberste Treppenstufe im 11. Stock und zog seinen rechten Schuh aus, um den schmerzenden Fuß zu massieren. „Dieses Treppensteigen ist nichts mehr für mich", stöhnte er. Sein Partner Peter Elgert lehnte sich an die Wand und grinste nur.

„Mit Anfang 50 sollte man auch eher eine ruhige Kugel schieben, statt in Mordkommissionen zu schuften", versetzte er. „Wir werden langsam zu alt für solche Aufgaben."

„Und wer soll es dann machen?", seufzte Beugen, der sich mittlerweile den anderen Fuß vorgenommen hatte.

„Unter den jungen Kollegen wächst die Job-Mentalität immer weiter an, deshalb melden sich die unter 40-jährigen kaum noch freiwillig für Sondereinsätze, und Bewerbungen für den Nachersatz beim KK 11 gibt es gar keine mehr. Früher haben sich alle darum geprügelt, bei den Todesermittlern Dienst machen zu dürfen, aber heute will jeder um 16 Uhr den Kuli fallen lassen. ‚Mit Einsätzen am Wochenende brauchst du mir gar nicht erst zu kommen', hat mir vor einigen Tagen eine 32-jährige Kollegin gesagt. Als ich sie wegen ihrer mieser Dienstauffassung zusammenfalten wollte, hielt mich mein Dienststellenleiter rechtzeitig zurück, denn die Kollegin ist Mitglied des Trainee-Programms unserer Polizeipräsidentin zur Frauenförderung, hat also den Marschallstab im Tornister und könnte ja irgendwann mal meine Chefin sein. Mit der sollte man es sich also nicht verderben. Immerhin habe ich noch neun Jahre bis zur Pensionierung." Beugen zog sich den Schuh wieder über den Fuß und stand auf.

Die beiden Routiniers waren zur Zeugensuche am Tatort eingesetzt worden und hatten auftragsgemäß bereits die Stockwerke 7 bis 10 abgeklappert – mit mäßigem Erfolg, denn alle, die zum Zeitpunkt von Stefan Vorholts Todessturz zu Hause gewesen waren hatten entweder dem Fernsehen oder ihren Spielekonsolen 100 % ihrer Aufmerksamkeit geschenkt. Willi Beugen seufzte frustriert, obwohl er derartiges gewohnt war. Vielleicht hatte Peter Elgert recht, dachte er. Vielleicht bin ich wirklich zu alt für so was.

„Pommerenke", murmelte Elgert in diesem Moment und deutete auf die erste Tür an der Treppe. Sein Kollege gab ein bestätigendes Brummen von sich und sah auf die

Excel-Liste auf seinem Tablet-PC, in welcher alle Bewohner des Hauses aufgeführt waren. „Erna Pommerenke", bestätigte er knapp. „76 Jahre alt, geboren in Crimmitschau und verwitwet. Weißt du, wo Crimmitschau liegt?"

Obwohl Elgert den Kopf schüttelte erfuhren es die beiden Polizisten in dem Moment, als Frau Pommerenke die Tür öffnete und den ersten Satz sprach. Ihr sächsischer Dialekt war so stark, dass Beugen sich abwenden musste um sein breites Grinsen zu verbergen. Nach einem prüfenden Blick auf die Dienstausweise der beiden Polizisten ließ die Seniorin beide in ihre Wohnung.

„Sie müssen mein Misstrauen entschuldigen, aber man hört ja so allerlei von falschen Polizisten, die alten Frauen das Geld abnehmen", entschuldigte sich die alte Dame bei den beiden Kriminalbeamten. Elgert winkte nur ab.

„Wir sind ja froh über diese Vorsicht. Wenn Sie sich nochmals überzeugen wollen, rufen Sie 110 an und fragen, ob die Beamten Beugen und Elgert hier im Haus eine Zeugensuche durchführen. Dann wissen Sie Bescheid."

Frau Pommerenke verzichtete jedoch darauf, bat die beiden Platz zu nehmen und bot ihnen Kaffee an, was beide zu ihrer Überraschung ablehnten. Ihre Gastgeberin war über den Vorfall im Haus natürlich informiert, bedauerte jedoch, nichts von Bedeutung berichten zu können. „Wissen Sie, ich bin so 20 Minuten vorher zu Edeka gelaufen, um einzukaufen. Als ich zurückkam, war schon alles vorbei, und der arme Herr Vorholt lag unten auf dem Pflaster. So ein netter junger Mann war das. Immer hat er mir die Aufzugtür aufgehalten, wenn ich mit meinem Rollwagen vom Einkaufen kam. Eine Schande ist das." Ihr Blick drückte ihr Mitleid mit dem Verstorbenen aus. Plötzlich jedoch schien ihr etwas einzufallen, und sie hob den Kopf. „Haben die Klempner Ihnen denn nichts erzählen können?"

„Was für Klempner?", fragten Elgert und Beugen wie aus einem Mund. „Tja, die Klempner halt. Als ich hier oben im elften Stock auf den Aufzug wartete, hielt er, aber als sich die Türen öffnete, standen dort zwei Männer in Overalls drin, die Werkzeugkästen in der Hand hatten. ‚Zwölfter?', fragte der eine mich, doch ich schüttelte nur den Kopf und deutete nach oben."

„Also wollten sie in die Etage, in der Vorholt wohnte", murmelte Beugen tonlos, und Elgert nickte. „War ein Firmenname auf den Overalls?", fragte er Frau Pommerenke, die jetzt listig zu lächeln begann.

„Nicht auf den Overalls, meine Herren. Die waren weiß, ohne jede Aufschrift, wie Ihre Spurensicherungsanzüge. Aber der Firmenwagen stand direkt gegenüber, als ich einkaufen ging. Ein Kennzeichen habe ich nicht gesehen, aber an etwas Anderes kann ich mich erinnern, und ich zeige Ihnen gern, warum."

Sie erhob sich und ging zu ihrem Wohnzimmerschrank, auf dem mehrere gerahmte Fotos von bullig gepanzerten Männern mit Kunststoffhelmen standen. Sie suchte eines davon heraus und ging zu den Polizisten zurück. Als sie das Foto an Peter Elgert weitergab, begann sie zu erklären.

„Ich bin aus Crimmitschau, müssen Sie wissen, und aus diesem Grund immer ein großer Eishockeyfan gewesen. Als Ende der 70er Gerhard und Udo Kießling als Trainer und Spieler für die DEG tätig waren, habe ich mir an der legendären Brehmstraße viele Spiele angesehen und durfte auch mit in die Katakomben des Eisstadions. Die Kießlings sind nämlich auch aus Crimmitschau, wussten Sie das? Na ja, und deshalb konnte ich mit den Namen der Klempnerei so gut merken, auch wenn da jetzt neumodisch ‚Sanitär Heizung Klima' draufstand. Die Firma hieß nämlich auch Kießling…"

Drei

29. Mai, Vormittag

„Das mag ja alles gut und schön sein, aber haben Sie handfeste Beweise?"

Nadine Lürmann sah den Polizisten vor sich mit großen Augen an. „Wenn Sie so wollen, nein. Die ganze Geschichte verursacht bei mir aber ein ganz komisches Gefühl. Und wir sollen doch der Polizei Bescheid sagen, wenn uns etwas komisch vorkommt, oder?"

Der Uniformierte hinter dem Tresen schüttelte abweisend den Kopf. „Mein liebes Mädchen, das siehst du falsch. Zeugen suchen wir nur, wenn etwas passiert ist. Und was ist denn passiert? Wir sind hier bei der zentralen Anzeigenaufnahme und nehmen gern eine Strafanzeige auf, wenn der Anfangsverdacht einer Straftat vorliegt, aber dass ein junger Mann spontan seinen Drecksjob bei McDoof kündigt, macht ihn noch nicht verdächtig. Und das nur, weil er arabischer Herkunft ist…. also bitte! Vielleicht sollte ich ja gegen Sie eine Anzeige wegen Volksverhetzung schreiben."

Jetzt griff Piotr Machalek ein. „Von uns aus tun Sie das, wenn Ihnen nichts Besseres einfällt! Aber dann schreiben Sie etwas, und stehen sich hier nicht nur die Beine in den Bauch. Verdammt, da stimmt etwas nicht, und wenn Sie zu abgestumpft sind das zu bemerken, sollten Sie vielleicht mal zurück auf die Polizeischule!"

PHK Volkmar Spolke lief rot an. „Nun werden Sie mal nicht frech hier! Ist ja eine Unverschämtheit, dass Sie versuchen, mir hier zu erklären wie ich meinen Job zu machen habe!"

Machalek blieb gelassen. „Sieht ja aus, als wäre das nötig. Wenn ein arabischer Junge, der seit zweieinhalb Jahren in Deutschland ist, einen Anruf bekommt, seinen Job, den er zuvor mit Begeisterung gemacht hat schmeißt und plötzlich ‚Allahu Akbar' murmelt, sollte das doch zumindest mal eine Notiz wert sein."

„Und wem soll ich Bescheid geben?", höhnte Spolke. „Dem Ausländeramt? Dem Bundesverfassungsschutz? Der AfD? Oder Angie Merkel? Sie könnten…"

„Sie könnten uns benachrichtigen", ertönte plötzlich eine schneidende Stimme von links, und die Köpfe der Diskutierenden flogen herum. Keiner hatte bemerkt, dass sich die Tür des zentralen Fahrstuhls geöffnet hatte und Karsten Pawelczyk, erster Kriminalhauptkommissar und seit einem Jahr Leiter des Duisburger Staatsschutz-Kommissariats zusammen mit seinem Mitarbeiter Karl-Heinz „Flecki" Fleckenberg herausgetreten war. Spolke fing sich zuerst.

„Ja, wenn Sie sich für Gerüchte interessieren…" – „Ob das Gerüchte sind, lassen wir mal dahingestellt sein", unterbrach ihn Fleckenberg rüde. „Nach den Anschlägen in Brüssel haben sich die dortigen Kollegen bestimmt gewünscht, dass ihnen vorher sogenannte ‚Gerüchte' zu Ohren gekommen wären." Er wandte sich an die beiden Zeugen, die sichtlich davon angetan waren, endlich ernst genommen zu werden, und ihren Bericht über das merkwürdige Verhalten von Mohammed Al-Tahiqq ohne Aufforderung heraussprudelten. Als sie zu Ende waren, sahen sich ‚Flecki' und sein Chef sprachlos an. Es war schließlich Pawelczyk, der das Wort ergriff.

„Das passt genau zu unserem Verdacht, Flecki. Ich fahre also allein ins Innenministerium. Du kümmerst dich um die beiden, und protokollierst alles minutiös. Lasse dir Personalien und eine genaue Beschreibung von diesem ‚Sammy' geben und checke ihn genau durch. Wenn nötig, gib eine Fahndung heraus und lasse ihn zur Aufenthaltsermittlung ausschreiben. Vergiss bloß nicht anzufügen, dass einschreitende Kollegen mit maximaler Vorsicht vorgehen sollen. Und gib mir alles per Mail durch, sobald du es hast. Du weißt, warum."

Fleckenberg nickte und bat die Zeugen zum Aufzug, um mit ihnen in die Räumlichkeiten des Staatsschutzes zu fahren, während sich Pawelczyk an den fassungslos zuhörenden Spolke wandte. Seine Stimme triefte vor Hohn.

„Ich habe ja schon davon gehört, dass hier angeblich auch der Schrott der Behörde Dienst verrichtet, aber Sie sind echt die Krönung. Zu Ihnen fällt mir nur der Spruch von John McClane aus „Stirb langsam 2" ein, den er dem Chef der Flughafenpolizei reindrückt. ‚Worauf reagieren Sie eher: auf die Scheiße in ihrem Hirn oder das Blei in Ihrem Arsch?'"

Spolke lief rot an, aber Pawelczyk war noch nicht fertig. „Da kommen zwei wichtige Hinweisgeber, die uns möglicherweise den Täter eines geplanten Anschlages noch vor der Tat frei Haus liefern wollen, und was machen Sie? Sie wollen sie wieder nach Hause schicken und ihre Beobachtungen unter der Rubrik ‚unwichtiges Geschwätz' verbuchen! Mann, wo haben Sie Ihren Beruf gelernt?"

Spolke öffnete den Mund zu einem Protest, aber Pawelczyk war jetzt richtig in Fahrt. „Ich möchte nicht wissen, wie viele wichtige Informationen den Ermittlungskommissariaten durch Ihre Ignoranz schon verloren gegangen sind. Dieser Mohammad Al-Tahiqq wird uns wahrscheinlich große Probleme bereiten, und ich bete zu Gott, dass wir ihn erwischen, bevor er seine Pläne in die Tat umsetzen kann."

Jetzt brachte Spolke doch Worte zu einem Protest zusammen. „Ja aber…. Wieso Anschlag? Und wieso soll dieser Junge so gefährlich sein, dass Sie ihn intensiv suchen lassen müssen?"

Pawelczyk warf verzweifelt die Arme in die Luft. „Oh Herr, wirf Hirn vom Himmel. Sie kapieren wohl gar nichts, was? Der Junge, wie Sie ihn nennen, wurde hier nach Deutschland geschleust, um sich eine bürgerliche Existenz aufzubauen, durch die er über jeden Verdacht erhaben ist. Und mit dem geschilderten Telefonat wurde er von seinen Auftraggebern kontaktiert, um ihn für ihre finsteren Pläne zu aktivieren. Mensch Mann, haben Sie noch nie etwas von Schläfern gehört?"

***

„Verdammt, wo bleibt Sandra? Habt ihr sie heute schon gesehen?" Paul Jürgens, Aufnahmeleiter im Studio des Duisburger Lokalsenders am Großmarkt blickte in die Runde seiner Mitarbeiter und erntete nur einheitliches Kopfschütteln.

„Sie geht auch nicht an ihr Handy", meldete seine Assistentin Veronique Löffler, die verständnislos drein guckte und ihr Mobiltelefon sinken ließ.

„Leute, da stimmt was nicht", unkte Sophia Münzer, die zweite Moderatorin. „Sandra hätte niemals einen Aufnahmetermin verpasst, und Verkehrsprobleme vermeidet sie, weil sie immer unheimlich früh losfährt. Und wenn was passiert ist, ruft sie an."

Sophias Worte hinterließen bedrücktes Schweigen bei den Kollegen. Instinktiv spürten sie, dass das Ausbleiben ihrer Starmoderatorin keine leicht erklärliche Ursache haben konnte. Klaas Hellersen, der heute als zweiter Kameramann fungieren sollte schlug mit der Faust auf die Armlehne seines Sessels und erhob sich. „Das halte ich nicht aus. Ich fahre hin und sehe nach. Sonst habe ich keine Ruhe. Fährt noch jemand mit?"

Fünf Hände streckten sich sofort in die Höhe, aber Jürgens wehrte ab. „Nein, nur Veronique fährt mit. Die übrigen brauchen wir hier für die Produktion im Studio. Sophia, mach dich fertig, du musst heute für Sandra einspringen. Wenn die beiden herausfinden, dass sie sich einfach mit Rotwein zugekippt hat und nur voll wie tausend Russen ist, gibt es Lack." Jürgens nickte Hellersen und Löffler zu, die wortlos nach ihren Jacken griffen und zu Hellersens Volvo rannten.

Den Weg nach Haltern legten sie größtenteils schweigend zurück, während die Sorge um ihre Kollegin an ihnen nagte. Als sie in die Seitenstraße einbogen, an deren Ende sich Sandras Haus befand, krampften sich die Hände von Klaas Hellersen um das Steuer, während er in Richtung der Einfahrt spähte.

„Da steht ihr Auto, Nicki", murmelte er und deutete in Richtung des BMW X3, der rechts am Fahrbahnrand abgestellt war. „Wieso zum Teufel hat sie ihn nicht in die Garage gefahren?"

Die beiden Fernsehleute hielten hinter dem SUV an und stiegen aus. Veronique Löfflers Herz schlug bereits über 80-mal in der Minute, und die Frequenz erhöhte sich nochmals, als sie erkannte, dass der Wagen ihrer Kollegin unverschlossen war.

Hellersen sah Veronique alarmiert an und eilte mit schnellen Schritten zum Hauseingang, um bei Sandra Vetter zu klingeln. Es blieb allerdings bei der Absicht. Als der Kameramann die Mülltonnen passierte, bleib er stehen, als wäre er gegen eine Mauer gerannt, wich zwei taumelnde Schritte zurück und lehnte sich stöhnend an den Metallzaun, der den Vorgarten des Hauses zur Straße hin umfriedete.

Veronique Löffler wollte an ihm vorbeieilen, doch ihr Kollege ergriff sie beim Arm und hielt sie zurück. Ein Blick auf sein kalkweißes Gesicht ließ sie entsetzt den Mund aufreißen, und sie begann zu stammeln: „Nein, nein, nein…. Sag es nicht, bitte, bitte nicht…"

Hellersen straffte sich, und er besann sich darauf, ein Fernsehmann zu sein. „Nicki, sie ist tot. Wir rufen die Bullen und rühren uns nicht mehr von der Stelle. Ich will nicht, dass du dir das ansiehst, es ist zu schlimm. Zu schlimm, um davon Fotos zu machen, selbst für das Archiv. Das überlassen wir der Polizei. Es reicht, wenn ich sie so gesehen habe. Du und alle anderen Menschen sollten sie in Erinnerung behalten, wie sie im Leben ausgesehen hat."

„Was ist denn passiert?", fragte Veronique, bei der jetzt die Journalistin durchkam. Hellersen hatte vor drei Jahren mit dem Rauchen aufgehört, aber jetzt bat er seine Kollegin um eine Zigarette. Er antwortete erst auf ihre Frage, während er sich an den Kotflügel seines Autos lehnte und blauen Rauch in die Luft blies.

„Sandra ist augenscheinlich stranguliert worden, und so wie sie da liegt auch vergewaltigt. Verdammt, wie oft haben wir sie vor dieser einsamen Gegend gewarnt, aber sie wollte nicht hören." Er knirschte mit den Zähnen und ballte die Fäuste. „Wenn ich den Täter vor der Polizei finde, wird es keinen Prozess geben. Den mache ich kalt, und zwar ganz langsam. Dieses Dreckschwein!"

Während seiner Worte hatten Tränen der Wut begonnen, sich in seinen Augen zu sammeln, und er wischte sie in einer zornigen Geste mit dem Handrücken weg. Veronique hatte inzwischen mit ihrem Handy die Polizei benachrichtigt, lehnte sich neben Klaas an den Wagen und nahm ihm die Zigarette aus dem Mund, um selbst ein, zwei schnelle Züge zu nehmen. Sie wandte den Kopf und sah Klaas direkt an.

„Ich weiß, dass du mal was mit Sandra hattest. Wahrscheinlich bin ich die Einzige im Team, die es wusste, und ich weiß, dass du viel für sie empfunden hast. Und ich kann dir sagen: ich habe sie auch gemocht. Sehr sogar. In dem gesamten Haifischbecken der Fernsehproduktionen war sie die einzige, die ich als meine Freundin bezeichnet hätte."

Nicki nahm einen letzten Zug und schleuderte die Kippe in Richtung Feld davon. Ihre nächsten Worte ließen Klaas überrascht aufblicken. „Du willst den oder die Täter tot sehen? Nun gut, ich auch. Wir werden sie jagen, mit unseren Mitteln, und dann werden wir ihnen zeigen, was Leid bedeutet. Vielleicht können wir sie nicht foltern, aber wir werden sie in der Öffentlichkeit so fertigmachen, dass der Tod für sie eine Erlösung sein wird."

Ihr Gesichtsausdruck zeigte eine Härte, die Klaas erschreckte und zugleich faszinierte. Als seine Kollegin die Hand ausstreckte, schlug er ein. „Ein Pakt für Sandra", murmelte er in Erinnerung an die Spiele seiner Kindheit. „Für Sandra", erwiderte Nicki, und jetzt rannen auch bei ihr Tränen aus den Augen.

***

„Langsam aber sicher habe ich den Eindruck, dass Sie ein Faible für Hackfleisch haben", murmelte Professor Kürten in der Obduktionshalle des Düsseldorfer Uni-Klinikums. Der angesprochene, hinter ihm stehende

Klaus Heppner verdrehte die Augen „Klar, Herr Professor, aber nur gut durch und in Frikadellenform. Der hier ist mir zu roh."

Die beiden Männer standen vor dem aufgebahrten Stefan Vorholt, und der Pathologe schien den Polizisten an den letzten großen Fall erinnern zu wollen, der auch mit einem Todessturz begonnen hatte. Nur hatte damals das Opfer unter dem Einfluss einer Überdosis LSD geglaubt, von einer Klippe ins Meer zu hüpfen, als er im Duisburger Forum über das Geländer Richtung Tiefgarage sprang. Der Rechtsmediziner hob das Tuch an, das die Leiche bedeckte und pfiff beeindruckt durch die Zähne.

„Wie tief ist er hier denn gestürzt?", wollte Kürten jetzt wissen, und nachdem er die entsprechende Antwort erhalten hatte, begann er eine Melodie vor sich hin zu summen, während er und seine Assistenten die Leiche Vorholts für die Autopsie vorbereiteten. Heppner runzelte die Stirn. Das Lied war ihm neu...

Nach gut einer Stunde atmete Kürten plötzlich lang und anhaltend aus. Er hatte seine blutige Tätigkeit inzwischen fast beendet und sich am Ende auf die Gesichtshaut des Toten konzentriert, die er mit einer Lupe inspiziert hatte. Jetzt drehte er sich um und sah Heppner, der die Obduktion aus der Distanz und durch seine „unsichtbare Wand" beobachtet hatte, an.

„Natürlich war der Sturz todesursächlich. Der Bursche ist, wie sie es selbst haben sehen können, ziemlich zermatscht. Sie können sich also aussuchen, welche Verletzung den Tod herbeigeführt hat: das massive Schädel-Hirn-Trauma, die platt gedrückten inneren Organe, der

Riss der Aorta, die multiplen Knochenbrüche einschließlich des Genicks und zwei anderer Stellen der Wirbelsäule oder das hierdurch bedingte Herz-Kreislaufversagen – die Antwort ist rein akademisch. Aber Sie hatten recht mit Ihrer Vermutung, Herr Heppner. Der Mann ist kurz vor seinem Tod gedrosselt und massiv geschlagen worden. Die linke, vom Sturz nicht beeinträchtigte Gesichtsseite weist eindeutig Verletzungen auf, wie sie nur von Schlägen herrühren können. Auf dem Jochbein habe ich minimale Einblutungen gefunden, die nach Lage und Abstand von den auftreffenden Knöcheln einer geballten Faust verursacht worden sein dürften. Die Hämatome waren noch in der Entstehung, also wurde er unmittelbar vor seinem Tod malträtiert. Womit er stranguliert wurde, müssen unsere Experten noch herausfinden." Kürten seufzte und zog die blutigen Einweghandschuhe aus, die er achtlos in einen Müllbehälter warf.

„Meinen Bericht erhalten Sie noch heute per Mail an Ihre Dienststelle. Vorholt war kein Musterbeispiel an Gesundheit; seine Muskelstruktur war echt zum Jammern, und sein rekordverdächtiger BMI machte ihn zu einem Kandidaten für einen frühen Herzinfarkt. Das kommt davon, wenn man Sportarten nur am PC ausübt. Trotzdem tut er mir leid. Der arme Kerl ist entweder auf der Flucht vor seinen Peinigern abgestürzt oder wurde von ihnen heruntergeworfen. Diese Täter sind also offenbar brutal, skrupellos und grausam. Kennen wir doch irgendwoher, oder?" Er sah Heppner an, und der Polizist nickte seufzend.

„Apropos kennen, Herr Professor: das Lied, was sie vor sich hin gesummt haben…" Heppner sah den Pathologen fragend an, und der grinste matt.

„Ich habe ein Lied ausgesucht, dessen Titel zu meiner Aufgabe passte. Und was wäre passender gewesen als ‚A long way down' von Tom Odell…"

***

„Das sind Fayyad Ilahiane, Hakem Al-Fassi und Wasif Sayyed, drei junge Nordafrikaner, die von einer Minute auf die andere spurlos verschwunden sind."

Karsten Pawelczyk deutete mit seinem Laserpointer auf die lächelnden Gesichter von drei Männern zwischen 20 und 25, deren Konterfei von einem Beamer auf die Wand des großen Besprechungsraumes im Innenministerium projiziert wurde, und blickte in die Runde seiner Zuhörer. Er hatte um eine Besprechung mit der Staatsschutz-Abteilung gebeten, da ihm und seinen Duisburger Kollegen ein schrecklicher Verdacht gekommen war. Pawelczyk holte tief Luft und fuhr fort.

„Alle drei sind vor wenigen Jahren hier nach Deutschland eingereist, als Flüchtlinge registriert worden und haben sich dem Leben hier so perfekt angepasst, dass sie als Musterbeispiele der Integration betrachtet werden könnten. Ihr Leben war so unauffällig, dass es fast schon unheimlich war. Alle lernten mit hoher Geschwindigkeit Deutsch, absolvierten zum Teil gehobene Schulausbildungen und wurden von den Menschen aus ihrem direkten Umfeld als ruhig und freundlich bezeichnet.

Ilahiane ist 23, in Tunis geboren und kam vor fünf Jahren nach Deutschland. Er ist nach unbestätigten Meldungen ein Neffe von Mohamed Bouazizi, dem Gemüsehändler, der sich am 17.12.2010 nach willkürlicher Verfolgung und Demütigung durch die marokkanische Polizei selbst verbrannte und so die Proteste auslöste, die zum ‚arabischen Frühling' wurden. Bouazizi wurde nur 26 Jahre alt. Sein angeblicher Neffe stellte in Düsseldorf Asylantrag und berichtete, dass nach dem Tod seines Onkels Polizei und Militär damit begonnen hätten, seine Familie zu liquidieren. Dem Antrag wurde stattgegeben, und er wurde einer Asylunterkunft in Schermbeck zugewiesen.

Ilahiane zeigte sich wissbegierig und schaffte die Aufnahmeprüfung an der Gesamtschule, wo er 2013 sein Abitur mit einem Notendurchschnitt von 2,1 bestand. Er begann nach der Schule eine Ausbildung im Bereich Textilwirtschaft bei Alpha Industries, dem namhaftesten Unternehmen in Schermbeck, wo er sehr schnell Aufmerksamkeit erregte. Sein Ausbilder berichtete, dass man dem Jungen nach einem Jahr fast nichts mehr beibringen konnte und er bereits damit begann, die Kollektion von Alpha zu revolutionieren. Seit Mitte 2014 lebte er mit der jetzt 22-jährigen Asye Korkut zusammen, die er bereits seit der Gesamtschule kennt. Sie schildert die Beziehung als harmonisch, und die Hochzeit war für Juni geplant. Ich fürchte, die Feier wird ausfallen.

Fayyad Ilahiane verschwand am 20. Mai ebenso plötzlich wie ohne erkennbare Ursache. Er verließ seine Arbeitsstelle, um sich in einer Landfleischerei, die er schon zu seiner Schulzeit immer aufgesucht hatte, einen Mittagsimbiss zu besorgen. Als er nach zwei Stunden immer noch nicht zurückgekehrt war und er sich über sein

Handy nicht meldete, rief seine Firma die Polizei an. Das Ergebnis war deutlich: kein Unfall, keine Einlieferung in ein Krankenhaus der Umgebung. Es schien, als habe er sich in Luft aufgelöst."

Pawelczyk trank einen Schluck Wasser und musterte den Gesichtsausdruck der Männer aus der Abteilung IV, der sich im Verlauf seiner Ausführungen merklich verändert hatte. Herrschte zu Anfang noch leichte Amüsiertheit über den Provinzpolizisten vor, der einen Verdacht geschöpft hatte, beherrschte jetzt eine spürbare Anspannung ihre Mimik. Der Leiter des Duisburger Staatsschutzes registrierte es mit Zufriedenheit und fuhr fort.

„Als nächster verschwand Hakem Al-Fassi, ein 21-jähriger Marokkaner aus Rabat, der 2011 mit seiner Schwester Rabia einreiste und bis zu seinem Verschwinden in Dinslaken lebte. Auch er hat sich perfekt angepasst, hier die Schule besucht und nach seiner Mittleren Reife bei Benteler eine Ausbildung zum Elektroniker für Betriebstechnik begonnen, die er mit Auszeichnung abschloss und vom Ausbildungsbetrieb übernommen wurde. Nach den Aussagen seiner Freunde und Kollegen war er stets freundlich, lustig und für jeden Unfug zu haben, ohne dass er dabei über die Stränge schlug. Er ist Single, hatte aber etliche Beziehungen zu gleichaltrigen Mädchen, die er meistens im KuKa, also der Kulturkantine im Walzwerk aufriss. Sein Verschwinden fiel auf, als er am 22.05. nicht zur Arbeit erschien. Auch er war nicht mehr erreichbar, und die Recherchen verliefen im Sande.

Der dritte im Bunde ist Wasif Sayyed. Er ist 25 Jahre alt, in Algier geboren und lebte seit 2012 in Duisburg-Homberg, wo er nach ebenfalls glanzvoll bestandenem Fachabitur bei Sachtleben als Chemikant arbeitete. Seine Reputation ist hervorragend, und seine Integration ging so weit, dass er seit letztem Jahr nach Hochzeit mit einer 24-jährigen Kollegin die deutsche Staatsangehörigkeit besitzt. Die Vermisstenanzeige wurde am 25. Mai von seiner Frau Tanja gestellt, nachdem sie zwei Tage vorher aus einer Polizeiwache gescheucht wurde, weil verschwindende erwachsene Personen laut Definition erst nach 48 Stunden als Vermisste erfasst werden dürfen." Pawelczyk schnaubte verächtlich.

Ein Blick auf seine Zuhörer ließ seine Augen groß werden. Inzwischen hatten die Terrorspezialisten begonnen, sich alarmierte Blicke zuzuwerfen und erregt miteinander zu flüstern. Doch Pawelczyk hatte noch ein weiteres Ass im Ärmel.

„Was mich bei allen drei Personen besonders alarmiert, sind die Übereinstimmungen. Alle drei sind Muslime, gehören aber einer gemäßigten Richtung an und haben mit Hasspredigern nichts zu tun. Keiner von ihnen ist polizeilich auch nur im Entferntesten in Erscheinung getreten, und es schien so, als würden sie alles Denkbare tun, um nichts mit der Polizei zu tun zu bekommen. Ilahiane hat sich zum Beispiel bei einer Schlägerei in seinem Zimmer im Asylantenheim sofort aus dem Staub gemacht, damit er ja nicht als Zeuge erfasst werden kann. Al-Fassi hat einmal einem seiner Kumpels nach einem Discobesuch in voller Fahrt den Zündschlüssel abgezogen und ist aus dem Auto gesprungen, als er feststellte, dass der Fahrer alkoholisiert war, und Sayyed verschwieg vor zwei Jahren, dass er von Skinheads zusammengeschlagen wurde. Das haben wir erst jetzt von seiner Frau erfahren. Aber der Clou kommt noch." Pawelczyk war sich der Aufmerksamkeit seiner Zuhörer jetzt sicher.

„Auf alle drei Personen sind Pkw zugelassen, wobei unsere Verdächtigen den Modetrend mit den Wunschkennzeichen nicht mitgemacht haben. Und alle drei haben sich das gleiche Auto ausgesucht: einen dunkelblauen, älteren Opel Corsa. Ein Wagen, so unauffällig wie sie selbst."

Bevor jemand etwas sagen konnte, griff Pawelczyk in die Hosentasche und zog sein vibrierendes Handy hervor. „Ja? Ach du, Flecki. Hast du die Fragen..." Er kam nicht weiter, denn sein Kollege fiel ihm ins Wort, und obwohl die Männer aus dem Innenministerium das Gesagte nicht hören konnten, erkannten sie dessen Bedeutung an dem immer härter werdenden Gesicht des Duisburger Polizisten. Dieser beendete das Gespräch nach einer Minute und sah die Männer vor ihm ernst an.

„Ich bin ja nur ein kleiner Polizist aus Duisburg, aber nach meiner Ansicht haben wir es mit einer aus vier Schäfern gebildeten neuen Terrorzelle zu tun. Drei davon sind Spezialisten: der Chemiker stellt die Sprengstoffe her, der Elektroniker die Zündmechanismen und der Bekleidungsspezialist sorgt für die Tarnung, damit Nummer vier die am Körper getragene Bombe in eine Menschenmenge tragen und zünden kann. Ja, es sind vier, die Bestätigung habe ich gerade erhalten, und dank einer aufmerksamen Zeugin wissen wir jetzt, dass die Schläfer via Telefon geweckt werden.

Der vierte Mann ist Mohammed Al-Tahiqq, Marokkaner, 21 Jahre alt und ebenfalls hochintelligent. Er wohnt in Rheinhausen und hat bis vor wenigen Stunden beruflich Hamburger zubereitet, bevor er einen Anruf erhielt, die Zeugin als Ungläubige beschimpfte und mit einem ‚Allahu akbar' verschwand."

Die Mitglieder des Führungszirkels der Abteilung IV runzelten die Stirn, und ihr Vorsitzender, Regierungsdirektor Gerritzen räusperte sich vernehmlich. „Gut und schön, aber Sie haben mir noch nicht verraten, wieso dieser Al-Tahiqq mit den anderen in einen Topf geworfen werden sollte. Er ist kein Spezialist, oder ist jemand mit Grillerfahrung jetzt automatisch ein Terrorverdächtiger?"

Pawelczyk ließ mit seinen abschließenden Worten das aufkommende Lächeln gefrieren. „Den Zusammenhang erkennen Sie aus den Angaben der Zeugin. Mohammed Al-Tahiqq hat zwei Jahre lang gespart, um sich endlich etwas Besonderes leisten zu können, und das hat er seiner Kollegin vorgestern voller Stolz gezeigt.

Er hat sich einen blauen Opel Corsa Baujahr 2005 gekauft."

Vier
29. Mai, Nachmittag

Klaus Heppner war aufgesprungen, sein Gesicht hatte eine rötliche Färbung angenommen, und unwillkürlich hatte er seine Hände zu Fäusten geballt, während er nach Luft schnappte. Der Mann, der diesen Zornesausbruch bewirkt hatte, ließ sich von Heppners Verhalten jedoch nicht im mindesten beeindrucken.

„Tja, es tut mir auch leid, aber das Innenministerium drängt auf eine rasche Klärung der Angelegenheit, und da müssen wir nun mal Prioritäten setzen."

„Prioritäten?", ächzte der frustrierte MK-Leiter, der seinen Ohren nicht getraut hatte. „Ich sehe ja die Wichtigkeit ein, Straftäter zu ermitteln und ihrer Strafe zuzuführen, aber…" - „Kein Aber", unterbrach ihn sein Gegenüber Volkhard van Dyke knapp. „Sie werden jetzt zwei Teams aus der MK herauslösen und dem KK 12 unterstellen. Diese Leute sollen sich unverzüglich im dortigen Geschäftszimmer melden und ihre Aufgaben in Empfang nehmen. Ihr Kollege Delbing wartet nicht gern, denke ich."

„Und wie zum Teufel soll ich mit einem um 30% reduzierten Personal eine vernünftige Mordkommission bewerkstelligen?", fauchte Heppner in hilflosem Zorn. „Wir sind in der heißen, personalintensiven Phase, wo ich jeden Mann brauche." Sein Besucher sah ihn nur kalt an. „Das zu planen ist Ihre Aufgabe als MK-Leiter.

Wenn Sie bei der geringsten Schwierigkeit kalte Füße bekommen oder zu jammern beginnen muss ich Ihre Eignung für eine Führungsposition ernsthaft in Zweifel ziehen."

Heppner blieb die Luft weg, und er sah seinen Gruppenleiter sprachlos an. Der interpretierte die Reaktion falsch und war überaus befriedigt. „Fein. Dann sind wir uns ja einig. Sie können mir die Namen der Kollegen ja gleich telefonisch durchgeben." Er nickte dem wie betäubt in seinen Stuhl zurückgefallenen Heppner zu und verließ dessen Büro.

Der Polizist stützte die Ellbogen auf die Schreibtischplatte und ließ das Gesicht hinter den Handflächen verschwinden. Seine Gefühle schwankten zwischen Wut und Frustration, und er spürte, dass die Magensäure seine Speiseröhre hochwanderte. Er schluckte zwei Tabletten Bullrichsalz, schloss die Augen und lehnte sich in seinem Stuhl zurück. Scheiss Situation, dachte er.

Van Dyke war zehn Minuten zuvor mit der brandheißen Nachricht in sein Büro gekommen, dass fünf der identifizierten Täter aus der Silvesternacht auf der Domplatte in Köln als in Duisburg wohnende Nordafrikaner identifiziert worden seien. Das Innenministerium wünsche nun, dass diese Personen umgehend festgenommen und nach Vernehmung dem Haftrichter vorgeführt würden. Da diese Personen einen Hang zur Gewalttätigkeit hätten könnte die Festnahme nur durch Beamte erfolgen, die eine gewisse Erfahrung mit diesem Typus hätten. Heppner war ultimativ aufgefordert worden, zwei Teams aus der Mordkommission herauszulösen, und hatte ebenso scharf wie vergeblich protestiert. „Ich grabe

Ihnen ja gern das Fundament für das Eurogate, aber wenn Sie mir und meinen Leuten die Schaufeln wegnehmen, wird es nicht klappen", hatte er eingewandt, aber die Analogie war einfach verpufft. Die nachfolgende Reaktion des Leiters der Kriminalgruppe I hatte ihn tief getroffen. Er seufzte und schlich mehr als zu gehen in den großen Besprechungsraum der Mordkommission, wo ihn seine Truppe erwartete.

„Mensch Klaus, du siehst ja aus wie ein geschlagener General", wunderte sich Peter Elgert, der gerade am Kaffeeautomat stand und die Tasse unter den Ausgabehahn stellte. „Ja, aber geschlagen vom der eigenen Heeresleitung, die der kämpfenden Truppe die Munition nimmt", knurrte Heppner zurück und setzte sich.

„Peter, Jimmy, Willi und Marco, ihr werdet euch unverzüglich im Geschäftszimmer des KK 12 melden und dort einer neuen Aufgabe zugeteilt werden. Kurz gesagt: ihr seid raus aus der MK."

„Wieso das denn?", empörten sich die Angesprochenen, und unter den übrigen Kollegen erhob sich erregtes Gemurmel. Heppner hob die Hand und erklärte seinen Kollegen die Situation, erntete aber nur Verständnislosigkeit.

„Warum hast du VvD nicht einfach gesagt, dass er sich zum Teufel scheren oder anderes Personal suchen soll?", fragte Ede Vollstraß, und alle nickten. Heppner seufzte auf und entschloss sich, den Kollegen von dem Ultimatum des Gruppenleiters zu berichten. Die Reaktion war einhellige Ablehnung. Steffi Cornelius, die im Vorstand des Bundes deutscher Kriminalbeamter, also der Gewerkschaft der Kripo saß fasste das Dilemma in Worte.

„Der IM niest, und das PP Duisburg holt eifrig Nasenspray und Taschentücher, obwohl es selbst am Tropf hängt. So was Devotes! Und was die Behandlung von Klaus angeht, scheint das der neue Führungsstil aus dem Ministerium zu sein. Denkt mal an die Äußerung, dass die angefallenen Überstunden Fehler der Kommissariatsleiter seien, weil sie die falschen Leute für Sondereinsätze einteilen würden. So'n Quatsch! Einerseits bedingt die inflationär hohe Zahl von Sondereinsätzen, dass fast jeder Kollege massiv Überstunden aufbaut, die er nur reduzieren könnte, wenn er seine eigentlichen Aufgaben liegen lässt und sich wochentags frei nimmt. Das macht keiner, weil er oder sie sich den Geschädigten der Straftaten gegenüber in der Pflicht sieht. Andererseits nimmt die Zahl der Kollegen, deren Körper und Geist durch die Überbelastung völlig verschlissen ist und sie keine Sondereinsätze mehr machen können immer weiter zu, wodurch die anderen noch mehr Einsätze fahren müssen und ihre Überstundenzahl wieder steigt. Ist ein Teufelskreis, aus dem es nur einen Ausweg gäbe: mehr Personal! Und da man das nicht bekommt, macht man es sich leicht und stempelt die Kommissariats- und Kommissionsleiter zu Sündenböcken. Du tust mir leid, Klaus."

Dem Angesprochenen tat der Zuspruch gut, doch eine Lösung war er nicht. Heppner nickte also den angesprochenen Kollegen zu, die eine Grimasse zogen und den MK-Raum verließen. Elgert drehte sich in der Tür noch einmal um.

„Vielleicht beschränkt sich unsere Tätigkeit ja nur auf die Festnahme der Täter. Dann können wir schnell wieder da sein und euch weiter unterstützen." – „Dann beeilt euch", seufzte Heppner, dem überrascht aufgefallen war, dass Jimmy Hellwich kein ganz so frustriertes Gesicht machte.

Der Grund sollte ihm erst später klarwerden.

***

„Wer ist der nächste auf der Liste, Mahmut?" Mehdi Abdesslam sah seinen Kumpan erwartungsvoll an. Mahmut Al-Tahir, der eine Liste auf seinem Tablet studierte, sah hoch und bemerkte fast mit Erschrecken, dass sich die Augen seines Partners erwartungsvoll geweitet hatten. Offenbar hatte er Gefallen am Töten gefunden, und dies gefiel Mahmut nicht im Mindesten.

„Bleib ruhig, mein Freund. Die Liste ist noch lang genug, und wir müssen vorsichtig vorgehen und genau planen, in welcher Reihenfolge wir zuschlagen." – „Reihenfolge?", fragte Mehdi verständnislos. „Das sind doch alles Giaurs, Ungläubige, und es kann uns doch egal sein, wer als erster in Sheitans Feuer landet."

Mahmut seufzte tief. „Du hast den Sinn noch nicht begriffen, Bruder. Natürlich ist es gleichgültig, wer zuerst stirbt, doch wir müssen taktisch vorgehen. Du hast keine

Erfahrung mit der deutschen Polizei, aber ich habe sie, und ich werde den Teufel tun, sie zu unterschätzen.

Wir dürfen nicht zulassen, dass zu früh zwischen den einzelnen Taten ein Zusammenhang erkannt wird. Denn dass er erkannt wird, ist unvermeidlich, da drei der Zielpersonen Duisburger sind. Deshalb stellen wir diese Leute erst einmal zurück und kümmern uns um die anderen, wie wir es mit der Houri in Haltern getan haben. Dass sie in Duisburg arbeitet, nun gut. Ihr Wohnort wird hoffentlich den Zusammenhang verdecken.

Ich habe die nächste Zielperson bereits bestimmt. Mit ihm werden wir es aber nicht ganz so leicht haben, denn sein Büro befindet sich mitten auf der Königsallee in Düsseldorf, und seine Privatadresse ist uns nicht bekannt. Allerdings kennen wir sein Aussehen, da er sein Bild auf die Homepage gestellt hat und in den Social Medias sehr aktiv ist. Sieh ihn dir an, den feinen Pinkel, damit du ihn nicht verwechselst."

Mehdi blickte auf das Tablet und sah einen gutaussehenden, gebräunten Mittvierziger vor sich, dessen Gesichtsausdruck irgendwo zwischen extremem Selbstbewusstsein und Hochmut anzusiedeln war. Der Killer prägte sich die Gesichtszüge ein und nickte seinem Kollegen zu. Den Mann würde er unter hunderten wiedererkennen.

„Und wie finden wir den Burschen?", fragte er Mahmut, der überlegen grinste. „Wir rufen einfach in seiner Kanzlei an und fragen nach ihm. Wenn ein Rechtsanwalt nicht an seinem Schreibtisch sitzt und Klienten über selbigen zieht, ist er garantiert bei Gericht oder auf einem Golfplatz. Tennis ist den Herren ja nicht mehr fein genug. Wir rufen einfach an und fragen nach ihm."

Mehdi nickte begeistert, und er stellte sich vor, wie er den Rechtsverdreher zerquetschen würde. Vor seinen Augen stand der Name des Anwaltes, den er genussvoll vor sich hinmurmelte, während sein Kumpan bereits die Kanzleinummer anwählte.

„Voßmerbäumer", murmelte Mehdi. „Clemens Voßmerbäumer..."

***

„Mein Mandant erklärt sich selbstverständlich für nicht schuldig, Herr Vorsitzender", verkündete der Anwalt mit volltönender, überzeugter Stimme, und der Mann neben ihm nickte beifällig, während Staatsanwältin Irene Neuenburg verächtlich dreinblickte. Sie kannte die Akte nur durch Überfliegen, weil sie lediglich als Sitzungsvertreterin fungierte, aber was sie gelesen hatte, reichte ihr vollständig, um auf eine fünfeinhalbjährige Freiheitsstrafe zu plädieren.

Der Angeklagte Rico Sellin war Mitglied einer kriminellen Vereinigung und des gewerbsmäßigen Handels mit Heroin in 97 Fällen angeklagt. Selbst nicht abhängig, hatte er Heroin im Kilogrammbereich importiert, verschnitten und über Zwischenhändler in den Straßenhandel gebracht. Sämtliche Taten waren einerseits über Zeugenaussagen, andererseits über die Aufzeichnung der überwachten Telekommunikation belegt. Daher beugte sie sich vor und fragte Voßmerbäumer, wie er denn zu dieser Rechtsauffassung käme.

Der Angesprochene grinste nur. „Verehrte Kollegin, im Verlauf der Verhandlungstage werde ich beweisen, dass die Polizei Beweise und Verdachtsmomente gegen meinen Mandanten, der nichts anderes als ein ehrenwerter Geschäftsmann ist, lediglich vortäuschte, und dass nur aufgrund dieser Lügen überhaupt der Beschluss zur Überwachung des Fernsprechverkehrs erwirkt wurde. Daher sind die Überwachungsprotokolle als Beweismittel unzulässig. Und die Belastungszeugen? Alle sind selbst heroinabhängig, und ich werde beweisen, dass die Polizei diese Zeugen so lange festhielt, bis sie aufgrund von Entzugserscheinungen sagten, was die so genannten", und hier troff seine Stimme vor Hohn, „Ermittler von ihnen hören wollten. Sie alle waren selbst Beschuldigte und wollten über die Kronzeugenregelung im Betäubungsmittelgesetz nur ihre Haut retten. Nach meiner Auffassung wurden die Geständnisse erzwungen, und zwar auf eine Art und Weise, die mich veranlasst, gegen die vernehmenden Polizeibeamten Strafverfahren wegen Aussageerpressung einzuleiten und zu beantragen, dass sie von diesem Verfahren ausgeschlossen werden."

Voßmerbäumer setzte sich, und die Zufriedenheit in seinem Gesicht sprach Bände. Sein Mandant grinste so breit, dass diverse Zahnlücken sichtbar wurden, und er klopfte seinem Anwalt jovial auf die Schulter. „Prima geredet, Vossi", raunte er ihm zu. „Ich wusste doch, dass du einer von uns bist."

Der so gelobte rümpfte die Nase, behielt seinen Kommentar aber für sich. Er wusste nur zu gut, dass alle Vorwürfe gegen Sellin Hand und Fuß hatten, und dass sein Vorstoß in erster Linie taktische Gründe hatte. Schade, dass man sich mit einem solchen Pack abgeben muss, dachte er angewidert. Immerhin sind er und seine Kumpels zahlungskräftig. Es lebe das moralische Vakuum, in das sich jeder Anwalt versetzen kann, um die Taten und den Charakter seines Mandanten nicht unerträglich zu finden. Voßmerbäumer war ein Meister darin.

Richter Hunckemöller seufzte und schüttelte indigniert den Kopf. Er kannte Voßmerbäumer aus diversen Sitzungen und hatte schon so manchen Streit mit ihm ausgefochten, mal mehr, mal weniger erfolgreich. Deshalb wusste er genau, was auf seine Reaktion folgen würde.

„Herr Voßmerbäumer, bitte sparen Sie sich diese Ausführungen für die Verhandlung auf. Sie kennen das Procedere in einer Sitzung vor der großen Strafkammer." Wie erwartet stand Voßmerbäumer auf und sah den Vorsitzenden und seine Beisitzer kalt an.

„Ich stelle hiermit fest, dass die Kammer mir das Wort abschneidet und verhindert, dass ich entlastende Beweise zu Gunsten meines Mandanten vorbringen kann. Ich muss daher die Unparteilichkeit des Gerichtes stark in Zweifel ziehen und stelle hiermit einen Befangenheitsantrag gegen den Vorsitzenden und seine Beisitzer, die seine Ausführungen widerspruchslos hingenommen haben."

Hunckemöller schloss die Augen und grunzte frustriert. Das konnte ja heiter werden. „Vossi" spielte mal wieder offensichtlich auf Zeit, weil er hoffte, dass ein paar von den Belastungszeugen umfallen oder sich den goldenen Schuss verpassen würden. Kannte man alles, aber das machte das Verhalten des Anwaltes nicht erträglicher.

„Die Kammer wird über den noch schriftlich zu fixierenden Antrag beraten und vertagt sich. Die Verhandlung wird daher am kommenden Donnerstag um 09:00 Uhr mit der Verkündung des Beschlusses über den Befangenheitsantrag fortgesetzt."

Huckemöller erhob sich, und alle im Saal taten es ihm nach. Voßmerbäumer sah seelenruhig zu, wie Justizwachtmeister seinem Mandanten Handfesseln anlegten und ihn zurück in die Vollzugsanstalt brachten. Verdient hat er es allemal, dachte der Anwalt, während Staatsanwältin Neuenburg zu ihm trat. Ihren zynischen Worten war das Missvergnügen nur allzu deutlich anzumerken.

„Das haben Sie ja mal wieder fein gemacht, Kollega. Was haben Sie heute noch vor? Tete a tete mit den Spitzen von Satudarah MC oder eine Runde auf dem Fairway in Hubbelrath?" Der Angesprochene entledigte sich seines Talars, während sein Grinsen so breit wurde, dass er sein Hollywood-Gebiss fast vollständig entblößte.

„Weder noch, verehrte Kollegin. Ich habe eine Verabredung mit einer jungen Dame, deren Name ihnen etwas sagen würde – sofern Sie sich für das Showbusiness interessieren und nicht nur hinter Gesetzbüchern hängen würden."

Irene Neuenburg schnappte nach Luft. „Ach, für ein Rendezvous lassen Sie einen Prozesstag platzen, selbst wenn es nur ein halber Tag zur Verlesung der Anklageschrift ist? Mal ganz abgesehen davon – ich dachte, Sie sind verheiratet?"

„Aber kein Eunuch", gab der Angesprochene zurück. „Und da Sie mir ja einen Korb gegeben haben…" – „Hätte ich, wenn Sie mir die Gelegenheit gegeben hätten", fauchte die Anklägerin ihr Gegenüber an, der jetzt noch einen Schritt näherkam. „Ich sehe da sehr starke Emotionen bei Ihnen. Also sind sie offenbar interessiert. Sehr schön… das muss ich mir merken."

Die Dreistigkeit des Kerls hat schon etwas von Chuzpe, dachte Irene Neuenburg fast bewundernd, während sie sich brüsk anwandte und zu ihrem Tisch ging, um die Prozessakten zusammenzulegen. Voßmerbäumer sah ihr zufrieden nach. Klappt ja prima, dachte er. Zumindest habe ich sie etwas aus dem Konzept gebracht. Und wenn sie anspringen sollte…. Sie ist zwar ein paar Jahre älter als ich, hat aber eine tolle Figur, und es könnte Spaß machen mit ihr. Wenn ich ihr im Bett ein paar Informationen entlocken kann, gut. Wenn nicht, kann ich sie wenigstens wegen verbotener Beziehungen zur anderen Prozesspartei vom Verfahren ausschließen lassen. Er grinste, warf sich den Talar über die Schulter und verließ den Gerichtssaal in dem Bewusstsein, einen Tagessieg errungen zu haben.

Sein Porsche 959 stand in der Tiefgarage des Landgerichtes, und als er auf ihn zuging, achtete er nicht auf den Mann, der am Durchgang zum Treppenhaus stand und augenscheinlich telefonierte. Als „Vossi" ihn passiert hatte, beendete er sein Telefonat und nickte einem anderen Mann zu, der unweit des Porsches an einen Kleintransporter gelehnt war.

Der Anwalt entriegelte den Sportwagen mit der Funkfernbedienung – und fand sich einen Augenblick später auf dem Boden liegend wieder. „Keinen Mucks, Rechtsverdreher", raunte ihm eine akzentuierte Stimme zu, und er nickte hastig, während sich ein Knebel in seinen Mund schob. Vier Hände rissen ihn nach oben und bugsierten ihn unsanft in den Ladebereich des Transporters, wo einer der Entführer ihm ein Messer an die Kehle hielt, während der zweite die Transportertür von innen schloss.

„Los, rück dein Handy raus", hörte der Entführte eine gezischte Anweisung, die er eiligst befolgte. Der Knebel wurde aus seinem Mund entfernt, und Voßmerbäumer begriff, dass er zum Sprechen aufgefordert worden war.

„Ihr wisst wohl nicht, wen ihr vor euch habt, was? Denn sonst wüsstet ihr, dass ich Freunde..." Der Schlag mit dem Handrücken ließ seinen Kopf zur Seite fliegen, und dass an seine Kehle gehaltene Messer verursachte einen blutigen, wenn auch flachen Riss über dem Kehlkopf. „Und wo sind deine Freunde, Ungläubiger? Ah, ich habe sie gefunden. Im Spam-Ordner. Du hast die Nachricht noch nicht einmal geöffnet. Sieh selbst!"

Der Mann hielt dem Anwalt sein Handy vor die Augen, und dieser nickte. „Klar. Den Kerl kann ich nicht riechen. Warum sollte ich mir seine Nachrichten ansehen?"

Als sich der Druck des Messers von seinem Hals entfernte, glaubte Voßmerbäumer, die richtige Antwort gegeben und es überstanden zu haben.

Der Strick, der sich einen Augenblick später um seinen Hals legte, bewies ihm das Gegenteil.

***

Mohammed Al-Tahiqq sah sich um. Er befand sich in einem kargen Raum mit weiß gestrichenen Wänden, dessen einzige Ausstattung aus einem Beamer, einer Leinwand und vier Holzstühlen ohne Armlehnen und jegliche Polster bestand, auf denen er und drei andere arabisch aussehende Männer in seinem Alter saßen. Alle saßen wie er bolzengerade auf ihren Stühlen, hatten die Hände auf die Knie gelegt und machten den gleichen nichtssagenden Gesichtsausdruck. Im Gegensatz zu „Sammy" hatten die übrigen drei aber offenbar kein Interesse an ihrer Umgebung, sondern starrten einfach geradeaus auf die Leinwand. Auch Sammys Kopf ruckte nach vorn, als eine Stimme aus offenbar verborgenen Lautsprechern ertönte.

„Salaam, Soldaten. Es ist mir eine Freude zu sehen, dass ihr dem Ruf der Erlösung gefolgt seid. Eure Bereitschaft, als Märtyrer Allahs die Sache des Propheten zu verbreiten und Tod und Verzweiflung in die Reihen der Ungläubigen zu säen, erfüllt mich mit unbändigem Stolz.

Ihr werdet in den nächsten Tagen eure Fertigkeiten vervollkommnen, damit ihr als effektives Team zusammenarbeiten könnt. Die Ausbildung wird einen Grundkurs in Kampftechniken und den Umgang mit verschiedenen Waffensystemen beinhalten. Eure Ausbilder werden sich im Verlauf der nächsten Stunden bei euch melden. Geht auf eure Zimmer, verrichtet eure Gebete und lest im Koran, den ihr auf euren Nachttischen finden werdet. Allahu Akbar!"

„Allahu Akbar", antworteten die Rekruten im Chor, standen auf und verließen in geordneter Reihe den Raum. Die Überwachungskameras im Flur verrieten dem Sprecher, dass alle ohne nach links und rechts zu sehen in ihre Zimmer gingen – mit einer Ausnahme. Der zuhinterst gehende sah bei jedem seiner Kameraden durch die geöffnete Tür um zu sehen, was sich in ihren Zimmern befand. Der Überwacher runzelte die Stirn. Neugier war in der Programmierung der Soldaten eigentlich nicht vorgesehen... Er beschloss, Nummer vier genauer im Auge zu behalten.

Sammy saß auf seinem Bett und fühlte sich irgendwie schizophren. Einerseits war er begeistert von der Vorstellung, als Märtyrer Allahs zum Teil des Djihad zu werden, andererseits nahm er tief in seinem Unterbewusstsein nagende Zweifel wahr. Er schüttelte den Kopf und griff zum Koran, wo ihm eine eingekerbte Stelle auffiel. Er schlug sie auf und las den Text eines Teils der neunten Sure:

„Kämpft gegen diejenigen, die nicht an Gott und den jüngsten Tag glauben und nicht verbieten, was Gott und sein Gesandter verboten haben, und nicht der wahren

Religion angehören – von denen, die die Schrift erhalten haben – kämpft gegen sie, bis sie kleinlaut aus der Hand Tribut entrichten".

Die Worte entfachten erneut die Begeisterung für den Kampf in dem jungen Nordafrikaner, doch ganz brachten sie die leisen Zweifel in ihm nicht zum Verstummen. Er legte sich auf sein Bett und schloss die Augen. Nur wenige Sekunden später bewiesen die regelmäßigen Atemzüge, dass er fest eingeschlafen war.

Der Beobachter seufzte und wandte sich vom Bildschirm des Überwachungsmonitors ab. Na, zumindest dieser Teil der Konditionierung funktionierte.

Vor mehr als fünf Jahren waren geeignete Kandidaten, die unbedingt nach Deutschland wollten einem harten Training unterzogen worden, das in einer kompletten Gehirnwäsche endete. Durch die Kontrolle dieser willenlosen Exekutoren standen ihm die Instrumente für sein Vorhaben zur Verfügung und warteten darauf, eingesetzt zu werden. Er hatte einfach nur warten müssen, bis der geeignete Zeitpunkt gekommen war, und jetzt, auf dem Höhepunkt des Flüchtlingsstroms, war es soweit.

„Glaubst du, sie werden wie vorgesehen funktionieren?", fragte sein Stellvertreter, der auf den Namen ‚Amir' hörte und ebenfalls die Monitore beobachtet hatte. Der Angesprochene nickte nur. „Jeder auf seine Art. Der Wunsch zu töten ist in sie implantiert, und du wirst ihnen beibringen, wie sie es zu tun haben. Unsere Spezialisten werden unsere Maschinenwaffen sein, und

Nummer vier unsere Handgranate. Er wird die von seinen Kameraden gebauten Bomben zünden und ein nie da gewesenes Blutbad anrichten."

Amir nickte, wandte aber ein: „Drei Mann mit Sturmgewehren, einer mit Sprengmitteln – meinst du nicht, dass Polizei und Geheimdienste sofort an Paris denken werden?"

Der Chef lehnte sich zurück, und sein Lächeln wurde breiter. „Das ist möglich, mein Freund. Gut möglich. Ich hoffe es sogar…"

***

Wütend warf Klaus Heppner die Berichte seiner Leute in den Korb von Rudi Brack, der bei dieser Mordkommission als Aktenführer fungierte. Er würde die Berichte strukturiert einsortieren und auf Kommando rezitieren können, wer welche Ermittlungen durchgeführt hatte und wo in der Verfahrensakte der entsprechende Bericht zu finden war. Der Job war wichtig und verantwortungsvoll, bei den Kollegen aber unbeliebt, weil ein Aktenführer mit den eigentlichen actionreichen Ermittlungen nichts, aber auch gar nichts zu tun hat.

„Verdammt, Rudi, kannst du mir verraten wie wir mit reduziertem Personal die vorhandenen Spuren abarbeiten sollen, bevor sie kalt sind? Jimmy wollte ich eigentlich auf diese Firma Kießling ansetzen, und der einzige

Ermittler aus dem Bereich Wirtschaftskriminalität darf jetzt Marokkanern auflauern."

„Ich bin ja auch noch da", tröstete Rudi seinen Chef. „Und wir haben ja das freie Wochenende gestrichen, wie üblich in der heißen Phase. Ich habe übrigens Jimmys Aufgabe vorweggenommen und glaube, dass wir tatsächlich über die Firma unseren Tätern näherkommen können.

Die Kießling GmbH ist ein alteingesessenes Familienunternehmen – zumindest nach außen hin. Keine Ahnung, wie lange sie schon existiert, aber die eingescannte Gründungsurkunde ist noch in Sütterlin.

Unter dem Enkel des Firmengründers wurde sie 1970 in eine GmbH umgewandelt. Das war, als die Firma expandierte und Filialen in mehreren Ruhrgebietsstädten eröffnet wurden. Der Erfolg dürfte bis etwa 2009 angehalten haben, dann starb der letzte Kießling, und die Geschäftsanteile gingen an entfernte Verwandte, die mit Installation nix mehr am Hut hatten. Die Geschäftsführer wechselten mehrfach, und aus Nachfragen bei den Gewerbemeldestellen weiß ich, dass alle Filialen nach und nach verloren gingen. Sogar das in Firmenbesitz befindliche Stammhaus musste verkauft werden, und die dortigen Geschäftsräume waren nur noch angemietet. Traurig, so ein Niedergang. Am 11.09.2014 wurden die Geschäftsanteile für einen Euro an einen Niederländer verkauft, der den Firmensitz verlegte, nach jetzigen Erkenntnissen die Geschäftsausstattung verhökerte und den Geschäftsbetrieb komplett einstellte. Typisches Beispiel für eine Firmenbeerdigung, um ein Insolvenzverfahren zu umgehen.

Interessant ist, dass zwei der Firmenfahrzeuge nach wie vor auf die Fa. Kießling zugelassen sind. Beides sind Kleintransporter, genau gesagt: weiße Fiat Ducatos, und einer davon stand vor dem Haus Am Golfplatz. Da die Firma keine Geschäftstätigkeit mehr ausführt, müssen wir uns fragen, was zwei angebliche Klempner dieser Firma ausgerechnet zur Tatzeit am Tatort zu suchen hatten."

„Die Antwort dürfte klar sein, Rudi. Die Firma ist nichts mehr als ein Deckmantel für krumme, uns aber noch unbekannte Geschäfte, und ein Tatzusammenhang liegt nahe. Was kannst du mir über den Käufer der Firma sagen?"

Rudi Brack seufzte und zuckte die Schultern. „Nicht viel, fürchte ich. Der gegenüber dem Notar vorgelegte Pass war gefälscht, und wir haben nichts als einen Namen, der wahrscheinlich auch rein erfunden ist.

Der Käufer hieß Mehdi Abdesslam."

Fünf

30. Mai, Vormittag

„Die Leiche von Clemens Voßmerbäumer wurde gestern gegen 18:00 Uhr von einem Angestellten der Gesellschaft gefunden, die das Parkhaus am Landgericht Düsseldorf bewirtschaftet. Unser Freund Vossi ist nach ersten Erkenntnissen erdrosselt worden. Klassische waagerechte Strangfurche, da gibt es keinen Zweifel."

Andre Tiefenbach, Klaus Heppners alter Ego beim KK 11 in Düsseldorf, schilderte den fassungslos zuhörenden Mitgliedern der Duisburger Mordkommission über Videokonferenz das Ende des prominenten Anwaltes, den viele bereits kennen-, aber nicht im Mindesten schätzen gelernt hatten. Der Düsseldorfer Mordermittler seufzte und fuhr mit seinem Bericht fort.

„Sein Porsche ist übrigens aus dem Parkhaus verschwunden. Möglicherweise hat er jemanden beim Klauen seiner Karre erwischt, versucht ihn zu überwältigen und den Kürzeren gezogen. Kampfspuren im Parkhaus haben wir jedenfalls nicht gefunden."

„Gibt es in dem Parkhaus Überwachungskameras, Andre?" Tiefenbach schnaubte nur. „Schon, aber nur an der Ein- und Ausfahrt, und die Dinger sind derart Scheiße eingestellt, dass von dem Burschen, der mit Vossis Porsche aus dem Parkhaus fuhr, nur die Hand zu sehen ist, mit der der Dieb die Parkkarte in den Automaten steckt. Blaue Windjacke, schwarzer Lederhandschuh. Unglaublich aussagekräftig." Der Frust des Polizisten war nicht zu überhören, und er seufzte tief.

„Ich habe gleich ein Date mit deinem Freund Professor Kürten, der sich tatsächlich auf diese Obduktion freut. Kann ich nachvollziehen, denn Voßmerbäumer hat vor zwei Jahren in einem Prozess versucht, ihm einen Fehler bei der Obduktion einer ermordeten Prostituierten unterzuschieben. Hat glatt behauptet, Kürten sei befangen, weil er einer der Hauptkunden der Ermordeten gewesen sei, und hat vier natürlich alle aus dem Rotlichtmilieu stammende Zeugen auftreten lassen, die Kürten in dem Haus Hinter dem Bahndamm gesehen haben wollen. Typische Strategie bei diesem Rechtsverdreher; wenn die Sachbeweise unwiderlegbar sind, mache die unglaubwürdig, die sie gesammelt haben."

Das Stöhnen aus dem Kollegenkreis zeigte Heppner deutlich, dass die Meisten gleichartige Erfahrungen mit dem Ermordeten gemacht hatten, und sich ihr Mitleid daher in Grenzen hielt. Tiefenbach, der das weder sah noch hörte, sprach einfach weiter.

„Wir haben diese Schweinerei nur widerlegen können, weil einem der vier völlig entfallen war, dass er sich zur Zeit eines der angeblichen Besuche von Kürten im Puff, welchen er vor Gericht beeidete, bei uns im Gewahrsam befunden hatte. Gab eine nette Strafe wegen uneidlicher Falschaussage, und anschließend fielen die drei anderen Zeugen vorsichtshalber auch mal um, sodass die Intrige zusammenstürzte wie ein Kartenhaus. Leider hat keiner der ‚Zeugen' Voßmerbäumer als Drahtzieher genannt, sodass dieser mit Unschuldsmiene behaupten konnte, von der Märchenstunde seiner Zeugen selbst überrascht worden zu sein. War nur ein Beispiel seiner Aktionen, die er in ähnlicher Art auch gegen uns durchführte. Ehrlich gesagt, weint ihm hier niemand eine Träne nach – mit Ausnahme seiner Klienten aus dem Bereich der organisierten Kriminalität. Es hat tatsächlich hier schon Anrufe gegeben, bei denen gefragt wurde ob wir meinen, ihren Rechtsbeistand ungestraft liquidieren zu können. Würde mich nicht wundern, wenn die Mafia uns jetzt den Krieg erklärt."

„Na, das fehlte noch", knurrte Heppner, bat Tiefenbach, ihn über die weiteren Ermittlungen auf dem Laufenden zu halten und beendete die Konferenzschaltung. Jetzt wandte er sich seinen Kollegen zu und begann mit dem Briefing für den heutigen Tag. Nachdem er die Aufgaben eingeteilt hatte, informierte er seine Mitstreiter noch über die Ermordung Sandra Vetters, welche ihm in einem Fernschreiben des PP Recklinghausen mitgeteilt worden war. Ede Vollstraß winkte ab.

„Weiß ich schon seit gestern Abend. Ich gucke mir immer Studio 47 an, wenn ich nach Hause komme. Sonst kriegt man ja nicht mehr mit, was in Duisburg passiert, und da hat sie ja gearbeitet. War echt hübsch, die Kleine. Schade um sie. Na immerhin ist sie nicht in Duisburg und Umgebung gestorben, sondern quasi vor der Haustür. Wir haben also nix mit der Sache zu tun. Noch eine MK kriegen wir personell nicht gebacken."

Alles nickte beifällig, nur der zurückgekehrte Peter Elgert sah Ede prüfend an, bis dieser die Stirn runzelte und ihm ein „Was?!" zuknurrte. Elgert begann zu feixen und meinte: „Hast du dir vielleicht schon mal überlegt, selbst in Gefahr zu sein, Ede? Überleg doch mal: erst stirbt Vorholt, dann Sandra Vetter und jetzt Vossi."

„Ja, und?" meinte Ede, und er machte dabei ein so dummes Gesicht, dass Elgert zu kichern begann, bevor er seine Erklärung abgab.

„Die Familiennamen aller Opfer fangen mit V an, und deiner auch. Wenn wir es also mit dem V-Killer zu tun haben, hat er dich vielleicht auch..." – „Ach, halt doch deine blöde Klappe", röhrte Vollstraß in das aufbrechende Gelächter der Kollegen hinein, und Elgert ging mit gespieltem Entsetzen in Deckung, richtete sich aber gleich wieder auf.

„Drolliger Zufall, oder?", meinte er gedehnt. „Vielleicht steht VvD ja auch bei denen auf der Liste." – „Lieber er als ich", knurrte Vollstraß und setzte sich wieder.

Heppner war über die gute Laune seiner Kollegen erfreut, zeigte es ihm doch, dass sich die Arbeitsbelastung bisher nicht auf die Stimmung niedergeschlagen hatte. Auch er hielt die Übereinstimmung bei den Familiennamen für reinen Zufall.

Noch….

***

„Tatsächlich, Herr Professor, scheinen es gesteuerte Kommunikationsversuche zu sein. Das heißt, er ist nach wie vor gelähmt, aber er versucht sich uns mitzuteilen.

Ich habe ihm einen Spiegel unter die Nase gehalten, und ein Rhythmus der Atemstöße ist unverkennbar."

Professor Jamal Al-Hatoumi sah seinen Oberarzt Kasim El-Motassir zweifelnd an. „Ich gebe ja zu, dass der Patient merkwürdig atmet, aber ich würde diese Atemstöße doch eher auf neurologische Aussetzer aufgrund der zerebralen Verletzungen zurückführen. Ich sehe da keinen Rhythmus."

„Ich schon, Herr Professor. Bitte achten Sie darauf, wie oft der Patient die Luft ausstößt, bevor er wieder eine Pause macht. Hier, nehmen Sie den Spiegel und halten Sie ihn unter seine Nase. Sie werden erstaunt sein."

Der Neurologe sah seinen Untergebenen zweifelnd an, tat aber, wie ihm geheißen. Er zählte die Atemzüge und diktierte sie El-Motassir, der sie penibel notierte. Nach wenigen Minuten richtete sich der Chefarzt auf und schüttelte den Kopf.

„Ja, da ist ein Rhythmus, das muss ich zugeben. Aber was haben diese Zahlen, wenn es welche sind, zu bedeuten?"

El-Motassir schloss die Augen, um sich zu sammeln. Wie sollte er es seinem Chef erklären, dass er in diesem Fall klüger gewesen war als sein Vorgesetzter? Er entschloss sich zu einer Umschreibung.

„Herr Professor, wie Sie wahrscheinlich nicht wissen, glaube ich an Leben außerhalb unseres Planeten und habe mich deshalb sehr viel mit dem SETI-Projekt beschäftigt. Diesem Projekt hat Carl Sagan mit seinem Roman ‚Contact' ein Denkmal gesetzt, und das Buch ist mit Jodie Foster und Matthew McConnaghey in den Hauptrollen verfilmt worden.

In der Geschichte senden Außerirdische eine Botschaft an die Menschheit, und um zu zeigen, dass es keine natürlichen Impulse sind, bedienen sie sich der universellen Sprache der Mathematik. Die Botschaft kommt in Form der Primzahlen zwischen 1 und 101."

Mehrere Monitore am Bett El Tannouis begannen, ein leises Piepsen von sich zu geben. Al-Hattoumi wollte sich um den Patienten kümmern, aber sein Oberarzt hielt ihn zurück. „Beachten Sie es gar nicht. Er freut sich nur, weil ich ihn verstanden habe.

Sehen Sie auf die Liste und lesen Sie die Anzahl der Atemstöße. Herr El Tannoui hat zwar keine interstellare Entfernung überbrücken müssen, aber der Weg war vielleicht noch schwieriger."

Als der Neurologe auf die Liste blickte, fiel es ihm wie Schuppen von den Augen. Er las: 1, 3, 5, 7, 11, 13, 17, 19. Insh Allah, dachte er, und ließ das Blatt sinken. Eine Frage hatte er aber noch an seinen Assistenten. „Seit wann wissen Sie es? Warum wurde ich nicht früher informiert?"

Der Oberarzt blickte bescheiden zu Boden. „Ich habe gestern bemerkt, dass die Atmung von Herrn El Tannoui einem bestimmten Rhythmus folgt, wenn eine Person das Zimmer betritt. Sonst atmet er immer ganz normal, und dass diese Phänomene nur in Gegenwart Dritter beginnen, war sehr auffällig. Ich habe bis heute Morgen gebraucht, um den Rhythmus zu identifizieren. Sie können mit ihm reden, Herr Professor. Er spricht arabisch, und er versteht Sie."

Al-Hattoumi beugte sich zu dem Patienten herunter, dessen Monitore mittlerweile hektisch blinkten. „Schon gut, ich habe begriffen. Wenn Sie meine Worte verstehen können, atmen Sie zweimal kurz hintereinander aus."

Er nickte, als sich die Monitoranzeigen beruhigten und der Polizist tatsächlich zweimal schnaubte. „Gut. Sollen wir die beabsichtigte Elektroschock-Therapie durchführen? Zweimal schnauben heißt ja, viermal nein."

Als vier schnelle Atemstöße vernehmbar wurden, hob der Neurologe die Augenbrauen. „Warum nein? Vielleicht verbessert das Ihre motorischen Fähigkeiten, und…. ah, natürlich. Sie befürchten, Ihre Möglichkeit zur Verständigung könnte verloren gehen, habe ich recht?"

El Tannoui hätte gelächelt, wenn er dazu in der Lage gewesen wäre. Der Mann versteht mich wirklich, dachte er, und er beeilte sich, seine Bestätigung zu signalisieren. „Gut", hörte er den Arzt sagen, „was sollen wir dann tun? Sagen Sie es uns, indem Sie es uns buchstabieren. Schnauben Sie heftig, wenn der richtige Buchstabe kommt. Welche Sprache sollen wir verwenden? Arabisch? Französisch? Englisch? War das gerade eine Bestätigung? Dann also englisch." Er begann auf Englisch zu buchstabieren, und sein Oberarzt notierte wieder das Ergebnis.

Nach mehreren Minuten sahen sich die beiden Ärzte an. El-Motassir räusperte sich und nickte, während sein Blick auf dem Mann im Bett ruhte. „Sie haben uns eine Telefonnummer hinterlassen, und ich werde sie umgehend benachrichtigen. Ich gehe davon aus, dass sie in zwei Stunden hier sein können. Ruhen Sie sich inzwischen aus. Ich glaube, die Stunden nach ihrem Eintreffen werden für Sie sehr strapaziös." Er nickte seinem Chef zu und verließ das Zimmer.

Der Chefarzt sah noch einmal auf den Zettel und lächelte. Es war doch klar gewesen, mit wem El Tannoui zuerst reden wollte.

Auf dem Zettel stand *„call my colleagues and don't tell anybody else I awaked."*

Ruft meine Kollegen. Und erzählt niemand sonst, dass ich aufgewacht bin.

***

Karl Exner rammte frustriert die Hände in die Jackentaschen und fluchte vor sich hin, was ihm einige strafende Blicke einbrachte. Der 47-jährige Chef der Münsteraner Mordkommission stand vor der Leiche Sandra Vetters und beobachtete, wie sie vom Leiter der örtlichen Pathologie zerteilt wurde. Viel zu jung und zu hübsch zum Sterben, dachte er verbittert. Warum sie? Was hatte gerade sie zum Opfer des Täters gemacht, den ich gerade zu analysieren versuche? Was geht in solchen Menschen vor?

Professor Bersing, der nun gar keine Ähnlichkeit mit seinem Tatort-Vertreter Jan Josef Liefers hatte, beschränkte das Reden auf gemurmelte Anweisungen an seine Assistenten. Exner, der die Art des Rechtsmediziners kannte, hielt sich im Hintergrund und wartete ab. Er würde seine Informationen schon noch bekommen.

Weit vor dem erwarteten Zeitpunkt drehte sich Bersing zu ihm um und forderte ihn durch eine Geste zum Näherkommen auf. „Sehen Sie sich den Hals an, Herr Exner. Glatte waagerechte Strangfurche mit einer kleinen Unterbrechung im Nacken. Zusammen mit der Kompressionsstelle in Höhe des fünften Rückenwirbels komme ich zu dem Schluss, dass unser Opfer von hinten erdrosselt wurde, während der Mörder ihr ein Knie in den Rücken presste, um den Druck zu erhöhen. Das Opfer starb schnell, was für sie kein Trost sein dürfte. Lange gelitten hat sie aber nicht."

„Mit Ausnahme der Vergewaltigung, oder?", wandte der Polizist zynisch ein, doch der Obduzent schüttelte langsam den Kopf. „Ich bin mir nicht sicher, ob es wirklich eine Vergewaltigung gegeben hat. Was immer ihr in die Scheide eingeführt wurde: ein menschliches Glied war es nicht.

Ich habe Abstriche gemacht und dabei Verletzungen festgestellt, die ich aus einem meiner früheren Fälle kenne. Damals hatte ein Mann seine Frau erschlagen und wollte es als Sexualdelikt tarnen. Da er sich nicht überwinden konnte, selbst den Geschlechtsakt mit der Toten zu vollziehen, hat er ein Kunststoffrohr in ihre Vagina eingeführt. Hierbei kam es zur Aufschiebung und Umstülpung der Schleimhaut, da abgeschabte Partikel nach innen ins Rohr gedrückt wurden. Es wäre zu massiven Blutungen gekommen, wenn das Opfer noch gelebt hätte; also stand fest, dass das Eindringen erst nach ihrem Tod erfolgt ist.

Ich habe bei Frau Vetter die gleichen Spuren gefunden. Auch sie wurde postmortal mit einem fast identischen Werkzeug penetriert. Vielleicht liegt das Ding noch irgendwo am Tatort herum, weil man es für ein unwichtiges Stück Müll hielt."

Exner verkniff sich jeglichen Kommentar und nickte nur knapp. Seine Leute hatten im näheren und weiteren Umkreis des Tatortes alles auf links gedreht und bis auf den natürlichen Bewuchs alles Aufgefundene spurentechnisch gesichert.

„Können Sie mir etwas zum Tatwerkzeug sagen, Herr Professor?", fragte er stattdessen. Dieser sah ihn mit einer Mischung aus Stolz und Herablassung an. „Ich habe tatsächlich einen Hinweis für Sie, Herr Exner", antwortete der Angesprochene kühl.

„In der Strangfurche befanden sich Fasern, die nicht von der Kleidung des Opfers stammen. Mein Assistent Cramer hat sie kurz unter das Mikroskop gelegt und meint, es handele sich um Hanf oder Sisal. Genaueres wird aber eine chemische Analyse ihrer Kollegen beim LKA ergeben."

Der Polizist rollte die Augen. Auf das Landeskriminalamt war er momentan nicht gut zu sprechen, nachdem er einen Antrag zur Auswertung von DNA-Spuren wegen angeblicher Formfehler hatte viermal schreiben müssen. Und durch den Personalmangel der technischen Abteilung würde es sicher vier Wochen bis zum Erhalt des Ergebnisses dauern. Dennoch dankte er Bersing und fuhr zurück zu seiner Dienststelle, wo er die Erkenntnisse zusammenfasste und als Fernschreiben durch NRW schickte.

„Kunststoffrohr", murmelte er verdrossen. „Hat doch jeder Installateur in seinem..." Ihm kam eine Idee, und er sah sich die Vernehmungsprotokolle der wenigen Zeugen durch. Hatte nicht einer.... Ja!

Am Abend vor der Auffindung der Leiche hatte ein empörter Autofahrer eine Anzeige erstattet, weil ihm ein aus der Seitenstraße ausfahrender weißer Fiat Ducato die Vorfahrt genommen und ihn zu einer Vollbremsung gezwungen hatte. Der Anzeigenerstatter hatte sich kein Kennzeichen merken können und wusste nur, dass auf dem Wagen die Firmenaufschrift von irgendeiner Klempnerei angebracht gewesen sei. Die Anzeige lag dem örtlichen Verkehrskommissariat vor, und nur der Umstand, dass Sandra Vetter in dieser Seitenstraße gewohnt hatte und dort ermordet worden war veranlasste den Sachbearbeiter, sich bei der Mordkommission zu melden. Angesichts der rudimentären Fahrerbeschreibung des Anzeigenerstatters („irgend so'n scheiß Ausländer") betrachtete er die Erfolgsaussichten der Anzeige eher mäßig und war froh, sie vom Schreibtisch zu bekommen. Exner nickte grimmig. Wenn ich den erwische, dachte er, ist das Bußgeld wegen des Verkehrsdeliktes seine kleinste Sorge. Er griff zum Telefon und rief Melanie Jaruselski, eine 28-jährige Kriminaloberkommissarin zu sich, die Mitglied seiner Kommission war und aus dem Kommissariat 15, Fachgebiet Kfz-Kriminalität stammte.

„Recherchiere bitte alle Vorgänge landesweit, die irgendwie in Zusammenhang mit einem weißen Fiat Ducato stehen. Unfälle, Ordnungswidrigkeiten, Straftaten – völlig egal, ich will alles wissen. Präferiere die Fälle, in denen diese Fahrzeuge auf eine Installationsfirma zugelassen sind oder waren."

Mellie, wie sie von ihren Kollegen nur genannt wurde, hob nur die Augenbrauen. „Das könnte eine lange Liste werden, Chef." Dieser grinste nur matt. „Was haben wir denn sonst für Spuren? Und dein Versetzungsgesuch zur Auswertungsabteilung des LKA läuft ja sowieso, weil dein Mann von der LBS nach Düsseldorf versetzt wird. Dann zeig mal, was du kannst, und suche nach Strukturen im Chaos." Er zwinkerte seiner Kollegin zu, die mit einem Schnauben kehrtmachte und in ihr Büro stiefelte.

Warum erhalte ich immer diese blöden Routinejobs, fragte sie sich verdrossen. Sie warf sich hinter ihrem Schreibtisch in den Sessel und startete ihre Recherche im IGVP, dem Vorgangsverwaltungssystem. Sie gab die ihr bekannten Daten ein, doch nach nur einer Sekunde las sie die schon fast erwartete Antwort. ‚Abfrageparameter ungenügend. Sie haben erst 37% des notwendigen Schwellenwertes erreicht'.

Mellie knirschte mit den Zähnen. Sie überlegte kurz, eine Anfrage an das Kraftfahrtbundesamt KBA zu senden, entschied sich jedoch dafür, es zunächst einmal mit dem Recherchetool FINDUS zu probieren, in dem alle Vorgänge aus IGVP gespeichert sind und das überhaupt keinen Schwellenwert kennt, sodass auch nach einem aus drei Buchstaben bestehenden Fragment des Vornamens gesucht werden kann – natürlich mit der entsprechenden Trefferquote.

Sie gab Fiat Ducato, Farbe Weiß ein und drückte auf ‚Enter'. Als der PC die Suche nach einer halben Minute immer noch nicht beendet hatte, stellte sie sich die Trefferzahl vor, seufzte auf und machte sich erst mal einen Kaffee. Das konnte ja heiter werden.

***

Jimmy Hellwich befand sich in einem für ihn untypischen Gemütszustand: er war bester Laune. Während Marco de Koning, sein zugeteilter Teampartner verdrossen drein guckte grinste Hellwich mit der Maisonne derart um die Wette, dass de Koning langsam misstrauisch wurde.

„Hast du im Lotto gewonnen, oder einen neuen Hasen aufgerissen?", fragte er den älteren Kollegen, der weiter grinste und nur den Kopf schüttelte. „Du darfst weiterraten, Kleiner. Vielleicht hast du ja eine Erleuchtung", spöttelte Hellwich, der den Blick trotz des Gesprächs nicht von der Eingangstür des Hauses auf der gegenüberliegenden Straßenseite ließ.

Sie standen auf der Sedanstraße in Duisburg Hochfeld und warteten darauf, dass ihre Zielperson das Haus verlassen würde. Marco de Koning sah an der Fassade herunter und begriff nicht, wie man ein Mehrfamilienhaus mit Stuckfassade im Stil der Gründerzeit so auf den Hund kommen lassen konnte – mieses Umfeld hin oder her.

Er hatte schon davon gehört, dass die Zuwanderer in Hochfeld auf Zuruf in leerstehende Häuser zogen, ihren Hausmüll einfach aus dem Fenster in den Hof warfen und weiterzogen, wenn der Unrat bis in die erste Etage reichte. Kein Wunder, dass Kammerjäger in Hochfeld ein zukunftsträchtiger Beruf war.

Hellwich sah, dass sein junger Kollege in Gedanken versunken war und brachte ihn mit einem Rippenstoß ins Jetzt und Hier zurück. „Pass schön auf, Junge. Wir werden hier nicht fürs Träumen bezahlt", knurrte er.

De Koning war verstimmt. „Man wird doch wohl noch denken dürfen, oder steht das nicht in der Arbeitsplatzbeschreibung?", fragte er aggressiv, doch damit hatte er bei Hellwich keine Chance.

„Denken solltest du erst in einer Führungsfunktion. Bis dahin mach schön was man dir sagt, sei immer freundlich und ecke nicht an. Und werde bloß nicht zu erfolgreich! Wenn ein Vorgesetzter auf die Idee kommt, du seiest klüger als er, hast du verloren. Vor allem: hüte dich vor unangebrachter Aktivität! Eigeninitiative führt nur dazu, dass man dich für klug hält. Was das bedeuten würde: siehe oben. Am besten tut man so, als wäre man unglaublich beschäftigt, rennt mit Akten durch das Präsidium und lässt sich sehen. Dann bleibt man den Vorgesetzten im Gedächtnis. Merke dir: wer im Büro sitzen bleibt und seine Arbeit tut feiert zwar Erfolge, ist aber so unauffällig, dass die Beurteilung um mindestens einen Punkt schlechter wird als die wirkliche Leistung. Schau mich an: es klappt."

Der Kommissaranwärter war verblüfft. „Ja, aber... du bist doch auch nur Sachbearbeiter mit A 11. Wie..." Hellwich unterbrach seinen Kollegen mit einer wegwerfenden Handbewegung. „Nur noch vorübergehend. Ich werde.... Achtung, er kommt, glaube ich."

De Koning sah nach vorn und sah, wie ein junger Mann mit dunklem Teint sich trotz der Temperaturen von rund 20 Grad in eine schwarze Steppjacke kuschelte. Er sah nach links und rechts und wandte sich ab, um zur Wanheimer Straße zu gehen, wahrscheinlich, um eine der dortigen Teestuben zu besuchen. De Koning nickte seinem Partner zu, und gemeinsam öffneten sie die Türen des Zivilwagens.

Siad Berhane, so hieß ihre Zielperson, drehte sich um, sah die beiden Ermittler auf sich zukommen und tat das in seiner Situation Naheliegende: er gab das, was im Polizeijargon als ‚Kniegas' bezeichnet wurde. Kurz: er rannte davon, oder besser: er versuchte es.

Wie aus dem Boden gewachsen standen plötzlich zwei weitere Polizisten vor ihm, in die er fast hineinrannte. Dennoch wehrte er sich nach Kräften, und de Koning eilte zu seinen Kollegen, die er tatkräftig unterstützte, bis Berhane auf dem Bauch lag und Handschellen seine Handgelenke zierten. Als sich der junge Kommissaranwärter schwer atmend umdrehte, sah er Hellwich wie unbeteiligt zehn Meter entfernt an einer Hauswand lehnen, und sein Zorn wuchs.

Während die beiden Kollegen der Sitte Berhane eiligst in ihren Dienstwagen verfrachteten, platzte der junge Polizist heraus: „Ich verstehe nicht, wie du hier einfach rumstehen konntest! Wolltest du uns eigentlich nicht helfen bei dem Kerl, oder was hattest du vor?" Hellwich sah ihn kopfschüttelnd an.

„Sag mal, hast du mir gerade nicht zugehört? Ich habe hier gestanden und den Verlauf eurer Keilerei beobachtet. Ihr drei habt euch doch schon auf den Füßen gestanden, und wenn ich noch dabei gewesen wäre... Und für den Fall, dass wir Verstärkung gebraucht hätten, musste doch jemand telefonieren können, oder?"

De Koning wandte sich ab. Sein Urteil über Hellwich stand fest, und er wusste jetzt, was dieser mit unangebrachter Aktivität gemeint hatte.

***

„He regained consciousness and can talk?" Tom Hermanns Stimme überschlug sich fast, und Hanna Karl sah ihn strafend an, während sie ihm vors Schienbein trat.

„Ich hatte es dir doch gesagt", setzte sie an, doch Tom hob die Hand, als ihm Dr. El-Motassir den Zustand von El Tannoui schilderte. „Beyond any doubt?", fragte er noch einmal nach, bevor er mit einem knappen „we're on our way" das Gespräch beendete.

„Reden nicht, aber über gesteuerte Atemstöße kommunizieren, hat der Doktor gesagt. Und er hat nach uns verlangt." Die Stimme des Polizisten klang gepresst, und seine Freundin sah ihn überrascht an.

„Das ist doch eine großartige Nachricht! Er kann sich seiner Umgebung mitteilen, und offenbar ist seine geistige Kapazität nicht beeinträchtigt. Alles Weitere wird sich doch im Laufe der Zeit finden."

„Genau das ist aber das Problem, Hanna", erwiderte ihr Freund traurig. „Kannst du dir vorstellen, was für eine Hölle es für Hamit ist, in einem unbeweglichen Körper eingesperrt zu sein, der von außen versorgt, gewindelt und gewendet werden muss?"

Von der Warte hatte es die Polizistin noch nicht gesehen, doch sie straffte sich und zog ihren Freund mit sich zur Tür. „Ein Grund mehr, sich zu beeilen. Mit einem Taxi sind wir in einer Stunde im Krankenhaus. Ich will unbedingt wissen, was Hamit zu berichten hat."

Während der Fahrt saßen beide wie auf einer heißen Herdplatte und achteten nicht auf die malerische Landschaft um sie herum. Sie stürzten quasi ins Krankenzimmer ihres Kollegen, wo sie Dr. El-Motassir in das abgesprochene Procedere der Kommunikation einwies.

„Sie müssen buchstabieren, und ihr Kollege schreibt auf. Zwei schnelle Atemstöße heißen ja, vier heißen nein. Nur für den Fall, dass sie ein Wort schnell erkennen und den Dialog beschleunigen wollen. Ich bleibe auf jeden Fall hier in der Abteilung, bis Sie fertig sind, um die biophysischen Werte von Herrn El Tannoui zu überwachen. Wenn es für ihn zu anstrengend wird, breche ich ab. Okay?"

Die Polizisten nickten und wandten sich ihrem Kollegen im Bett zu, der nur auf sie beide gewartet zu haben schien, denn er unterbrach ihre Begrüßung mit vier kurzen Atemstößen, die er dreimal wiederholte, bis Hanna verstand und mit der Kommunikation begann. Die ersten Worte waren kaum zu missverstehen.

Hamit signalisierte knapp: „Klappe halten zuhören".

Tom grunzte nur. „Ist ja typisch. Selbst in seinem jetzigen Zustand ist er so maulfaul wie gewohnt. Also los, Hanna. Du buchstabierst, ich schreibe."

Obwohl Hanna im Verlauf des Dialogs immer schneller die Worte Hamits erkannte, dauerte es aufgrund der zähen Kommunikation fast zwei Stunden, bis die beiden Polizisten sprachlos auf die Notizen von Tom Hermanns blickten. Was El Tannoui ihnen mitgeteilt hatte, war nach Ergänzung der Interpunktion und einiger vergessener Buchstaben folgendes:

„Jallanoui und ich von Scharfschützen erwischt. Gab mir Datenpaket auf SD Karte. Weitergeleitet via Handy an Leute aus Speicher. Dem Killer durch Sprung in Pool entkommen. Wollte mein Handy. Daten also wichtig.

Scheinbar große Verschwörung im Gange. Fürchte Empfänger in großer Gefahr. Liste in altem Handy bei mir zu Hause. Und überprüft Jallanoui. War mehr als er schien. Beeilt euch."

„Ich leite das sofort an die Kollegen weiter", wandte sich Hanna an Hamit, der einige Male heftig schnaubte, so dass Hanna sich wieder neben ihn setzte und zu buchstabieren begann. Der Text ließ sie trotz der warmen Temperaturen Marokkos frösteln.

„Ich Trottel habe vergessen Buchstaben zu nennen. V es ist V. Seid vorsichtig. Killer sprach fließend Deutsch. Sie töten um die Daten einzusammeln. Sie töten alle."

Sechs
30. Mai, Nachmittag

Sammy rappelte sich auf und spuckte blutigen Speichel aus. Sein Ausbilder schüttelte verächtlich den Kopf und drang erneut auf den Jungen ein, der noch einmal die Arme hob und die ersten beiden Hiebe tatsächlich abwehren konnte, doch der dritte Schlag traf ihn seitlich am Kopf und ließ ihn erneut zu Boden stürzen.

„Wirklich erbärmlich. Meine Mutter oder mein seniler Großvater könnten das besser", höhnte der Ausbilder, bei dem es sich um ‚Amir' handelte. „Oder ich hole mir ein Mädchen von der Straße, das wird sich besser wehren als du Weichei. Außer Hackfleisch wenden kannst du wohl gar nichts, Nummer vier?"

Wut stieg in dem jungen Nordafrikaner hoch, und das Adrenalin gab ihm die Kraft, sich noch einmal aufzurappeln. Bevor er sich jedoch auf den grinsend wartenden Ausbilder stürzen konnte, ertönte eine ihnen wohl bekannte Stimme aus den Lautsprechern.

„Genug für heute, Amir. Die Rekruten begeben sich unter die Dusche, bevor sie ihre Abendmahlzeit einnehmen und die Gebete sprechen."

Sammy ließ die geballten Fäuste sinken, und sein Gesicht wurde ausdruckslos. Zusammen mit seinen Kameraden ging er durch die Tür und betrat die Gemeinschaftsdusche, wo er und die anderen sich auszogen und duschten. Es fiel kein Wort, und keiner schien auch nur im Mindesten Interesse an einem Gespräch zu haben.

Der Überwacher schaltete seufzend die Kameras aus, als sein Handy zu vibrieren begann. Er sah auf die Uhr und nickte befriedigt. Exakt 15:30 Uhr, wie von ihm vorgegeben. Er nahm das Gespräch mit der ihm unbekannten Nummer an, da er wusste, wer sich melden würde.

„Hier ist Mehdi, Erhabener. Dies ist die neue Nummer, unter der wir 48 Stunden lang erreichbar sein werden. Drei Ziele sind ausgeschaltet, die nächsten folgen. Allahu Akbar!"

Der ‚Erhabene' erwiderte den Gruß, beendete das Gespräch und sah kaum auf, als ‚Amir' sich zu ihm setzte. „Er ist zuverlässig. Er bezieht seine Kraft aus dem unbedingten Glauben an den Jihad, und das macht ihn so gefährlich. Selbst wenn er einen Fehler macht, wird Mahmut sich mit ihm befassen und spurlos verschwinden lassen."

Amir nickte, denn er kannte Mahmut nur zu gut; schließlich hatte er ihn als einen der ersten ausgebildet. „Der kleine Hackfleischschwenker ist eine echte Memme. Hält nichts aus, hat kämpferisch nichts drauf und geht beim ersten kleinen Hieb zu Boden. Ich frage mich, wer ihn für die Aufgabe rekrutiert hat."

„Das war Jallanoui", schnappte der ‚Erhabene', und Amir verstummte. Er wusste, dass sein Vorgesetzter den Genannten persönlich ausgesucht hatte, und dieser hatte sich als große Enttäuschung erwiesen. Um nicht weiter in der Wunde zu wühlen, wechselte er das Thema.

„Wie weit sind sie denn gekommen mit der Liste?" Der Erhabene sah ihn emotionslos an. „Bis Nummer drei. Nummer vier folgt heute Abend..."

***

Karl Exners Augen weiteten sich, als er auf Mellies Monitor blickte. „Das ist ja ein dicker Hund", murmelte er, und seine Kollegin nickte heftig.

„Ein weißer Fiat Ducato taucht bei insgesamt 744 Ereignissen in FINDUS auf. Ich habe die jeweiligen Geschehenszeiten gefiltert und auf dieses Jahr beschränkt. Da waren es nur noch 36. In Zusammenhang mit Straftaten habe ich noch vier Treffer, und jetzt kommt es."

Die junge Polizistin holte tief Luft, um ihren Clou auch richtig zur Geltung zu bringen, dann sprach sie schnell weiter. „Nummer eins, das sind wir. Nummer zwei: Acht Stunden nach der Ermordung Sandra Vetters wurde ein ausgebrannter Fiat Ducato in einem Brachgelände bei Hamminkeln aufgefunden. Die Geschichte ist als reine Diebstahlsermittlung erfasst, weil der Halter bereits am Vortag eine Strafanzeige erstattet hatte. Nach seinen Angaben hatte er den Klein-Lkw für ein paar Tage verliehen, also mit Schlüssel und Papieren, und der Kumpel hatte sich mit gefälschten Papieren ausgewiesen. Klingt heftig nach Vortäuschung, wenn du mich fragst. Und Nummer drei: Unsere Kollegen aus Duisburg haben den Kleintransporter einer Firma Kießling eingegeben, weil

Zusammenhänge mit einem Tötungsdelikt bestehen könnten."

„Und was ist mit Nummer vier?", unterbrach Exner seine Mitarbeiterin. Die tippte sich nur mit dem Zeigefinger an die Schläfe und meinte, dieser Fall sei nur hier drin. Auf den fragenden Blick ihres Chefs sprach sie weiter.

„Du weißt doch, dass ich nach der Ermordung unseres Opfers das Fernschreiben abgesetzt und den Fall für FINDUS aufgearbeitet habe. Deshalb stand auch meine Rufnummer unter dem Fernschreiben, und vor fünf Minuten habe ich den Anruf von Hartmut Weiherstahl, deinem Pendant aus Düsseldorf erhalten. Irgend so ein Düsseldorfer Promi-Anwalt ist ausgerechnet im Parkhaus des dortigen Landgerichtes gekillt worden, und seine Protzkarre wurde geklaut. Deshalb vermuten alle zuerst einen Raubmord, aber trotzdem haben sie alles an Spuren ausgewertet was da war. Profis, eben.

Zwei Minuten bevor der Porsche des Anwaltes das Parkhaus verließ, registrierte die Videoüberwachung die Ausfahrt eines weißen Fiat Ducato. Weder der Fahrer noch das Kennzeichen waren zu erkennen, wohl aber ein Teil des Firmennamens auf der Seite. Ergänzt lautet der Firmenname - Kießling."

Exner schluckte nur. „Teufel auch", knurrte er. „Jetzt musst du mir nur noch erzählen, dass... " – „...der ausgebrannte Transporter auf die Firma Kießling zugelassen ist? Doch, genau das", unterbrach ihn Mellie. „Wir haben es hier mit einer überörtlichen Serie von Mordanschlägen zu tun, und dass die Ermordung Sandra Vetters ein isoliertes Sexualdelikt war, können wir uns abschminken.

Der Düsseldorfer Anwalt ist nämlich ebenfalls erdrosselt worden, und zwar mit einer faserigen Schnur. Die aufgefundenen Partikel sind unterwegs zur Analyse beim LKA, aber Hartmut Weiherstahl meinte, es könne sich um Hanf handeln. Also möglicherweise das gleiche Tatwerkzeug wie bei uns."

Der MK-Leiter nickte und ging zur Tür, blieb aber noch einmal stehen und drehte sich um. „Aber eines stimmt nicht, Mellie. Der Anwalt wurde ermordet, nachdem der ausgebrannte Transporter aufgefunden wurde. Es kann also nicht unser Fahrzeug sein." Seine Mitarbeiterin war jedoch auch auf diesen Einwand vorbereitet.

„Ich habe mal beim KBA, dem Kraftfahrtbundesamt nachgefragt. Auf die Firma Kießling aus Duisburg waren insgesamt acht Fahrzeuge zugelassen. Jetzt sind es nur noch drei, und darunter befinden sich zwei weiße Fiat Ducato."

Exner holte tief Luft und ließ den Atem danach wieder pfeifend ausströmen. „Klasse recherchiert, Mellie. Ich werde gleich mal die Duisburger informieren. Vielleicht übernehmen sie ja auch unseren Fall." Er begann dünn zu lächeln und ging in sein Zimmer, um zu telefonieren.

***

„Ich leiste dir Abbitte, Peter. Deine Bemerkung mit dem V-Killer scheint den Nagel auf den Kopf getroffen zu haben." Klaus Heppner hatte der versammelten, inzwischen wieder vollständigen Mordkommission die Mail von Hanna Karl vorgelesen, und allen klappte sinnbildlich der Unterkiefer herab.

„Vorholt ist ebenfalls mit einer Hanfschnur gedrosselt worden, wie mir das LKA vorhin mitgeteilt hat. Wir haben es also mit einer Serie zu tun und werden heute Abend deshalb noch ein paar Stunden dranhängen müssen. Sascha Treller war so nett, Hamits altes Handy aus dessen Wohnung zu holen. Glücklicherweise hatte der Nachbar einen Schlüssel zum Blumen gießen. Das Handyakku war zwar leer, aber Harry Merkens hat den Speicher ausgelesen und wird in wenigen Minuten die unter V gespeicherten Personen ausdrucken. Danach wissen wir mit Bestimmtheit, ob wir es tatsächlich mit einer ortsübergreifenden Mordserie zu tun haben."

Das Telefon klingelte, und er hob unwillig ab, da er es nicht liebte, bei Besprechungen gestört zu werden. Die Nachricht seines Kollegen aus Münster schlug jedoch ein wie die sprichwörtliche Bombe.

„Oh Mann", flüsterte Peter Elgert. „Dabei habe ich wirklich nur einen Witz machen wollen." – „Halte dich besser mit Witzen in Zukunft zurück", knurrte Ede Vollstraß, und alle grinsten.

Weitere Diskussionen unterbrach Harry Merkens, der durch die Tür stürmte und sich in den nächstgelegenen Stuhl warf, dass es knirschte. Er zog ein Taschentuch aus der Tasche und wischte sich die schweißfeuchte Stirn ab, bevor er zu reden begann.

„Mensch Jungs, da habt ihr mir aber was aufgebürdet. Ich habe genug zu tun mit meinem Kinderporno-Scheiß, aber seit ein paar Minuten weiß ich, warum ich mir die Mühe gemacht habe.

Die Liste unter Buchstabe V umfasst 26 Einträge. Darunter befinden sich ein paar Überraschungen. Nein, Ede, du bist nicht auf der Liste, aber jemand anderes.

Klar ist, dass Sandra Vetter darin enthalten war. Sie hatte Hamit interviewt, und offenbar fand man sich gegenseitig überaus sympathisch. Mehr sage ich dazu nicht. Auch Vorholt ist vermerkt; offenbar kannte man sich über das online-Gamingspiel Call of Duty. Voßmerbäumer stand aus rein familiären Gründen darin; er ist mit Hamits Halbschwester Cynthia verheiratet. Die Verbindung aller Mordopfer über Hamit steht also.

Die übrigen Rufnummern dürften Personen aus Hamits Privatleben zuzuordnen sein. Sportverein, Kumpels und so weiter. Dass die Rufnummer eures Gruppenleiter Volkhard van Dyke sich in Hamits Telefonspeicher befindet, war schon eine Überraschung für mich. Sie alle werden wir unbedingt warnen und beschützen müssen. Aber das ist nicht der größte Knaller. Den habe ich noch vorrätig. Haltet euch fest."

Er zog sein Handy aus der Tasche und drückte auf die Wahlwiederholung, während sein rundes Gesicht ungewohnt ernst aussah. Als die Stimme des Angerufenen aus dem Lautsprecher drang, wurde der Grund klar, und es war Klaus Heppner, als dränge ein langer eisiger Nagel in sein Herz.

„Ventura Versicherung, Sie sprechen mit Marion Paschen, guten Tag..."

***

Bert Vonck nahm seufzend das Headset ab und gähnte, während er aufstand und zum Kühlschrank ging. Der 28-jährige Polizist aus Enschede spielte in seiner Freizeit leidenschaftlich gern Computerspiele und hatte sich in der Szene bereits durch Geschicklichkeit und taktische Fähigkeiten einen Namen gemacht.

Sein Griff zur Kühlschranktür stoppte abrupt, als es an seiner Tür klingelte. Unwillig den Kopf schüttelnd verzichtete er zunächst auf das Herausholen der Cola und ging zur Tür, die er erst öffnete, nachdem er sich eine Trainingsjacke über den nackten Oberkörper geworfen hatte. Sein Blick fiel auf einen Mann etwa in seinem Alter, der eine Pizzaschachtel balancierte und ihn auffordernd ansah.

„Ich habe keine Pizza bestellt", wunderte sich Vonck, doch sein Besucher schüttelte den Kopf. „Klar doch, steht hier. Bert Vonck, Heerlenslaan 43, 3. Stock links, eine große Quattro Stagioni. Hat mein Chef mir so gesagt. Hier ist der Bestellschein." Und er hielt Vonck einen Zettel hin, nach dem dieser unwillkürlich griff und nur eine Sekunde später feststellte, dass dies ein Fehler gewesen war.

Blitzschnell war ein zweiter Mann aus dem toten Winkel seines Sichtbereiches gegen die Tür gesprungen, die Vonck traf und ihn zwei, drei Schritte zurück taumeln ließ. Der angebliche Pizzabote stürzte sich auf ihn, während der zweite Angreifer in die Wohnung schlüpfte und leise die Tür hinter sich schloss.

Der Polizist holte Luft um nach Hilfe zu rufen, doch zwei mächtige Magenhaken ließen die Luft aus seinem Körper entweichen, und er knickte zusammen wie ein Taschenmesser. Ein weiterer Schlag in seinen Nacken ließ für ihn zunächst die Lichter ausgehen, und er stürzte über dem Sofa zusammen. Mehdi schnaubte befriedigt. Großartig, dachte er. So hat man nicht einmal den Fall gehört.

Sie banden Vonck auf einen Stuhl und machten sich daran, die Festplatten aus seinem Rechner zu entfernen. Auch das Handy des Mannes entging ihrer Aufmerksamkeit nicht, und Mahmut steckte es in die Tasche. Als Bert Vonck wieder zu sich kam, legte Mehdi ihm seinen Todesbringer um den Hals, und Mahmut befragte das Opfer, während er die in einer nahegelegenen Pizzeria gekauften Teigwaren verzehrte. „Lass mir was übrig", fauchte Mehdi, während er den Strick um den Hals des Polizisten gespannt hielt, und sein Kumpan nickte.

Vonck rüttelte verzweifelt an seinen Fesseln, doch diese hielten ihn eisern fest. Mit angstvoll aufgerissenen Augen sah er, wie der Mann vor ihm zusammenzuckte, in die Tasche griff, sein vibrierendes Handy hervorholte und sich mit einem „Ja" meldete. Über den eingeschalteten Lautsprecher konnte er hören, was der Anrufer sagte.

„Polizei Duisburg, Beugen mein Name. Spreche ich mit Bert Vonck?" Mahmut bestätigte dies, während er Mehdi mit der linken Hand ein unmissverständliches Zeichen gab. Bevor der holländische Polizist schreien konnte, zog Mehdi zu, und der beginnende Schrei erstarb in einem Gurgeln.

„Herr Vonck, sagt Ihnen der Name Hamit El Tannoui etwas?" – „Ja, Kumpel vom Gamen", erwiderte Mahmut vorsichtig. „Aha", kam es aus dem Lautsprecher. „Er hat Ihnen vor einigen Tagen ein Datenpaket auf Ihr Handy geschickt. Es ist möglich, dass Verbrecher sich dieser Daten bemächtigen wollen. Seien Sie vorsichtig, und übergeben Sie die Daten der örtlichen Polizei, und wenn Sie einen weißen Fiat Ducato sehen, wählen Sie den Notruf." - „Ich werde darauf achten", versprach Mahmut, während vor ihm die letzten Zuckungen des sterbenden Bert Vonck langsam erstarben.

„Sie kennen also unser Auto", murmelte Mahmut, während sein Kumpan den Strick vom Hals des Toten löste. Mehdi zuckte die Schultern. „Allah sei Dank, ich habe vorgesorgt."

„Wie das?", wunderte sich Mahmut. „Hast du einen weiteren Laster in Reserve?" Sein Freund schüttelte den Kopf, während sein Grinsen breiter wurde. „Komm mit, ich zeige es dir."

Eine Stunde später stand Mahmut in einem Waldstück staunend vor ihrem Basisfahrzeug, welches sich grundlegend verwandelt hatte. Die weiße Farbe war verschwunden, und stattdessen zierte ein knalliges Rot den Transporter, dessen Oberhausener Kennzeichen mit der Firmenaufschrift einer dortigen Trockenbaufirma harmonierte.

„Alles nur Folie", grinste Mehdi. „Kann man schnell abziehen, und durch die komplett andere Farbe achtet keiner mehr auf den Fahrzeugtyp. Das Kennzeichen und die Papiere sind übrigens echt. Die Trockenbaufirma gehört mir faktisch ebenfalls, und ein Cousin zweiten Grades spielt den Strohmann."

Mahmut war erfreut. Was ihm aber größere Probleme bereitete war die Tatsache, dass die Polizei offenbar die Zusammenhänge viel zu früh erkannt hatte. Er rief also den Erhabenen an, um sich neue Instruktionen geben zu lassen.

***

„Hätte ich ja nicht gedacht, dass ich noch mal an Ermittlungen beteiligt bin", staunte Marion Paschen, die von zwei Kollegen sehr schnell ins Präsidium geholt worden war. Ihr Diensthandy lag, von allen Kollegen bestaunt, mitten auf dem Schreibtisch Heppners. In wenigen Minuten würde es von Harry Merkens eingesammelt und ausgewertet werden. Marion hatte aber vorher schon einiges zu berichten.

„Klaus weiß es schon, aber euch anderen kann ich verraten, dass Hamit El Tannoui ein Kunde von mir beziehungsweise der Ventura-Versicherung ist. Ich habe ihn wie etliche andere Polizisten damals geworben, und bin nach wie vor sein Ansprechpartner.

Vor rund einer Woche habe ich eine Nachricht von ihm erhalten, an die eine Datei angehängt war. Ich bin immer sehr vorsichtig gewesen, vertraute ihm aber so weit, dass ich versucht habe, sie zu öffnen. Das ging aber nicht, weil die gezippte Datei mit einem Password versehen ist, das ich nicht kenne. Ich habe es also nicht mal versucht. Vielleicht habt ihr aber Experten, die so was umgehen können."

„Gehe ich von aus", knurrte Heppner und nickte Harry Merkens zu, der sich das Handy Marions schnappte und wortlos verschwand. Heppner erklärte seiner Frau so schonend wie möglich, dass sie in großer Gefahr schwebte, was sie aber lediglich mit den Schultern zucken ließ. „Ich wurde schon einmal angegriffen, und da hat man ja gesehen, dass ihr mich schützen könnt."

„Ja schon, aber die Angreiferin hatte damals immerhin genug Zeit zuzuschlagen, und du musstest fast zwei Jahre lang unter den Folgen leiden", erinnerte Heppner seine bessere Hälfte, die aber nur abwinkte. „Und wenn schon. Man sagt ja, dass der Blitz nicht zweimal an der gleichen Stelle einschlägt. Ich bin also sicherer als die anderen … Zielpersonen, so sagt ihr doch? Und wenn alle Stricke reißen, könnt ihr mich ja als Köder auslegen. Ich finde das spannend."

Nicht nur ihr Mann protestierte aufs Schärfste, auch seine Kollegen konnten der Idee, eine Zivilistin in Gefahr zu bringen wenig abgewinnen. Weitere Kommentare waren aber nicht möglich, da Harry Merkens schon wieder ins Zimmer stürmte und sich auf den nächstbesten Stuhl warf, der unter dem Aufprall bedenklich ächzte.

„Nanu, schon fertig?", fragte Heppner verwundert, doch sein Kollege rang erst mal nach Atem. „Klar, und wir sind auch fertig", stöhnte Merkens nach einer halben Minute.

„Die .zip-Datei ist verschlüsselt, das wusste ich ja. Unbekannt war mir aber, dass sie mit der neusten Software codiert ist, einer indischen Erfindung namens MortCrypt. Der Name ist Programm, denn das Ding ist wirklich mörderisch. Wenn Du nur einmal das falsche Password eingibst, löscht sich die Datei sofort. Ich habe es daher gar nicht erst versucht."

„Na und? Ihr habt doch Mittel und Wege, Passwörter zu knacken oder zu umgehen", meinte Willi Beugen. „Das weiß ich doch aus mehreren meiner Verfahren. Am Ende konnte ich die Festplatten trotz Password-Sicherung auswerten."

„Aber nicht bei dieser Software", stöhnte Merkens frustriert. „Das Ding ist darauf programmiert, unsere Auswertetools zu erkennen und sofort Gegenmaßnahmen einzuleiten. Habe ich ja gerade erläutert. Und das Ding lernt. Alle MortCrypt Versionen sind vernetzt, und wenn ich an der Datei von Marions Handy einmal mit, sagen wir mal, Software A versuche den Code zu umgehen, meldet es das an seinen Server, und wenn schon jemand anderes auf diesem Planeten die Software A ausprobiert hat, killt MortCrypt die Datei sofort. Und es gibt keinen Anhaltspunkt, ob ich es mit einer schon mal benutzten Software versuche. Ich brauche also mehrere Versionen der Datei, sprich: die anderen Handys. Einzige sonstige Chance wäre es, die Auswertung in einem total abgeschirmten Raum zu machen, sodass kein Netz vorhanden ist. So was habe ich hier aber nicht, das gibt es nur beim LKA oder beim BKA. Ich frag mal dort nach. Wenn das Handy aber aus dem Raum herauskommt, erfolgt die Meldung, und dann ist Essig. Sicherer wäre es deshalb, an das Password zu kommen."

„Und wie?", fragte Heppner. „Der Ersteller der Datei ist tot, und der einzige, der mit ihm gesprochen hat und mehr wissen könnte ist mehr oder weniger katatonisch. Aber ich werde Romeo und Julia kontaktieren, dass sie mit Hamit noch mal buchstabieren sollen. Vielleicht hat der eine Idee."

***

Als Klaus Heppner und Marion Paschen an diesem Abend nach Hause kamen, waren sie erheblich wortkarger als sonst, und selbst ihre vierbeinigen Hausgenossen

Percy und Stella schienen die Anspannung ihrer Menschen zu spüren, denn sie strichen schnurrend um ihre Beine, statt über die Verzögerung beim gefüttert werden erbost zu sein. Es war auf jeden Fall die bessere Taktik, denn Marion seufzte ergeben und gab ihnen eine Extraportion Katzenfutter, worüber sie herfielen wie die Ostgoten über Rom.

Missvergnügt warf sich Heppner auf die Couch, schaltete den Fernseher ein und erstarrte, als der sich erhellende Bildschirm das Konterfei der ermordeten Sandra Vetter zeigte. Doch noch schockierter war er vom Text, der aus dem Off gesprochen wurde.

„Unsere Kollegin Sandra Vetter wurde in der Blüte ihres Lebens von einem gemeinen Verbrecher kaltblütig ermordet, um seine perversen sexuellen Gelüste zu befriedigen. Wir werden das nicht einfach hinnehmen, sondern alles versuchen, ihn zur Rechenschaft zu ziehen.

Die Polizei hat für Hinweise, die zur Ergreifung des Täters führen, eine Belohnung von 2000 € ausgelobt. Wir betrachten 2000 € für ein Menschenleben einfach nur als eine Beleidigung. Deshalb setzt Studio 47 für Hinweise, die uns zu diesem Täter führen eine Belohnung von 50.000 € aus. Überlegen Sie also, mit wem Sie reden wollen."

Heppner schwoll der Kamm. Er griff mit hochrotem Kopf zum Telefon, doch noch in der Bewegung erinnerte er sich, dass die Nachrichten nur um 18.00 Uhr live gesendet und danach aus einem leeren Studio in Endlosschleife stündlich wiederholt wurden. Er beschloss daher, am folgenden Morgen eine Beschwerde beim Landesmedienrat einzureichen. Nur langsam gelang es ihm, sich zu beruhigen, und er sah Marion entschuldigend an. Sie lächelte nur und ließ sich neben ihn auf das Sitzmöbel plumpsen.

„Und du glaubst wirklich, dass ich in Gefahr bin?", fragte Marion ihn zum wer weiß wievielten Mal an diesem Tag. „Sobald sie vom Ersten hören, dass ihr Bescheid wisst und die Daten sich in eurer Hand befinden, werden sie doch mit dem Töten aufhören. Wenn die Morde nur dazu dienten, das Weitergeben und Entschlüsseln der Dateien zu verhindern ist eine Fortsetzung doch sinnlos und viel zu riskant."

„Wer kann sich denn in die Gedanken von Mördern hineinversetzen?", seufzte Heppner und nahm Marion in den Arm. „Selbst wir Spezialisten wissen nicht mehr, was sie wirklich beabsichtigen, und vielleicht wärest du ja die nächste auf ihrer Liste. Ich bin mir sicher, zumindest den nächsten bringen sie um. Vielleicht aus Wut, weil er uns die Daten gegeben hat, vielleicht auch nur, weil er sie wiedererkennen könnte. Und in Gefahr bringen will ich dich nicht. Dazu bist du mir zu viel wert."

Marion küsste ihn nach diesen Worten derart stürmisch, dass ihm ganz heiß wurde. Sie verschoben also weitere Diskussionen auf später und begaben sich ins Bett, wo der Dialog auf andere Weise fortgeführt wurde. Heppner erinnerte sich erst am anderen Morgen daran, dass sein Handy in der Jeans steckte, von der er sich bereits im Wohnzimmer getrennt hatte. Der Blick auf das Display und die dort angezeigte Textnachricht ließ ihn derart fluchen, dass auch Marion erwachte.

„Was ist passiert?", fragte sie schlaftrunken, und Heppner ließ langsam das Mobiltelefon sinken. „Du bist garantiert nicht die nächste", murmelte er monoton. „Denn der ist bereits tot, und ich fürchte, wir haben unseren Tätern detailgetreu mitgeteilt, wie viel wir über sie wissen…"

Sieben

31. Mai, Vormittag

„Was soll das heißen, irgendein Punkt? Geht es nicht ein bisschen genauer?", fauchte Hanna Karl Oberarzt El-Motassir an, dem die Sache sehr peinlich zu sein schien.

„Ja, es tut mir sehr leid, aber ich hatte es nur auf einen Notizzettel geschrieben und musste dann zu einem Notfall. Als ich zurückkam war das Blatt weg, weil es durch einen Windstoß vom Nachtschrank geweht worden war und durch unsere Putzfrau als Müll entsorgt wurde. Ich habe sogar die Abfalltonnen durchsuchen lassen, aber als wir den Schnipsel fanden war er so verdreckt, dass nichts mehr darauf lesbar war. Ich kann mich nur noch an den Punkt erinnern, der für Herrn El Tannoui wichtig sein sollte. Ich bin untröstlich."

Tom Hermanns fluchte unbeherrscht und rammte hilflos die Fäuste in die Hosentaschen. Die beiden Polizisten hatten bei ihrer Ankunft im Krankenhaus erfahren, dass ihr Kollege am Morgen nach dem Dialog mit El-Motassir auf eigenen Wunsch in den neurologischen OP gebracht worden war, um mit der Schocktherapie zu beginnen. Die Behandlung würde mindestens bis nachmittags dauern, und bis dahin war jegliche Kommunikation ausgeschlossen.

„Was für ein Punkt, zum Donnerwetter?" fragte Hanna verzweifelt. „Wie viele Punkte gibt es? Standpunkt, Eckpunkt, Siedepunkt, Zeitpunkt…"

Ihr Freund hatte offenbar seinen Humor wiedergefunden und intonierte „Punkt, Punkt, Komma, Strich, fertig ist das...." – „Ach, halt die Klappe", raunzte Hanna, die der aktuellen Situation offenbar nichts Komisches abgewinnen konnte, ihn an. „Ich wollte ja nur sagen, dass es keinen Sinn hat herumzuraten", verteidigte sich der Angegriffene erschrocken. „Wir müssen einfach die Behandlung abwarten und Hamit dann noch mal fragen." Seine Freundin zog zwar die Augenbrauen hoch, sah aber ein, dass er Recht hatte. Geduld gehörte halt nicht zu ihren Stärken.

Drei Stunden später erschien ein Pfleger, der das Bett mit dem unkontrolliert zuckenden Hamit El Tannoui vor sich herschob. Da er offenbar weder deutsch noch englisch sprach beschränkte sich die Beantwortung der herausgesprudelten Fragen beider Polizisten auf die stereotype Antwort „Doktor, Doktor", und er war sichtlich erleichtert, als Professor Al-Hatoumi lächelnd im Krankenzimmer erschien.

„Ihr Kollege hat auf die therapeutischen Schocks erfreulich gut reagiert. Er zeigt eine direkte Nervenreaktion, wie sie vorher nicht vorhanden war; unkontrolliert zwar, weil das Gehirn alle Körperteile gleichzeitig zu erreichen versucht, was die Nervenstränge einfach überlastet, aber der Patient wird sich im Verlauf der nächsten sechs bis acht Stunden vollständig beruhigt haben, und dann können wir den nächsten Kommunikationsversuch starten."

„Sechs bis acht Stunden", echote Tom Hermanns. „Uns läuft die Zeit davon, und wir befürchten, dass von einer schnellen Beantwortung der entscheidenden Frage an Hamit rund 23 Menschenleben abhängen könnten."

Es waren sogar erheblich mehr. Das konnten die Beiden aber nicht ahnen…

***

Mohammed Al-Tahiqq lächelte erleichtert, als der Motor des Opel Corsa ansprang. Er richtete sich hinter dem Lenkrad auf, legte den Gang ein, fuhr langsam rückwärts aus der Parklücke des Pendlerparkplatzes am Bochumer Hauptbahnhof und fädelte sich in den fließenden Verkehr ein. Als er auf die A 40 Richtung Duisburg auffuhr, gestattete er sich ein Aufatmen.

Er hatte es tatsächlich geschafft. ‚Amir' hatte ihm mehr als verächtlich mitgeteilt, dass die Aufgabe wohl eine Nummer zu groß für einen Hackfleischschwenker sei. Dieses abfällige Schimpfwort hatte sich der Ausbilder angewöhnt, und er piesackte den jungen Nordafrikaner die ganze Zeit damit.

Sie waren mit verbundenen Augen aus ihrer Unterkunft geführt und mit einem Transporter (da war sich Sammy sicher) weggefahren worden. Irgendwann hielt das Fahrzeug, und der erste von ihnen, ein breitschultriger, schweigsamer Riese, war aus dem Auto gestoßen worden, nachdem ‚Amir' ihm ein Handy in die Hand gedrückt hatte. „Nicht verlieren", hatte er geknurrt und war mit ihm ausgestiegen. Wenige Sekunden später setzte er sich wieder auf den Beifahrersitz, und der Wagen fuhr an. Was er seinem Kameraden mutmaßlich mitgeteilt hatte erfuhr Sammy, als er an der Reihe war und den Wagen verlassen musste.

„Du bist irgendwo im Ruhrgebiet. Du hast kein Geld, und es ist deine Aufgabe, irgendwie zum Bochumer Hauptbahnhof zu gelangen. Auf dem dortigen Pendlerparkplatz stehen eure Autos nebeneinander. Du wirst dein Auto knacken und es zu einer Adresse steuern, die ich in genau 20 Minuten durchgeben werde. Der Akku deines Handys wird sich zehn Sekunden danach selbständig abschalten, also merke dir die Adresse.

Wenn du nicht binnen zwei Stunden an der bezeichneten Adresse bist, holen wir dich. Danach wirst du bestraft".
‚Amir' hatte sich nach diesen Worten breit grinsend zu Sammys Ohr heruntergebeugt und ihm in Ohr geflüstert: „Das packst du doch nie, Hackfleischschwenker. Ich freue mich schon auf die Züchtigung."

Sammy hatte nur zu gut gewusst, was er damit meinte. Am Vorabend hatte er bei der Übung versagt, im Dunklen innerhalb von 45 Sekunden eine Kalaschnikov zu zerlegen, sie wieder zu montieren und durchzuladen. Danach hatte jeder seiner Kameraden ihm zehn Rutenhiebe auf die Schultern verpassen dürfen, welche sich jetzt noch wund und taub anfühlten.

Der Ort, an dem er hatte aussteigen müssen, war ihm fremd, und da er den Akku seines Handys schonen musste, kann eine Standortsuche über Google nicht in Frage. Sammy hatte nicht lange überlegt und war durch die kleine Seitenstraße gegangen, bis er an eine größere kam, und dann an eine noch größere. Er hatte um sich gespäht und ein Straßenschild mit der Aufschrift „Nierenhofer Straße" entdeckt. Sagt mir gar nichts, hatte der junge Nordafrikaner gedacht und die Frage „rechts oder links" durch das Hochwerfen eines Kronkorkens, den er in der Gosse fand, gelöst.

Das Glück oder Allah waren ihm hold gewesen, denn als er sich nach rechts wandte, entdeckte er nach wenigen Schritten in einiger Entfernung ein S-Bahnschild. Hattingen–Mitte war vom Bochumer Hauptbahnhof nicht weit entfernt, und als er darauf zusteuerte, zeigte ihm sein Handy auch das von Amir vorgegebene Ziel an. Sammy schätzte die Fahrtstrecke ab und erkannte, dass er sich beeilen musste.

Sein Auto stand wie die seiner Genossen noch auf dem Bahnhofsparkplatz, und er hatte genau zwei Minuten gebraucht, den Corsa zu knacken und in Bewegung zu setzen. Erst eines fehlt, dachte der Nachwuchsterrorist erleichtert. Das gibt mir noch Zeit.

Genau 105 Minuten nach seinem Gespräch mit ‚Amir' stieg Sammy am Ziel aus seinem Auto und schlug die Tür hinter sich zu. Sinnierend sah er auf die Gebäude vor sich, das Kesselwerk, die Gebläsehalle und die Hochöfen. Ja, genau hier war er richtig. Er zog den Reißverschluss seiner Windjacke hoch, steckte die Hände in die Taschen und marschierte los, direkt in das Gelände des Landschaftsparks Nord hinein.

‚Amir' schien nicht schlecht zu staunen, als der kleine Hackfleischschwenker die als Treffpunkt gewählte Kletterwand schon als zweiter erreichte, doch statt Lob gab es nur ein knappes Nicken, und sie warteten schweigend, bis die beiden anderen eintrafen.

„Eins, du warst zehn Minuten zu spät. Das bedeutet zehn Rutenhiebe durch Nummer zwei und vier, die rechtzeitig hier waren. Nummer drei, du warst dreißig Minuten zu spät. Je zwanzig Hiebe von zwei und vier, zehn von Nummer eins. Dies soll euch lehren, die Regeln zu achten. Ihr seid ein Team, in dem jeder auf den anderen angewiesen ist. Verspätung bedeutet Versagen, und das kann nicht toleriert werden. Gehorcht, denn Aufsässigkeit wird streng bestraft."

Sammy bemühte sich, ausdruckslos wie seine Kameraden drein zu sehen, doch irgendwie hatte er das Gefühl, dass ‚Amir' ihn belauerte. Als er am Abend auf die Schultern seiner Kameraden eindrosch und sich hier nicht zurückhielt, glaubte er, erstmals ein leichtes Lächeln bei dem Ausbilder gesehen zu haben, und er atmete innerlich auf.

Die nachfolgende Lehrstunde im Messerkampf bezahlte er mit einer oberflächlichen Wunde am Oberarm, die ihn aber nicht weiter störte. Er freute sich, endlich den Durchbruch geschafft zu haben.

Oder, wie George Orwell gesagt hätte: er begann, den ‚Big Brother' zu lieben....

***

Klaus Heppner klopfte dem deprimierten Willi Beugen auf die Schulter. „Take it easy, Willi. Das hätte jedem passieren können." – „Ja, aber mir ist es passiert", knurrte der Getröstete mit hängendem Kopf zurück.

Über ein Fernschreiben aus Enschede hatte das PP Duisburg Kenntnis über die Ermordung Bert Voncks erhalten, den Kollegen stranguliert in seiner Wohnung aufgefunden hatten, nachdem er nicht zum Dienst erschienen war. Da der Dienstgruppenleiter der Leitstelle ausgebildeter Kriminalbeamter war, hatte er die Zusammenhänge sofort erkannt und die Niederländer auf penible Spurensicherung hingewiesen, die zur Auffindung von Hanffasern am Hals des Toten geführt hatte.

„Wer benutzt denn noch Hanf?", wunderte sich Peter Elgert. „Heutzutage dürften doch alle Seile hauptsächlich aus Kunstfasern bestehen."

„Hier ja", warf Willi Beugen ein, der seine Depression abgeschüttelt hatte und wieder bei der Sache war. „Denkt bitte daran, dass der Kern unserer Geschichte offenbar in Nordafrika liegt. Jallanoui, der die gesuchte Datei erstellt hat, ist Marokkaner, er wurde in Marokko getötet und Hamit El Tannoui dort schwer verletzt. Haben wir es möglicherweise mit einem Nordafrikaner als Killer zu tun? Immerhin: der Käufer der Firma Kießling ist zwar angeblich Holländer, hat aber einen arabisch klingenden Namen."

„Und er hieß Mehdi Abdesslam", warf Rudi Brack ein. „Ich habe mal alle möglichen Informationsquellen bezüglich dieses Namens angezapft, und was ich herausbekommen habe, gefällt mir gar nicht.

Zunächst: es gibt hier in Deutschland keine Erkenntnisse über einen Mann dieses Namens. Also habe ich weitergeforscht und das BKA bei Interpol nachfragen lassen. Die haben mir einen Kandidaten geliefert, und der hat es echt in sich.

Versteht mich nicht falsch: Mehdi Abdesslam ist möglicherweise nicht der richtige Name unseres Killers, aber wenn es sich um die gleiche Person handelt, über die Interpol berichtete, dann…"

„Nun spanne uns nicht auf die Folter und komm zur Sache", drängelte Heppner, und Rudi Brack zog schuldbewusst den Kopf ein. „Ist ja gut, ich wollte es nur etwas dramatischer machen.

Interpol berichtet von einem Mehdi Abdesslam, der am 23.01.1989 in Rif geboren wurde. Über seine Jugend gibt es keine Aufzeichnungen, aber er nahm 2012 in London als Ringer am olympischen Turnier teil. Zu diesem Zeitpunkt bekleidete er den Rang eines Oberleutnants in der marokkanischen Präsidentengarde.

Nachdem er in der Zwischenrunde des olympischen Turniers stand, kam es in einer Kneipe in Stratford nahe dem olympischen Dorf zu einem handfesten Streit, an dem auch Abdesslam beteiligt war. Im Verlauf des Streites zog er eine Hanfschnur aus der Tasche, um seinen Kontrahenten, einen Gewichtheber aus der Ukraine damit zu erdrosseln. Es brauchte acht Leute, um ihn von seinem Opfer herunterzuholen, und dieses hat nur mit knapper Not überlebt. Abdesslam wurde vom Turnier ausgeschlossen und von seiner Mannschaftsleitung nach Hause geschickt. Sanktionen gegen ihn folgten aber überraschenderweise nicht, da er damit argumentierte, sein Gegner hätte den Islam und sein Land beleidigt. Im Gegenteil, er bekam sogar einen Orden dafür." Rudi schnaubte verächtlich, fuhr dann aber fort.

„Nach dem arabischen Frühling und der damit verbundenen Auflösung der Präsidentengarde verliert sich seine Spur. Allerdings begann Anfang 2014 in den USA und in Japan eine Mordserie, bei der die Opfer mit Hanfschnüren erdrosselt wurden, und bei zwei dieser Fälle stellten die Ermittlungsbehörden die Anwesenheit eines Mehdi Abdesslam in unmittelbarer Tatortnähe fest. Konkret beweisen konnte man ihm aber nichts."

„Nicht schon wieder ein Berufsmörder", stöhnte Heppner, der an den letzten großen Fall dachte, in dem sie es mit einem vom rumänischen Geheimdienst ausgebildeten Killer zu tun gehabt hatten. Fünf ihrer Kollegen hatten den Kampf mit dem Leben bezahlt, und einer war so schwer verletzt worden, dass er den Dienst hatte quittieren müssen. Niemand hatte seitdem Lust, es noch mal mit einem solchen Typen aufzunehmen.

„Noch steht ja nicht fest, dass er es ist", tröstete Brack seinen Vorgesetzten. „Es kann ja auch eine Namensgleichheit sein. Der Name ist in Marokko bestimmt nicht ganz so selten."

„Ich bereite mich lieber auf den worst case vor. Die Art, wie unser Mörder tötet sieht sehr professionell aus. Er lässt dem Opfer keine Chance und hinterlässt kaum auswertbare Spuren. Es…"

Das Telefon unterbrach ihn, und er lauschte dem Anrufer, dessen Monolog er nur ab und zu mit einem kurzen Grunzen unterbrach. Nach etwa zwei Minuten legte der Kommissar auf und sah seine Mannschaft mit einem dünnen Lächeln an.

„Es scheint, als würden unsere Killer doch ab und zu Fehler machen. Die Spurensicherung hat in dem ausgebrannten Ducato-Wrack ein fast komplett geschmolzenes Kunststoffrohr entdeckt, das den Zusammenhang mit dem Mord an Sandra Vetter beweist.

Das Rohr ist zusammengeschrumpelt, aber genau dadurch sind auf der Innenseite befindliche biologische Spuren eingeschlossen und vor dem Feuer geschützt worden. Ein DNA – Vergleich hat ergeben, dass es sich um Scheidenepithel der ermordeten Duisburger Fernsehmoderatorin handelt.

Und der Abbrand der Karosserie hat merkwürdige Schmelzvorgänge erzeugt. Die Kollegen vom Labor haben festgestellt, dass auf der gesamten Oberfläche des Fahrzeugs eine weiße Folie aufgeklebt war. Tatsächlich war der Wagen rot, und er war nicht auf die Fa. Kießling zugelassen, obwohl das vorgetäuscht wurde. War ja auch das Kennzeichen des Kießling-Transporters dran. Es ist auch gelungen, die Fahrgestellnummer wieder lesbar zu machen, und danach handelt es sich bei dem Halter um eine Trockenbaufirma aus Oberhausen-Holten. Komisch, dass denen der Verlust des Transporters noch nicht aufgefallen ist. Die Recherche zu der Firma wird deine Aufgabe, Jimmy."

„Muss das sein?", fragte der Angesprochene gedehnt, und Heppner hob überrascht den Kopf. Widerspruch in einer MK, das ging nun mal gar nicht.

„Doch, das muss sein, und das wird auch genauso gemacht", ertönte plötzlich eine Stimme von der Eingangstür, und alle blickten überrascht auf. Detlef Schall stand in voller Lebensgröße in der Tür und knöpfte im Hereinkommen die Jacke auf, bevor er sich auf einen freien Stuhl setzte. Hellwich vergaß umgehend seinen Widerspruch, während ihm die Kinnlade auf die Brust fiel.

„Ich denke, du hast Urlaub", fragte Peter Elgert neugierig, doch Schall winkte ab. „Abgebrochen. Fragt nicht weiter, ist zu kompliziert. Ich musste einfach wieder zum Dienst kommen."

Klaus Heppner nickte ihm zu und entließ die Kollegen zu ihren Aufgaben, die darin bestand, alle überlebenden Zielpersonen der Anschläge aufzusuchen und sich die Handys mit den Dateien aushändigen zu lassen. „Manchmal muss man mit ‚Trial and Error' arbeiten", hatte Harry Merkens resignierend gesagt.

„Raus mit der Sprache. Was machst du hier?", fragte Heppner seinen Chef, nachdem alle außer Rudi Brack und ihm das Zimmer verlassen hatten. Schall seufzte und ließ den Kopf sinken, ähnlich wie Willi Beugen vorhin. Er hatte aber einen anderen Grund. „Du weißt ja, warum ich unbedingt Urlaub machen wollte", begann Schall zu erklären, und Heppner nickte. „Ja, du wolltest eine gemeinsame Flugreise nutzen, um deine Ehe zu retten."

Schall nickte und lachte bitter. „Satz mit X – wahr wohl nix, oder wie wir zu sagen pflegen: es erwies sich als untauglicher Versuch am untauglichen Objekt.

Marie und ich waren 31 Jahre verheiratet, und ich habe unsere Ehe für glücklich gehalten, auch wenn es dann und wann mal Zoff gab. Die Versöhnung danach war jedenfalls immer schön. Allerdings habe ich in den letzten Monaten eine gewisse Gleichgültigkeit bei ihr festgestellt. Es war ihr egal, wenn ich Überstunden machte oder durch die Leitung der Mordkommissionen spät nach Hause kam. Sie wurde auch immer stiller und wortkarger, und das gefiel mir gar nicht.

Ich habe das zunächst darauf geschoben, dass sie traurig war, weil im September unsere Tochter Katja zum Studium nach Hameln gezogen ist. Unser Ältester wohnt ja schon lange in Münster, seitdem er beim dortigen Mobilen Einsatzkommando Dienst versieht. Aber das weißt du ja. Passiert oft genug, dass die Eltern sich nichts mehr zu sagen haben, wenn die Kinder aus dem Haus sind.

Ich habe also einen wunderschönen Urlaub auf Madeira gebucht, von dem sie anscheinend begeistert war. Was mich aber irritiert hat war, dass sie Flugdaten, Namen des Hotels und so weiter unbedingt im Voraus wissen wollte. Also gut, habe ich ihr halt alles genannt. Hotel Cliff Bay in Funchal. Werde ich mein Lebtag nicht vergessen.

Direkt am ersten Tag hat sie mich mehr oder weniger dazu gedrängt, für den folgenden Tag eine Tagestour mit Levada-Wanderung zu buchen. Na schön, habe ich gemacht und mich gefreut, dass sie endlich daran Interesse hatte, etwas gemeinsam mit mir zu unternehmen. Am Morgen hat sie dann aber tierisch herumgestöhnt und ist zehnmal zum Klo gerannt. Montezumas Rache, habe ich gedacht und wollte schon den Arzt rufen, aber sie sagte sie hätte Tabletten mit und ich solle mir den Ausflug nicht verderben lassen. Ich wollte erst nicht, aber sie hat mich überredet zu fahren.

Womit aber keiner gerechnet hat: wir kamen nicht weit. Direkt hinter der zweiten Kurve nach dem Hotel brach irgendwas am Fahrwerk des Busses, und wir konnten mit knapper Not anhalten, ohne dass die Karre umstürzte. Da ein Ersatzbus erst zwei Stunden später verfügbar war, wurden wir gebeten, ins Hotel zurückzugehen und dort zu warten.

Ich dachte, dass ich dann noch einmal nach Marie sehen könnte, und bin auf unser Zimmer gegangen. Was ich da sehen musste..."

„Lass mich raten: sie war nicht allein", riet Heppner, und offenbar lag er damit genau richtig, denn Schall schloss die Augen und nickte. „Sie lag mit so einem Typen im Bett, der etwa zehn Jahre jünger sein dürfte als sie, und beide hatten offenbar viel Spaß. Du wirst es nicht glauben: ich habe gewartet bis beide fertig waren, weil ich hören wollte, was sie sich zu erzählen haben. Polizist, bis zum letzten Atemzug. Es stellte sich heraus, dass er kein Urlaubsflirt oder Hotelgigolo ist, sondern offenbar schon lange ein Verhältnis mit Marie hat. Sie hatte ihm gesagt wo wir Urlaub machen würden, damit er in unserem Hotel nachbuchen konnte. Und ich hatte Marie vorher alle Infos gegeben." Schall schüttelte frustriert den Kopf.

„Danach hatte ich genug gehört. Ich bin ins Schlafzimmer gestürzt, habe dem Kerl mit einem Hieb die Nase gebrochen und meinen Koffer gepackt. Ach so, und ich habe die SIM-, Kredit- und EC-Karten der beiden in der Mikrowelle unserer Suite drei Minuten lang gegart, während Marie sich um ihren jammernden Lover kümmerte. Verhungern werden sie nicht, da sie All-In gebucht haben, aber wenn ihm das Bargeld ausgeht werden sie nicht mal ein T-Shirt oder Mückenspray kaufen können. Und das werden sie brauchen, denn die Biester dort sind echt aggressiv. Vielleicht kann ich später mal ein paar alte Stiche bewundern, ohne ins Museum zu müssen, hehe," Er lachte, kurz, meckernd und bitter.

„Dann bin ich direkt zum Flughafen gefahren, habe dort eine Nacht verbracht und den nächsten freien Platz in einer Maschine nach Deutschland gebucht. Der Flug ging zwar nach Frankfurt, aber dank ICE bin ich jetzt auch hier."

Schall schwieg, und Klaus Heppner sah betreten drein. Was sollte man dazu sagen, dachte er, räusperte sich, und fragte Schall, was er nun vorhabe.

Sein Chef seufzte noch einmal tief, dann ließ er die Schultern in einer resignierenden Geste fallen. „Arbeiten, was sonst? Was bleibt uns denn noch, wenn unser Leben in Scherben fällt? Wenn wir arbeiten können, haben wir wenigstens etwas, das die Fassade unserer Funktionsfähigkeit aufrechterhält. Du kennst das doch."

Ja, dachte Heppner, ich kenne das. Als seine erste Frau ihn vor Jahren verließ, hatte auch ihn seine Arbeit vor dem Zusammenbruch bewahrt, und er war Schall und ihrem damaligen Chef Hans Bombardier dankbar gewesen, dass er Dienst schieben durfte, obwohl seine Leistung unterirdisch gewesen sein musste. Jetzt sah er seinen Vorgesetzten an und fragte, ob er die Leitung der Mordkommission übernehmen wolle. Schall überlegte und nickte dann langsam.

„Sobald ich mich eingelesen habe, Klaus. Zunächst einmal muss ich wissen, um was es genau geht. Und Du? Willst du nicht lieber…" – „Auf keinen Fall!", unterbrach Heppner seinen Chef. „Das ist, als ob ein Assistenzarzt eine Hirnoperation durchführt, während der Professor ihm die Tupfer reicht. Nee nee, ich ermittle lieber vor Ort."

Und ich kann dir helfen, denn du brauchst etwas zu tun, um zumindest eine Zeit lang nicht zu grübeln, dachte Heppner. Therapeuten bekommt man ja erst nach einem halben Jahr. Er nickte Rudi Brack zu, der Detlef Schall ohne weitere Worte die Akten des Verfahrens auf den Tisch legte.

Heppner war bedient und suchte sich seinen eigenen Psychologen. Er rief also Marion an.

***

Karsten Pawelczyk saß an seinem Schreibtisch und verstand die Welt nicht mehr. „Wo sind sie, Flecki?", fragte er KHK Fleckenberg, der hilflos mit den Schultern zuckte. „Wenn sie die vier Schläfer meinen, habe ich keine Ahnung, Chef. Ihre Handys sind tot, und ich vermute, dass sie komplett abgeschottet irgendwo kaserniert sind, um sie zu den Tötungsmaschinen zu machen, die wir befürchten. Die Kommissariate aller umliegenden Behörden sind in Bereitschaft, die Autos unserer Vermissten sind zur Insassenfeststellung und beobachtenden Fahndung ausgeschrieben, aber mehr können wir nicht tun."

„Das dürfte aber nicht reichen, Flecki. Wir kennen die Gruppe, ihre Personenzahl und ihre Zusammensetzung, aber wir wissen nicht wo sie sind und was sie vorhaben. Ich fürchte, wenn sie das nächste Mal zum Vorschein kommen, dürfte es für effektive Gegenmaßnahmen zu spät sein. Nicht mal die NSA hat eine Ahnung, wo sich diese Typen herumtreiben."

Fleckenberg sah mit einem Mal um Jahre gealtert aus, und als sein Chef ihn fragend ansah, fiel es ihm schwer, seine Idee auszusprechen. „Sie sagten gerade, wir kennen die Zahl der mutmaßlichen Selbstmordattentäter. Aber kennen wir sie wirklich? Gibt es neben den vier uns bekannten Jungs möglicherweise weitere Gruppen? Im Rahmen der Flüchtlingsströme sind tausende ins Land geschwemmt worden, deren genaue Identität niemals festgestellt wurde, und eine ganze Menge von diesen Leuten sind ebenfalls spurlos verschwunden. Was, wenn es weitere Terrorzellen gibt, von denen wir nichts, aber auch gar nichts wissen?"

Sein Chef war bleich geworden. „Du sprichst gerade meinen ultimativen Alptraum aus. Was dann passiert? Dann möge der Himmel uns beistehen."

***

Mehdi rieb sich zufrieden die Hände. „Also weiter nach Plan, gut. Dann werden wir noch weitere Satansanbeter in die Hölle schicken können, im Namen Allahs."

Mahmut sah seinen Kumpan nachdenklich an. „Wie viele Ungläubige hast du eigentlich schon getötet, Mehdi?" Der Angesprochene warf sich stolz in die Brust. „Etliche, Bruder. Zehn in Nordafrika, fünf in Amerika, sieben in Asien und bis jetzt vier in Europa. Alles im Namen des einen Gottes."

Ein Fanatiker, dachte Mahmut, der eher nüchterner Pragmatiker war. Er entschloss sich aber zu einer Korrektur.

„Neun in Nordafrika, Bruder. Der deutsche Polizist lebt, das habe ich gerade erfahren. Und eigentlich sind es acht, denn Jallanoui war Muslim wie wir."

„Das war ein Verräter am Djihad!", brauste Mehdi auf. „Er wollte die ganze Aktion verraten und war deshalb schlimmer als ein Ungläubiger. Und wieso lebt der Polizist? Ich habe ihn mit der Kugel, die Jallanoui tötete, auch erwischt, und du hast gesehen wie er aus dem Parkhaus sprang, nachdem du ihm das Handy und die SD-Karte abgenommen hast."

„Er ist im Hotelpool gelandet", bekannte Mahmut zähneknirschend. „Zum Glück ist er mit dem Kopf am Beckenrand angeschlagen. Eigentlich hätte der Aufprall seinen Schädel zerplatzen lassen müssen. Unsere Quelle im Krankenhaus hat berichtet, dass er nach Meinung der Ärzte im Wasser aufkam, durch den Aufprall auf die Oberfläche abgebremst wurde und der nach vorn fallende Kopf erst dann gegen die Steinumfassung des Schwimmbeckens gekracht ist. Hat für schwere Hirnschäden gereicht. Er ist im Koma, und sie versuchen gerade, ihn mit Elektroschocks zu wecken. Unsere Quelle wird dem Erhabenen weiter berichten."

„Ist diese Quelle zuverlässig?", fragte Mehdi missmutig, dem ihr Fehlschlag offenbar die Laune verhagelt hatte. Schließlich musste er seine Statistik korrigieren. „Absolut zuverlässig", antwortete Mahmut zufrieden. „Der Erhabene bürgt für sie. Sie gehört zu seiner Familie."

Die Antwort befriedigte den Berufskiller, der knapp nickte, während er gedankenverloren das Seil aus seiner Tasche holte und es durch die Finger gleiten ließ. Sein Todesbringer, so hatte er es genannt. So wie es bei Carlos alias Ramirez Iljitsch Sanchez der Schuss in den Hals gewesen war, bildete die Erdrosselung mit der Hanfschnur sein Markenzeichen. Sollten die Bullen doch ruhig wissen, dass er die Taten begangen hatte, dachte er. Das Wissen würde nur umso mehr Furcht in ihre Herzen senken.

Irgendwann würde er sich um den deutschen Bullen im Krankenhaus in Marokko kümmern müssen. Nicht nur um seine Statistik wieder in Ordnung zu bringen; wenn er aufwachte, würde es Probleme geben, denn er wusste zu viel. Gut, dass er noch im Koma liegt. Bis zu seinem Erwachen kümmern wir uns um die anderen.

Die strikte Geheimhaltung, die Professor Al-Hattoumi und Dr. El-Motassir um das Erwachen und die Kommunikationsfähigkeit El Tannouis gelegt hatten erwies sich als goldrichtig, denn sie rettet dem Polizisten das Leben.

Vorerst, jedenfalls…

Acht
31. Mai, Nachmittag

Peter Elgert runzelte die Stirn und sah gespielt ungläubig auf seinen Auftragszettel. „Venus? Ist Hamit unter die Sterngucker gegangen, oder was soll das bedeuten?" Sein Teampartner Özcan Karadeniz sah ihn strafend an. „Erstens ist die Venus ein Planet und kein Stern, und zweitens: seit wann haben Planeten eine Handynummer?"

„Besserwisser", schmunzelte Elgert, der es natürlich ebenfalls wusste und Karadeniz mit Wohlwollen betrachtete.

Der junge Kommissar war erst seit September des vergangenen Jahres in der Direktion Kriminalitätsbekämpfung und machte Dienst beim KK 15, das sich mit allen Delikten rund ums Kfz beschäftigte, war also direkter Kollege von Hanna Karl. Er hatte sich in einer Zeit, in der die Beförderungschancen bei der Abteilung GE, also dem früher als Schutzpolizei bezeichneten Bereich erheblich größer waren bewusst für die Laufbahn bei der Kripo entschieden. „Ist mir doch egal, ob andere ein halbes oder ein ganzes Jahr früher Oberkommissar werden als ich. Ich fange jedenfalls Verbrecher und muss nicht auf arme Verkehrssünder losgehen. Das habe ich bei den Schwerpunkteinsätzen der Einsatzhundertschaft ja lange genug machen müssen", hatte er gesagt. Elgert gefiel diese Einstellung. Er wusste jedoch nicht, wie Karadeniz auf den sich mittlerweile allgemein einbürgernden Umstand reagieren würde, dass ein Kriminalkommissar zum Teil noch auf die erste Beförderung wartete, während sein als Streifenpolizist eingesetzter Lehrgangskollege bereits Hauptkommissar wurde. Motivierend war dieser Umstand für die engagierten jungen Kriminalbeamten jedenfalls nicht, auch nicht für Karadeniz, der sich freiwillig in seine erste Mordkommission gemeldet hatte. Vielleicht, dachte Elgert zynisch, gleicht sein Migrationshintergrund ja das Manko der Tätigkeit in der Direktion -K- aus.

„'Venus' ist ein Künstlername", belehrte Karadeniz jetzt seinen älteren Kollegen. „Tatsächlich heißt die junge Dame Tatjana Stoschenko, und sie hat vor ein paar Jahren mal den dritten Platz in so einer Castingshow gemacht. Singen kann sie, das steht fest. Ich habe mir mal ein paar von ihren Clips auf YouTube angesehen. Klingt nicht übel; Schlager ist aber nicht meine Richtung. Ich stehe mehr auf Rap."

„Yo man yo", knurrte Elgert und imitierte gekonnt einen Gangsta-Rapper, inklusive der doppelten Teufelsgabel. Karadeniz lachte schallend. „Genau so, Peter. Etwas Old School, aber gut." Er wurde wieder ernst und kam zum Thema zurück.

„Tatjana Stoschenko ist im Moment auf Tournee. Da ihre Handynummer in Hamits Handy gespeichert war, konnte ich sie trotzdem erreichen und habe mit ihr in einer Stunde in Mülheim einen Termin, den ich aber nur bekommen habe, weil ich ihr gesagt habe, was los ist."

„Sollten wir doch auf keinen Fall!", fuhr Elgert auf, als eine unangenehme Erinnerung in ihm hochkam, doch Karadeniz winkte ab. „Keine Sorge, ich habe die Identität der Frau am anderen Ende geprüft." – „Und wie?", wollte Elgert wissen. Sein junger Kollege grinste überlegen. „Ganz einfach. Ich habe mir vorsingen lassen..."

Elgert bedachte seinen Partner mit einem Blick von entschiedener Bösartigkeit. Darauf hätte er auch selbst kommen können.

‚Venus' sollte am heutigen Abend im ‚Franky's am Wasserbahnhof' in Mülheim an der Ruhr auftreten. Die 250 Karten für das Konzert waren bereits im Vorfeld ausverkauft, und es versprach ein großer Erfolg zu werden. Karadeniz zeigte seinem Kollegen auf seinem Smartphone ein Bild der Sängerin, das diesen beeindruckt durch die Zähne pfeifen ließ. „Donnerwetter", stieß er hervor, „die sieht ja gut aus, aber mal gar nicht wie Helene Fischer."

Das Grinsen von Karadeniz erreichte jetzt fast seine Ohren. „Du meinst die Haut- und Haarfarbe? Vater Ingenieur russlanddeutscher Herkunft, Mutter Kubanerin. Die Eltern haben vor der Wende in Ostberlin gewohnt und kamen 1990 nach Duisburg, wo Papa bei Thyssen einen Job fand. Tatjana ist bereits hier in Duisburg geboren und inzwischen 25 Jahre alt. Weiß ich alles von ihrer Homepage."

Sie hatten inzwischen ihren Dienstwagen erreicht. Elgert fuhr, damit Karadeniz weitererzählen konnte. Es kam aber nicht mehr allzu viel.

„Hamit war Klassenkamerad von Tatjanas älterem Bruder Pjotr, der sich jetzt Peter nennen lässt. Die beiden sind wohl immer noch eng befreundet, was sich aus dem What's App-Chat in Hamits Handy ergibt. Das hat Tatjana mir auch bestätigt. Unser Kollege hat wohl ihr Gesangstalent früh erkannt und sie bei dieser Castingshow angemeldet. Gewonnen hat sie übrigens damals nur nicht, weil die Jury nach ihrer Performance nur noch davon redete „Du hast eh schon gewonnen" und deshalb wahrscheinlich zu wenige ihrer Fans angerufen haben. Passiert öfters bei solchen Shows. Da gewinnt ja nicht wer an besten singt, sondern wer mehr Anrufe von 13-jährigen Kreischbojen erhält, die das Guthaben ihrer Prepaid Handys auf diese Art verballern. Deshalb gucke ich mir solche Sendungen schon gar nicht mehr an. Rapper gewinnen da sowieso nicht."

Der Tourbus von ,Venus' stand direkt neben dem Wasserbahnhof, und auf energisches Klopfen wurde die Tür von einem Mann geöffnet, dessen Bart ihn zum Prototyp eines Rockgitarristen machte. Beim Anblick der Polizei-Dienstausweise klappte ihm die Kinnlade herunter.

„Noch zwei von Ihnen?", wunderte er sich. „Venus ist doch gerade mit zwei ihrer Kollegen hier ums Haus…"

Er kam nicht weiter, denn er sah nur noch die Rücken der beiden Beamten, die sofort in die angedeutete Richtung losgestürzt waren. Als sie um die beschriebene Ecke bogen, blieben sie wie angewurzelt stehen.

Die Sängerin kniete am Boden, während ein Hüne arabischen Aussehens ihr ein Seil um den Hals geschlungen hatte und langsam zuzog. Ein zweiter Mann, der den beiden Fahndern den Rücken zuwandte, beobachtete die Szene, während er ein Handy in seiner linken Hand wog.

„Aufhören, Polizei!", brüllte Özcan, und beide Kripo-Beamten zogen ihre Waffen, die sie auf die beiden Männer richteten. Diese reagierten blitzschnell. Während der „Würger" sein Opfer zu Boden stieß und sich aus der Schussrichtung fallen ließ, zog der andere eine Pistole mit Schalldämpfer hervor und feuerte zweimal in Richtung der Polizisten, verfehlte sie aber knapp.

Als Elgert sah, dass Özcan keine Deckung suchte, sondern aufrechtstehend das Feuer erwidern wollte, hatte der Polizist ein Deja vu, und mit einem gewaltigen Satz riss er seinen Kollegen von den Füßen. Dadurch schlug die für Karadeniz bestimmte Kugel nicht in dessen Körper, sondern in Elgerts Rücken. Beide stürzten in einem Knäuel zu Boden, und die Killer nutzten diese Gelegenheit, die hilflose Tatjana Stoschenko aufs Korn zu nehmen.

Karadeniz sah es sofort und feuerte im Liegen zweimal auf den Mann mit der schallgedämpften Waffe. Er verfehlte ihn zwar, irritierte ihn aber so, dass dessen Schüsse die wie erstarrt daliegende Sängerin verfehlten. Der Angreifer schoss noch zweimal ungezielt auf seinen Gegner, dann wandte auch er sich zur Flucht. Der Polizist arbeitete sich unter Elgert hervor und hob die Waffe, aber von den Tätern sah er nur noch ihre Schatten, die um die nächste Ecke verschwanden. Er steckte also seine Pistole weg, nestelte sein Handy aus der Jackentasche und wählte den Notruf.

„Einen Notarzt und einen Krankenwagen zum Wasserbahnhof, schnell! Ein Kollege angeschossen, eine Zivilistin durch Würgen zumindest verletzt. Zwei Täter arabischen Aussehens, ca. 180 cm groß, athletisch und dunkel gekleidet sind flüchtig. Ich…" Ein Geräusch aus Richtung Elgert ließ ihn verstummen.

Sein Kollege hatte die Augen geöffnet und griff sich an den Rücken. „Schutzklasse I", stöhnte er. „Diese Dinger sollte man auf jeden Fall besser polstern." Er öffnete die Jacke, zog den Pullover hoch, und sein Kollege blickte auf die Schutzweste, die Elgert immer bei Außenermittlungen trug. Jetzt wedelte er matt mit der Hand. „Alles gut. Halbwegs jedenfalls. Kümmere dich um die Frau."

Karadeniz blickte auf Tatjana Stoschenko, die am Boden lag und verzweifelt nach Luft rang. Er trat zu ihr und schob die Arme unter ihre Achseln, wodurch er sie in eine sitzende Position aufrichten und an die Mauer lehnen konnte, und begann langsam und sanft ihren Hals zu massieren. „Bleiben Sie ruhig", murmelte er, als sie entsetzt die Augen aufriss. „Das wird ihre Kehle entspannen."

Die Sängerin erkannte offenbar die Stimme des Polizisten, und sie wurde lockerer. Nach einer Minute war sie so weit, die Hände des Polizisten beiseiteschieben zu können. „Zu feste", flüsterte sie. „Ich muss heute Abend singen."

Karadeniz warf den Kopf zurück und lachte schallend. „Künstler", japste er. „Gerade dem Tod von der Schippe gesprungen, und denken schon an den nächsten Auftritt." – „Showbusiness", krächzte Tatjana Stoschenko zurück. „Danke. Vielen Dank."

Karadeniz half der Frau auf die Füße und ging dann zurück zu seinem Kollegen, der immer noch auf dem Boden saß und mit beiden Armen seine Rippen umschlang. „Stimmt was nicht, Peter?", fragte er alarmiert. „Ich bekomme nur schlecht Luft", ächzte Elgert.

In diesem Moment bogen Kranken- und Notarztwagen auf den Parkplatz, und Özcan winkte ihnen zu. In den nächsten Minuten beobachtete er, wie Peter Elgert und Tatjana Stoschenko medizinisch versorgt wurden, während er Detlef Schall die Situation schilderte.

Der Notarzt untersuchte Peter Elgert und winkte Karadeniz eilig zu sich. „Ihr Kollege ist äußerlich unverletzt, das heißt, das Projektil ist in der Weste stecken geblieben. Allerdings hat die Wucht des Aufpralls ihm wahrscheinlich ein oder zwei Rippen gebrochen. Wir nehmen ihn mit ins Krankenhaus und werden die Sache röntgen.

Die Frau hat zumindest eine Quetschung der Luftröhre, weigert sich aber, mitzufahren. Sagt was von einem Auftritt, und dass sie sich vorbereiten müsse. Und sie will mit Ihnen reden. Ist mir recht, vielleicht bringen Sie die Dame zur Vernunft." Das kann ja heiter werden, dachte Özcan, ging aber erst mal zu Peter Elgert, dem er eine wichtige Frage stellen musste.

„Warum, Peter?" fragte er rundheraus. „Du hast mich angesprungen und umgerissen, dass ich mir vorkam wie ein angegriffener Quarterback beim American Football.

Du bist also genau in die Flugbahn der Kugel gehechtet und hast mir damit wahrscheinlich das Leben gerettet. Also danke schön. Nur… warum hast du das getan? Du hättest selbst sterben können."

Peter Elgert zog die Sauerstoffmaske beiseite und sah seinen Kollegen für einige Sekunden ernst an. Als er zu sprechen begann, ließen nicht nur die misshandelten Rippen seine Stimme gepresst klingen. „Nie wieder, habe ich gedacht. Du weißt, ich habe schon mal auf diese Art einen Partner verloren. Das durfte mir nicht noch einmal passieren."

Jetzt erinnerte sich Karadeniz an die Geschichte in Zusammenhang mit dem Tod von Frank Schmidtkunz. Er sagte nichts, nickte seinem Kollegen nur zu und stiefelte zu der Frau, die in ihrem derangierten Zustand nichts mit der schillernden ‚Venus' auf der Bühne zu tun hatte und dennoch in Özcans Augen reizend aussah.

„Als die beiden Männer kamen und meinten, dass sie einige Fragen an mich hätten, hielt ich sie natürlich für die erwarteten Polizisten", erklärte die Künstlerin, deren Stimme bereits kräftiger wurde. „Gott sei Dank kamen Sie rechtzeitig. Es ist also nichts passiert, und mich bringen keine zehn Pferde ins Krankenhaus".

Ihren Protest unterbrach der Polizist jedoch sofort. „Tun Sie mir den Gefallen und fahren Sie mit in die Klinik. Unser Erkennungsdienst ist schon auf dem Weg dorthin und wird Ihren Hals auf Rückstände des Drosselwerkzeugs untersuchen. Das muss sein, also lassen Sie ihren Hals in Ruhe, zumindest von außen. Eis lutschen dürfen

Sie, das hilft gegen die Schwellung." Er grinste, und das Aufbegehren der Sängerin verebbte.

„Aber es wird dann sehr spät werden, und meine Show…"- „Die Stones fangen ihre Shows immer mit zwei Stunden Verspätung an. Und wenn Sie heute Abend trotz der Geschichte auf der Bühne stehen, ist das die bestmögliche PR", beruhigte sie Özcan, und sie lächelte erstmals wieder.

„Danke", sagte sie leise, und sah den Polizisten mit einem Gesichtsausdruck an, der seinen Mund trocken werden ließ. „Sehe ich Sie gleich im Krankenhaus? Ja? Das ist schön. Und meine Show… hätten Sie vielleicht Zeit, nachher zu kommen? Ich würde mich sehr freuen."

„Wenn… wenn ich gleich frei bekomme, gern", stammelte der Polizist in plötzlicher Verlegenheit. Die beiden winkten sich zu, als sich die Türen des Krankenwagens schlossen. Peter Elgert, der die ganze Diskussion schweigend mitverfolgt hatte, rollte nur die Augen. Nicht schon wieder, dachte er…

Özcan Karadeniz brauchte drei Versuche, bis er den richtigen Knopf der Funkfernbedienung drücken und die Tür des Streifenwagens öffnen konnte. Er setzte sich hinters Steuer, blieb ungefähr eine halbe Minute reglos sitzen und schlug dann dreimal leicht seine Stirn gegen das Lenkrad.

Oh Mann, dachte er. Hoffentlich komme ich jetzt Hamit nicht in die Quere….

***

„Müsste er nicht langsam wieder zu Bewusstsein kommen, Hanna?" Tom Hermanns hatte vor etwa einer Stunde begonnen, im Flur des Krankenhauses auf und ab zu gehen. Seine Freundin zuckte nur die Achseln. „Keine Ahnung. Ich weiß nicht, wie lange so eine Behandlung dauert, und ich habe keine Ahnung von den Nachwirkungen. Bin doch kein Neurologe." Sie stand auf und streckte sich.

„Mir langt es jetzt", knurrte Hermanns kurz entschlossen und stiefelte Richtung des Pflegezimmers, in dem eine einsame Schwester in irgendwelchen Berichten las. „Ich frage jetzt diesen Professor, wie es läuft." Hanna sah ihm kopfschüttelnd nach.

„I'm sorry, can you speak english", sprach Hermanns die Pflegerin an, die hochsah und zu lächeln begann. Ihre Antwort überraschte Hermanns.

„Schon, aber vielleicht kommen wir mit Deutsch weiter", schmunzelte die Schwester, die der verdatterte Gesichtsausdruck des Polizisten offenbar amüsierte, und sie enthüllte ungefragt die Herkunft ihrer Deutschkenntnisse.

„Ich bin in Nürnberg aufgewachsen und habe an der Uni-Klinik in Heidelberg meine Ausbildung gemacht. Seit dem Tod meiner Eltern lebe ich aber wieder in Marokko, wo ich herstamme. Meine Sprachkenntnisse kommen mir aber sehr zugute, wenn ich mich um deutsche Touristen kümmern muss. Ach so, Sie können mich Karima nennen."

„Na toll, und ich wollte mir gerade einen abbrechen", ächzte Tom Hermanns und winkte Hanna zu sich, die den Dialog feixend mitgehört hatte. „Wann können wir denn zu unserem Kollegen rein?"

Schwester Karima sah auf ihre Tabellen und runzelte die Stirn. „Also... hier steht nichts. Ich bin mir aber sicher, dass Sie schon rein können. Herr El Tannoui hat jedenfalls aufgehört zu zucken und liegt schon wieder still im Bett. Ich war vor fünf Minuten bei ihm drin, und er war ganz friedlich. Gehen Sie nur rein."

Hanna und Tom sahen sich irritiert an. So friedlich sollte Hamit eigentlich nicht liegen.... Sie öffneten die Tür und betraten das Zimmer des Verletzten, der ruhig und gleichmäßig atmete. Zu gleichmäßig, dachte Hanna erschreckt, die zum Bett eilte und vor Hamits geöffneten Augen mit den Fingern schnippte. Zu ihrem Entsetzen erfolgte nicht die geringste Reaktion.

„Scheiße verdammte!", fluchte Tom Hermanns, und Hanna ließ den Kopf hängen, bis sie sich an ihren ersten Besuch erinnerte und Hamit in die Wange kniff.

„Nichts", stöhnte sie. „Überhaupt nichts. Haben die Elektroschocks das Gegenteil bewirkt und ihn endgültig gelähmt? Das kann doch nicht wahr sein!"

Die Tür hinter ihnen öffnete sich, und Dr. El-Motassir eilte strahlend zu ihnen. „Es gibt frohe Kunde. Es scheint alles großartig..." - „Großartig?!", fuhr Hanna auf. „Er liegt jetzt da wie ein Komapatient und reagiert auf gar nichts mehr. Was ist daran großartig?"

Der Neurologe winkte ab. „Sie haben das EEG nicht gesehen. Großartige Nervenströme, wiedererwachte Gehirnzentren. Verstehen Sie doch, wir haben quasi eine Rekonfiguration seines Gehirns erreicht. Momentan rebootet sein Gehirn, und deshalb befinden sich alle körperlichen Aktivitäten sozusagen im stand-by. Sobald er wach wird, verfügt er wieder über eine ganze Reihe seiner normalen Fähigkeiten. Hören wird er können, sehen und höchstwahrscheinlich auch sprechen. Was die manuellen Fähigkeiten angeht, werden wir abwarten müssen. Aber auch da bin ich optimistisch."

„Sie reden, als hätten Sie bei einem Computer einen Hardware-Reset durchgeführt", knurrte Hanna, und Dr. El-Motassir begann wieder zu lächeln. „Der Vergleich kommt der Sache ziemlich nahe. Unser Gehirn kann wirklich mit einem Computer verglichen werden, insbesondere in einer Hinsicht: beides funktioniert elektrisch.

Durch das Trauma haben sich (um bei dem Vergleich zu bleiben) Grafik- und Soundkarte aus ihren Sockeln gelöst, und auch die Arbeitsspeicher waren vorübergehend locker. Unsere Elektroschocks hatten die gleiche Funktion wie ein Feststecken der losen Komponenten. Jetzt muss das System nur noch hochgefahren werden, und wir sehen, ob es normal startet."

„Gut und schön, Herr Doktor, aber gibt es eine Gewähr dafür, dass Hamit wieder aufwacht, und dass er wieder in Ordnung kommt?", fragte Hanna fast atemlos, doch der Neurologe blickte nur zum Himmel.

„Das weiß allein der Allmächtige. Wir können sozusagen die einzelnen Komponenten nur feststecken, aber nicht sagen, ob eine davon beschädigt ist. Er atmet, daher ist zumindest das Kleinhirn, also das Motherboard des Computers intakt. Er scheint aber noch sehr erschöpft, also warten wir mit dem Neustart noch ein wenig."

Hermanns seufzte und dankte dem Arzt, der schon gehen wollte, bevor ihn eine Frage Hannas noch einmal stehen bleiben ließ. „Was ist, wenn tatsächlich eine oder mehrere Komponenten kaputt sind? Austauschen können wir sie wohl nicht, oder?"

El-Motassir schüttelte langsam den Kopf. „Nein, das geht nicht. Noch nicht, jedenfalls. Vielleicht werden wir in einigen Jahrzehnten so weit sein. Aber es gibt trotzdem Grund zur Hoffnung, denn wie alle Vergleiche hinkt der zwischen Gehirn und Computer.

Im Gegensatz zu einem PC kann sich das Gehirn nämlich selbst reparieren."

***

„Und wie willst du dem Erhabenen diese Pleite erklären?", fauchte Mehdi seinen Kumpan Mahmut an, der beide Hände in die Taschen gesteckt hatte und mindestens ebenso finster dreinschaute wie sein Killer-Kollege.

„Wo kamen die Bullen plötzlich her, und wieso wussten sie von der Frau? Mahmut, ich hatte den Todesbringer schon um ihren Hals gelegt, und ich hätte nur noch..."

Mahmut hatte langsam genug von seinem Kumpel. Sein Fanatismus beim Töten, sein religiöser Fundamentalismus und sein Glaube an die eigene Unfehlbarkeit machten ihn zu einer nicht sehr sympathischen Persönlichkeit. Er wandte sich ab und zog das Handy aus der Jacke, um den Erhabenen zu informieren. Zur Überraschung des Killers reagierte der Angerufene aber gelassen.

„Bleib ruhig, Mahmut. Ich bin nicht böse auf euch. Wahrscheinlich gibt es bei der Duisburger Polizei einen klugen Ermittler, der den Zusammenhang erkannt hat, oder sie sind durch Zufall auf die Übereinstimmung mit dem Handyspeicher ihres Kollegen gestoßen. Früher oder später mussten wir damit rechnen. Eure Aufgabe ändert sich nicht, sie wird dadurch nur schwieriger. Ihr werdet die Polizisten, die zum Schutz der Zielpersonen abgestellt werden entweder ausschalten oder umgehen müssen. Das überlasse ich euch. Denkt daran: alles dient dem übergeordneten Ziel, und alle Opfer sind es wert. Sammelt die Dateien und ihre Speichermedien ein, damit die Polizei möglichst wenige Exemplare zum Probieren hat. Die Reihenfolge der Zielpersonen ist allerdings jetzt beliebig. Allahu Akbar!"

„Allahu Akbar", antwortete Mahmut stolz und legte auf. Er und Mehdi nickten sich zu, und Mahmut zeigte auf einen Namen, der ziemlich zuoberst stand. „Den nehmen wir. Der wird bestimmt nicht bewacht, weil er glaubt selbst auf sich achten zu können, und das wird sein Untergang sein."

Mehdis Augen leuchteten in einem fanatischen Fieber, als er nickte und sich das Gesicht des Mannes einprägte. Sein Tod würde besonders die Bullen treffen wie ein Keulenschlag. Der Erhabene würde zufrieden sein. Mehdi ahnte nichts von dem Gespräch, das etliche Kilometer von ihm entfernt stattfand, nachdem der Erhabene sein Handy eingesteckt hatte.

„Das macht die Sache verdammt kompliziert", murmelte Amir, und der Erhabene nickte bestätigend. „Woher weiß die Polizei vom Buchstaben V? Wissen sie von den Dateien, und wenn ja, können sie etwas damit anfangen? Unsere Verschlüsselung verhindert, dass die Datei nach dem ersten vergeblichen Leseversuch weiter versandt werden kann, also brauchen die Bullen mehrere Dateien. Sie werden die Empfänger ansprechen und sich die Handys und Computer holen, und vielleicht haben sie irgendwann Erfolg mit der Decodierung."

„Ja, aber ohne das Password bekommen sie nichts heraus, und den Code kannte neben uns beiden nur Jallanoui, der Administrator war. Jallanoui ist tot, und er hat den Code niemandem erzählt, das wissen wir von den marokkanischen Polizisten, die für uns arbeiten."

„Und was ist mit dem deutschen Polizisten, der ihn abgeschoben und ihn als letzter lebend gesehen hat? Sein Handy enthielt die Datei, und er hat sie versandt. Wer sagt, dass unser Verräter ihm nicht auch den Code mitgeteilt hat? Nein, wir müssen unsere Pläne ändern. Der Polizist muss ausgeschaltet werden, so lange er noch im Koma liegt."

Der Erhabene seufzte, zog erneut sein Handy hervor und drückte auf die Taste, die ihn mit Mahmut verbinden würde, doch dieser meldete sich nicht mehr. Die vorgeplante Lebenszeit der SIM-Karte war abgelaufen, und der Chef der Killer erkannte, dass sich sein Team erst wieder am nächsten Nachmittag über den neuen Anschluss melden würde. Er blickte gen Himmel und wählte eine andere Nummer. Was er jetzt anordnen musste, gefiel ihm ganz und gar nicht, weil es seine Kontaktperson in Gefahr bringen würde.

„Ich bin es. Du musst selbst aktiv werden. Schalte die Zielperson umgehend aus, sobald kein Risiko mehr besteht, enttarnt zu werden. Melde dich nach Vollzug." Er legte auf, und Amir nickte zufrieden. Er kannte die Quelle im Krankenhaus, und wusste nur zu gut über ihre Effizienz Bescheid.

Aus seiner Sicht war Hamit El Tannoui so gut wie tot.

Neun
31. Mai, Abend

Volkhard van Dyke schüttelte vehement den Kopf. „Verdammt noch mal, Leute, ich kann sehr gut selbst auf mich aufpassen. Ich schätze zwar die Vorsicht der Mordkommission, aber ich glaube nicht, dass die Killer ausgerechnet bei mir auftauchen. Wenn sie ein paar Vorermittlungen durchgeführt haben wissen sie doch, dass ich Polizist bin. Außerdem werden sie sich denken können, dass ich die Datei schon weitergegeben habe, es also sinnlos ist, mich umzubringen."

Hartmut Stolle, der wie sein Partner Thomas Mehrholz dem zivilen Einsatztrupp (ET) der Duisburger Polizei angehörte blickte skeptisch drein. Nach seiner Meinung waren diese Typen aus dem Höheren Dienst keine Polizisten mehr, sondern Politiker und (im besten Fall) Verwaltungsheinis. Einer mehr oder weniger… aber Job war halt Job.

„Tut mir leid. Ich würde mich ja auch lieber um die Straßenkriminalität kümmern, aber Ihr Schutz ist nun mal mein heutiger Job. Also werden wir schön brav mit Ihnen nach Hause fahren, aufpassen, dass Ihnen auf dem Weg nichts zustößt und in Ihrer Wohnung nach dem Rechten sehen. Dann sind Sie uns auch schon wieder los. Denken Sie aber daran, dass Sie die Wohnung danach nicht mehr allein verlassen sollten."

Der Gruppenleiter winkte unwirsch ab. „Ja, ja, die Instruktionen können Sie sich sparen. Die hat mir Herr Heppner schon verpasst, quasi als letzte Amtshandlung, nachdem er sich aus der Verantwortung geschlichen hat. Ich werde mich daran halten. Aber nach dem Inspizieren der Wohnung verschwinden Sie auf der Stelle."

„Wüsste nicht, was ich lieber täte", knurrte Mehrholz, was ihm einen scharfen Blick seines Kollegen einbrachte, der den Einfluss van Dykes kannte und sich die Auswirkungen einer Beschwerde des Gruppenleiters bei ihrem Vorgesetzten genau ausmalen konnte.

Van Dyke wohnte in einem freistehenden Einfamilienhaus in der Braunschweiger Straße im Duisburger Norden. Wie alle Bewohner dieser Gegend beharrte der Polizist darauf, im Stadtteil Röttgersbach und nicht im unmittelbar angrenzenden Marxloh, einem schon mal als ‚no-go-Area' bezeichneten Stadtbezirk, zu wohnen. Dass beide Ortsteile die gleiche Postleitzahl hatten empfanden die Röttgersbacher schon fast als Zumutung. Als die ET-Beamten hinter ihrem Schützling in dessen Garageneinfahrt einbogen, pfiffen sie beeindruckt durch die Zähne.

„Donnerwetter! Da sieht man den Unterschied zwischen Besoldungsstufe A14 und meinen kümmerlichen A10. Er hat so ´ne Villa, und ich wohne auf 60 m² zur Miete", knurrte Mehrholz neidisch. Sein Partner winkte ab. „Ist nicht nur das Gehalt. Van Dyke hat von seinen Eltern reich geerbt, und umsonst fährt er keinen Porsche 959. Er ist wohl nur ein Hobby-Polizist. Dass er es dann sogar in den höheren Dienst schafft.... Na ja, der Teufel scheißt eben immer auf den größten Haufen."

Während van Dyke sein Geschoss in der Garage parkte, stiegen die Fahnder aus ihrem Opel Astra und sahen sich um. Alles sah ruhig und friedlich aus, und die Haustüre des Flachdach-Bungalows erschien auf den ersten Blick unbeschädigt. Van Dyke winkte die Männer zu sich, als er die Zwischentür aufschloss, welche von der Garage direkt in die Diele des Hauses führte.

„Sehen Sie sich ruhig um, meine Herren", seufzte er ergeben und machte eine einladende Handbewegung, während er mit der anderen Hand das Licht einschaltete. Als die Deckenlampen den Wohnbereich erhellten, erblickten die Polizisten einen opulent ausgestalteten Bereich, der keine Träume ungeträumt ließ. Spätestens der Anblick des gekachelten Bereichs mit eingebautem Whirlpool ließ ihre Kinnladen endgültig nach unten fallen. Van Dyke lächelte überlegen.

„Was für einen Sinn macht Reichtum, wenn man sich nichts gönnt?", sinnierte er laut vor sich hin und scheuchte die beiden Kollegen quasi im Schweinsgalopp durch den Rest des Hauses, der nicht weniger Eindruck auf die beiden Oberkommissare machte.

„Sie sehen, es ist alles in Ordnung, und es wäre mir lieb, wenn Sie jetzt verschwinden würden. Ich werde zwar nicht weggehen, aber ich erwarte jemanden." Er zögerte kurz. „Damenbesuch, wenn Sie verstehen, was ich meine, und da Sie die Dame vielleicht kennen, möchte ich nicht, dass…"

„Schon gut, wir sind ja schon weg", seufzte Mehrholz ergeben, wandte sich in der Tür aber noch einmal um. „Wir bleiben auf jeden Fall in der Nähe. Durch den

Testanruf vorhin ist meine Handynummer die letzte, die Ihr Mobiltelefon angewählt hat. Zwei Klicks auf die Ruftaste, und Sie haben mich am Draht. Nur für den Fall der Fälle. Dann reicht ein Hilfeschrei, und wir sind da."

„Ich werde garantiert nicht um Hilfe schreien, wenn ich…. Sie wissen schon.", wehrte van Dyke ab. Mehrholz nickte nur, ging hinter seinem Kollegen her und warf sich auf den Beifahrersitz des Astra. „Arroganter Affe", knurrte er, und Stolle nickte. „Wetten, dass der sich heute Abend mit so `ner Promi-Tusse vergnügt?" – „Oder mit einer Kollegin", warf Stolle ein. „Überleg mal: er hat gesagt, dass wir die Frau vielleicht kennen, und welche Frauen kennen wir außer Polizistinnen? Oder studierst du beim Frisör die Klatschblätter?"

„Nee", versetzte sein Kollege kurz, „da lese ich die Sport-Bild. Ist mir aber auch egal. Lass uns mal eine Runde durch Marxloh drehen. Da ist wenigstens was los. Vielleicht können wir da ja mal wirkliche Kriminalität bekämpfen."

Van Dyke sah dem davonfahrenden Zivilstreifenwagen entspannt nach. Er goss sich einen Glenfarclas Jahrgang 2003 ein, bewunderte kurz das Bouquet des rötlich schimmernden Single Malt Scotch und zog sich um, bis er außer dem seidenen Bademantel nichts mehr trug. Anschließend griff er zum Telefon, um seinen Besuch darüber zu informieren, dass die Luft rein ist. Glücklicherweise benutzte er hierzu sein Festnetztelefon.

***

Hanna Karl sah auf den immer noch reglos daliegenden Hamit El Tannoui und seufzte zum wer weiß wievielten Male. Ihren Kollegen in diesem Zustand im Bett liegen zu sehen erzeugte bei ihr eine nie gekannte Nervosität, und Tom Hermanns hatte die Folgen auszubaden.

„Jetzt sitz nicht einfach so rum, sondern versuche, uns einen Kaffee zu organisieren. Aber bitte einen trinkbaren", fauchte Hanna ihren Freund an, der nur ergeben nickte und von der Liege aufstand, die auf Anweisung Professor Al-Hattoumis in das Zimmer des Patienten gestellt worden war. Beim Verlassen des Zimmers stieß er beinahe mit Schwester Karima zusammen, die ihm freundlich zulächelte und sich danach um die Infusion kümmerte, während Hanna sie misstrauisch beäugte.

„Was machen Sie da?", fragte die Polizistin scharf, als die Schwester eine Spritze hervorholte und den Inhalt in den Infusionsbeutel injizieren wollte. Die Pflegerin verlor auch jetzt ihr Lächeln nicht.

„Anweisung von Dr. El-Motassir. Das sind speziell zusammengestellte Elektrolyte, die die Hirnfunktionen ihres Kollegen unterstützen sollen, und durch die er wahrscheinlich schneller aufwachen wird. Sie können ja nachfragen, wenn Sie möchten. Ich gebe Ihnen gern seine Handynummer, denn er ist schon außer Haus."

Hanna hatte ein mulmiges Gefühl, doch der Arzt bestätigte die Anweisung, und so gab sie der Schwester durch ein Handwedeln zu verstehen, dass sie ihre Aufgabe erledigen solle. Als Tom mit zwei vollen Kaffeebechern zurückkam, hatte sich Hannas Laune immer noch nicht gebessert.

„Was für ein Gesöff", schimpfte sie nach dem ersten vorsichtigen Schluck. „Haben die hier den Straßenbelag aufgelöst und verkaufen ihn als Kaffee?" Ihr Freund feixte nur. „Wahrscheinlich hat Hans Bombardier sich hier zur Ruhe gesetzt und beliefert die Krankenhäuser."

Jetzt musste auch Hanna lachen, denn sie erinnerte sich noch gut an die Zeit, als der damalige Leiter des KK 11 für das Kaffeekochen zuständig und das von ihm fabrizierte Gebräu landesweit berüchtigt war. Nicht wenige Kollegen hatten um 2010 herum ihre Herz- und Blutdruckprobleme auf den extensiven Genuss von Kaffee a la Bombardier zurückgeführt. Sie nippte also vorsichtig an ihrem Becher und verzog das Gesicht. Vielleicht, dachte sie, würde Hamit nach einem Schluck dieses so genannten Kaffees wieder wach werden. Vor Entsetzen, wahrscheinlich.

Währenddessen lag Hamit in seinem Bett und träumte einen wunderbaren Traum. Er spielte auf der Sechserposition und schaltete Lionel Messi so komplett aus, dass der Weltklassefußballer ihn übel beschimpfte. „Dir hetze ich meine Schwester auf den Hals. Sie wird dich töten", nölte der Argentinier ihn an. Als nach Spielschluss eine Frau in Weiß mit einer Spritze in der Hand auf ihn zueilte, schreckte er schreiend hoch – glaubte er zumindest. Tatsächlich machte sich als Reaktion nur ein Zucken seiner Schultern bemerkbar – und etwas Anderes.

Hanna Karl und Tom Hermanns diskutierten immer noch über die Qualität des Kaffees, und ob sie nicht auf Tee umsteigen sollten. So entging ihnen, dass sich die Hände ihres Kollegen zu Fäusten geballt hatten, bevor sie wieder auf das Bett herabsanken. Es geht, dachte Hamit entzückt, und wiederholte die Bewegung noch einmal bewusst. Die Vorstellung, sich wieder koordiniert bewegen zu können versetzte ihn fast in Euphorie, doch die Behandlung forderte noch ihren Tribut, und mitten in diesen optimistischen Gedanken versank er wieder in den Schlaf.

Ein neugieriges Augenpaar beobachtete ihn jedoch sehr genau. Er wird wach, dachte der Betrachter. Es wird Zeit, die Anweisung des Erhabenen auszuführen. Aber das schaffe ich erst morgen früh. Die Bullen werden kein Problem darstellen. Sie sind ja so leicht zu täuschen.

***

Volkhard van Dyke blickte auf die Küchenuhr und schüttelte den Kopf. Sein Besuch ließ auf sich warten, und er wurde langsam ungeduldig. Er rammte die Hände mehr in die Taschen seines Bademantels als sie hineinzustecken und ertastete das Handy, das er vorsichtshalber eingesteckt hatte. Idiotische Vorsichtsmaßnahme, dachte er unwirsch und wollte das Gerät schon weglegen, doch ein Klingeln stoppte seine Suche nach einem passenden Ablageplatz, sodass er das Gerät mit einem Achselzucken wieder einsteckte und zur Tür ging.

Ein Blick auf den Monitor der Türüberwachung ließ ihn beifällig nicken. Ja, es war sein Besuch. Ohne auch nur einen weiteren Blick auf die Umgebung zu werfen griff van Dyke zur Tür und riss sie auf.

Der junge Mann, der vor der Tür wartete, war etwa 20 Jahre alt, hochgewachsen, hellblond und sein Gesicht hätte sicherlich als ausgesprochen hübsch bezeichnet werden können, wären seine ebenmäßigen Züge nicht zu einer Grimasse der Furcht verzerrt gewesen. Er öffnete den Mund um etwas zu sagen, doch in diesem Moment erhielt er einen brutalen Stoß in den Rücken und taumelte gegen van Dyke, der mit Entsetzen sah, wie zwei arabisch aussehende Gestalten mit einem höhnischen Grinsen in den Flur eindrangen und die Hautür hinter sich schlossen.

„Was… was wollen Sie von mir?", stammelte van Dyke. Narr, meldete sich sein Unterbewusstsein. Du weißt genau, was sie wollen, und du weißt auch, wer sie sind. Ohne weiter nachzudenken legte er den Zeigefinger auf den Aktivierungssensor seines Mobiltelefons und tippte zweimal auf die Ruftaste. Hoffentlich sind die ET-Leute noch in Reichweite, dachte er angstvoll.

„Das sollte dir doch klar sein, Bulle", höhnte einer der Eindringlinge, bei dem es sich um Mahmut handelte. Mehdi betrachtete derweil mit unübersehbarer Verachtung den blonden jungen Mann, der sich angstvoll auf der Couch zusammenkauerte.

„Schau dir diesen Bastard an, Bruder. Der ist doch … Khawal Zania, ich weiß nicht, wie man es in Deutsch sagt."

„Er ist ein Stricher. Eine schwule Hure, das hast du richtig erkannt. Und dieser andere schwule Bastard hat ihn bestimmt an einem Bahnhof aufgerissen, habe ich recht?" Mahmut hatte van Dyke nicht aus den Augen gelassen, und jetzt trat er mit zwei schnellen Schritten zu dem ranghohen Polizisten und schlug ihm mit einem raschen Hieb die Faust in den Unterleib, sodass van Dyke zusammenklappte und nach Luft ringend zu Boden stürzte. Mehdi hatte unterdessen den jungen Mann zu Boden gestoßen und presste ihm die Sohle seines Schuhs ins Gesicht, dass ihm fast die Luft wegblieb.

„Agentur", stöhnte van Dyke. „Was?", raunzte ihn Mahmut an, und der geschundene Kriminaloberrat wiederholte das Gesagte. „Ich habe ihn über eine Agentur gebucht", erläuterte er stockend, während er die Hände auf den schmerzenden Unterleib drückte. „Er weiß nichts. Lassen Sie ihn laufen."

„Nach dieser kleinen Nutte wird doch kein Hahn krähen", antwortete Mahmut verächtlich und gab Mehdi ein Zeichen, das diesen hoch befriedigte. Er riss den Callboy mit einem Ruck in eine sitzende Position hoch, zog den ‚Todesbringer' aus der Tasche und legte ihn seinem Opfer um den Hals. Bevor er jedoch mit dem Strangulieren beginnen konnte hob Mahmut warnend die Hand, was weniger auf das hervorgestoßene „nein, nicht!" van Dykes als vielmehr auf das Zuschlagen einer Autotür zurückzuführen war. Mehdi löste den Strick vom Hals des vor Angst paralysierten Jungen und zog ebenso wie Mahmut eine schallgedämpfte Pistole aus dem Hosenbund. Während der Würger seine Waffe abwartend in der Hand wog, richtete Mahmut seine Glock 19 auf van Dyke.

„Wo ist dein Handy, Schwuchtel? Ich kann mir schon denken, dass deine Kollegen kommen. Los, was wisst ihr?"

Noch während seiner Worte gab Mehdis Waffe zwei kurze Plopp-Geräusche von sich, die von den Aufschlägen zweier Körper auf den Boden beantwortet wurden. „Weg hier!", zischte der Killer seinem Kumpan zu, der van Dyke böse ansah. Er machte einen Schritt auf die von Mehdi geöffnete Balkontür zu, überlegte es sich aber anders, und ein sadistisches Grinsen überzog sein Gesicht. Er beorderte den Oberrat zu dem Callboy, der sich inzwischen halb erhoben hatte, und jagte beiden eine Kugel ins linke Bein, was sie schreiend zusammenbrechen ließ. „Wir spaßen nicht", knurrte Mahmut de wimmernden Verletzten zu, und eilte mit Mehdi hinaus in die Dunkelheit.

Van Dyke riss sein Handy heraus und wählte den Notruf, während er mühsam seinen Bademantel auszog, mit einer ruckartigen Bewegung zerriss und in provisorisches Verbandmaterial verwandelte. Dass er jetzt völlig nackt war, kümmerte ihn nicht. Er wusste, dass dieser Anblick dem Lustknaben durchaus bekannt war. Ach ja, Jerome war sein Name, erinnerte er sich. Während er versuchte die Blutung an seinem Bein zu stoppen fiel ein Schatten auf ihn, und er sah auf.

Hartmut Stolle blickte auf den nackten Gruppenleiter und den anderen Angeschossenen zu seinen Füßen, während Thomas Mehrholz mit gezogener Waffe an der offenen Terrassentür stand und vorsichtig ins Dunkle spähte. Das Szenario hätte den Fahndern auch ohne die Glattlederhose und das körperbetonte fliederfarbene

Hemd des Besuchers ihres Vorgesetzten genug gesagt, und sie verbissen sich ein zynisches Grinsen.

„Sie sollten sich etwas anziehen, bevor Mordkommission und Spurensicherung hier aufkreuzen", empfahl Stolle van Dyke, der in nacktem Zustand viel von seiner Autorität verloren hatte. „Ich gehe Ihnen mal was holen." Während Mehrholz, der seine Waffe inzwischen weggesteckt hatte van Dyke die Überreste des Bademantels aus der Hand nahm und den inzwischen ohnmächtigen zweiten Verletzten versorgte, holte sein Partner ein T-Shirt und eine kurze Turnhose, die sich van Dyke vorsichtig überstreifte.

„Wie sind Sie überhaupt reingekommen?", fragte der Gruppenleiter mit schmerzverzerrtem Gesicht, während er sein Bein umkrampfte. „Und.... ich dachte, er habe Sie niedergeschossen. Als ich die Fallgeräusche hörte..."

„Durch die Tür zwischen Garage und Wohnbereich. Sie hatten das Garagentor offengelassen. Wir haben uns natürlich zu Boden geworfen, als die Kugeln neben uns in die Wand schlugen", erklärte Mehrholz knapp. „So blöd sind wir ja nicht, dass wir als Kugelfang stehen bleiben. Und zurückschießen konnten wir natürlich nicht, da die Gefahr bestand, Sie und.... na ja, Ihren Besucher zu treffen."

Blaues Flackerlicht vor der Tür kündigte die Ankunft der Notfallmediziner an, und die beiden Verletzten wanderten in die Krankenwagen. Schon im Wagen liegend winkte van Dyke Hartmut Stolle noch einmal zu sich.

„Lässt es sich gegebenenfalls vermeiden, die genauen Umstände hier weiterzugeben? Könnten Sie das nicht einfach verschweigen, wie Sie mich gefunden haben und berichten, dass der zweite Mann mein persönlicher Fitnesscoach gewesen sei? Vielleicht kann ich ja auch dienstlich etwas für Sie beide tun."

Das Gesicht des Fahndungsbeamten nahm jetzt einen harten abweisenden Ausdruck an, und seine Stimme wurde scharf. „Herr van Dyke, wenn ein Tatort aufgenommen wird, berücksichtigen wir jedes Detail. Ihre sexuelle Disposition und auch die Art und Weise, wie Sie sich Ihre Geschlechtspartner aussuchen ist dabei bestenfalls eine Randnotiz wert. Wir sind keine Tratschtanten, aber der Mordkommission Informationen vorzuenthalten geht zu weit. Bedanken Sie sich lieber bei den Kollegen, insbesondere bei Herrn Heppner. Als wir ihm sagten, dass Sie sicher zuhause sind und wir uns etwas in Marxloh umsehen wollten hat er uns angepfiffen und dazu verdonnert, in einem Radius von maximal 500 m um Ihr Haus zu patrouillieren. Wer weiß, ob wir sonst nach Ihrem Anruf rechtzeitig hier gewesen wären." Er drehte sich brüsk um und warf sich in den Astra, in dem Mehrholz schon wartete und ihm berichtete.

„Die Nahbereichsfahndung nach den Angreifern ist erfolglos verlaufen. Es ist als hätten sich die Kerle in Luft aufgelöst. Aber van Dyke.... Da bin ich platt. Kein Model, keine Kollegin, sondern ein Strichjunge", murmelte Mehrholz. „Kein Wunder, dass er uns aus dem Haus haben wollte." Er zögerte und sah seinen Partner überlegend an.

„Warum haben die Killer van Dyke und seinen Lover nicht erschossen, sondern nur verwundet?" Stolle zuckte die Achseln. „Wer weiß, was in den Köpfen solcher Killer vorgeht. Ich vermute, dass Sie uns dazu zwingen wollten, von einer Verfolgung abzusehen und uns um die Verletzten zu kümmern. In diesem Fall war es also keine Menschenfreundlichkeit, sondern eiskalte Berechnung". Mehrholz nickte, und Stolle ließ den Motor an, um zum Präsidium zurückzufahren. Ihr Schutzauftrag hatte sich erledigt, aber das bevorstehende Fertigen der Berichte und ihre Vernehmung bei der Mordkommission ließ Stolle mit den Augen rollen. Sein Leben war die Verbrechensbekämpfung auf der Straße, und er hasste Bürokratie.

***

„Nimm es nicht so schwer, mein Liebling", tröstetet Marion Paschen ihren Mann, der ihr gerade von der Abgabe der Leitungsfunktion an Detlef Schall berichtet hatte. „Ich verstehe deine Gründe, und die sind wirklich gut. Es hat ja auch den Vorteil, dass im Fall der Fälle die Anrufe nicht an dich gehen, sondern an Detlef. Da kannst du vielleicht mal eine Nacht durchschlafen."

Heppner grunzte nur. Er lag mit Marion im Bett und sah sich zur Entspannung die Aufzeichnung des Tatort-Krimis vom vergangenen Wochenende an. Im Gegensatz zu anderen Menschen, die solche Filme als spannend ansahen waren Krimis für Heppner nur noch Komödien, da er seine Erfahrungen an die gezeigten Ermittlungsmethoden und Verhaltensweisen anlegte und jedes Mal aufs höchste belustigt war, wenn Mordfälle von gerade mal zwei Ermittlern gelöst wurden, die zumeist völlig abstruse Nachforschungen durchführten und nur durch Zufall auf den Täter stießen.

„Ich schreibe demnächst auch mal ein Tatort-Drehbuch", witzelte Heppner. „Wenn ich mir als Kommissarin eine 45-jährige, ständig fluchende Lesbe mit Migrationshintergrund und Borderline-Syndrom ausdenke, wird das doch wohl genügen, oder? Was Anderes wird doch nicht mehr gedreht. Normale Menschen als Kommissare ziehen doch nicht mehr, glauben die Produzenten. So jemand wie Kommissar Haferkamp alias Hansjörg Felmy wäre doch heutzutage viel zu normal."

„Oder jemand wie du", lachte Marion und kuschelte sich an ihn. Ihr Mann schnaubte. „Das wäre ja noch schöner. Da bleibe ich lieber in der Realität. Da kenne ich mich besser aus als im Showbusiness."

Heppners Gedanken wanderten zurück zu ihrem aktuellen Fall, und er berichtete Marion, dass die Leute von Studio 47 von ihren Rachegedanken Abstand genommen hatten, nachdem ihnen mitgeteilt worden war, mit wem sie es wirklich zu tun hatten. „Einen Lustmörder kriegen wir schon klein, aber Profikiller sind eine Nummer zu groß für uns", hatte Klaas Hellersen kleinlaut zugegeben. Heppner war es nur recht.

Marion bemerkte, dass ihr Mann sich geistig in der Arbeit verlor und holte ihn ins hier und jetzt zurück. „Habe ich dir erzählt, dass deine Töchter uns zu Ostern besuchen kommen? Barbara bringt ihren Lebensgefährten und deinen Enkel Sven mit. Mal sehen, ob er dich dieses Mal wieder nach dem Füttern vollspuckt."

Der Polizist grinste. Sein erster Enkel, bei dessen Geburt es einige Komplikationen gegeben hatte entwickelte sich prächtig, und seine Fortschritte bereiteten ihm wirkliche Freude.

Stella sprang auf das Bett und versuchte sich zwischen das dort liegende Paar zu zwängen, um sich die abendlichen Streicheleinheiten abzuholen. Heppner lachte und kraulte die kleine Katze zwischen den Ohren, bis sie laut schnurrte. Ihr Artgenosse Percy beobachtete das Spiel eher uninteressiert von der Fensterbank aus, die sein Katzenkino war und ihm einen ungestörten Blick auf den Garten ermöglichte. Er hatte sich sein Quantum an Liebkosungen bereits abends auf der Couch abgeholt und war anscheinend zufrieden.

Bevor Klaus Heppner einschlummerte, kam ihm der Gedanke, dass er in einem unfassbar harmonischen Idyll lebte und er alles tun würde, um es zu verteidigen.

Die Gelegenheit dazu sollte er nur allzu schnell erhalten.

Zehn

1. Juni, Morgens

„Nach den Hülsen am Tatort in Mülheim wurden unsere Kollegen dort mit einer 9 mm-Waffe beschossen. Peter Elgert hat ein entsprechendes Projektil in der Unterziehweste, und die ersten Tests deuten auf eine Glock als Tatwaffe hin. Genaueres hören wir bald vom LKA", berichtete Ede Holweg der versammelten Mordkommission.

Der Mordversuch an Tatjana Stoschenko trat gegenüber dem Anschlag auf Volkhard van Dyke fast in den Hintergrund, erregte aber immer noch genug Aufsehen. Der einzige, der die versuchte Tötung der Sängerin für bedeutsamer erachtete und sogar als persönlichen Angriff ansah, war natürlich Özcan Karadeniz gewesen. Er hatte abends das Konzert der Künstlerin besucht und schwärmte so sehr von ihr, dass alle Kollegen schon wissend zu grinsen begannen. Ede Holweg schüttelte nur den Kopf und fuhr mit seinem Bericht fort.

„Ich habe den Hals der Sängerin untersucht und dort ebenfalls Hanffasern gesichert. Ob sie identisch sind mit den Fasern der übrigen Taten steht noch nicht fest, aber... es ist schon wieder Hanf, und ich glaube nicht, dass wir zwei Killer mit identischem modus operandi hier herumlaufen haben."

Detlef Schall dankte Ede und sah auf seine Notizen. Sein Gesicht war schmal geworden, und unter seinen Augen hatten sich tiefe Linien eingekerbt, die den Schluss auf viel zu wenig Schlaf zuließen. Dennoch wirkte er hochkonzentriert, und er bat Willi Beugen, von dem Anschlag auf van Dyke zu berichten.

„Der zweite Verletzte heißt Jochen Kümmers, ist 19 Jahre alt und wohnt in Rheinhausen-Bergheim. Seine Schusswunde im Oberschenkel dürfte keine bleibenden Schäden hinterlassen, meinte der Arzt im Fahrner Krankenhaus.

Kümmers ist homosexuell und bezeichnet sich selbst als ‚Model'. Wir haben im vergangenen Jahr zwei Anzeigen gegen ihn wegen angeblichen Beischlafdiebstahls erhalten, wobei der Geschädigte die Anzeige später wieder zurückzog. Er führt übrigens den Künstlernamen Jerome und wird an seine Kunden über eine Agentur vermittelt, die unserem KK 12 bestens bekannt ist." Willi Beugen nickte den Vertretern des Kommissariates zur Bekämpfung von Sexualdelikten zu und fuhr fort.

„Drei dieser so genannten ‚Models' haben seit Januar Strafanzeigen wegen ausbeuterischer Zuhälterei erstattet. Sie mussten ihr kompletten Einkünfte an die Agentur abgeben und erhielten mickerige Festgehälter, die bestenfalls 10% ihrer Gagen ausmachten War für die Agentur also höchst profitabel.

Hinter der Agentur steckt ein Bursche namens Frederic Lucier. Franzose, 42 Jahre alt und umtriebiger Geschäftsmann. Offiziell verdient er sein Geld durch eine Kette von Spielhallen im Ruhrgebiet, und diese Agentur namens „Elysium Ltd." ist wohl mehr ein persönliches Anliegen von ihm. Sie ist übrigens nach einem Hotel auf

Mykonos benannt, das als Treffpunkt der Gay-Szene gilt. Lucier wohnt in Baerl und kennt angeblich jedes seiner ‚Models' selbst. Ob er sie persönlich getestet hat, weiß ich nicht, aber alle sind höchstens 25 und extrem gutaussehend.

Kümmers selbst konnte heute Nacht lediglich kurz angehört werden. Er sagte aber, dass er die beiden Männer noch nie gesehen habe und ganz bestimmt nicht wiedererkennen würde. Die Killer haben ihn vor der Einfahrt abgefangen, als klar war, wohin er gehen würde, und ihm dann gesagt, er solle bei van Dyke klingeln, sonst sei er tot, und der Junge hat ihnen aufs Wort geglaubt. Zu Recht, denke ich. Die von einem der Angreifer auf unsere Kollegen vom ET angefeuerten Projektile sind jedenfalls vom Kaliber 9 mm, die Hülsen ebenfalls. Ob sie mit den in Mülheim gefundenen Hülsen übereinstimmen, also aus der gleichen Waffe abgefeuert wurden ist noch unklar."

„Und was sagt unser Model-Liebhaber zum Tathergang?", ließ sich Jimmy Hellwich aus dem Hintergrund hören. Detlef Schall sah ihn warnend an. „Noch gar nichts. Van Dyke hat Pech gehabt, was den Schusskanal anging, und er wird noch operiert. Aber da du dich gerade meldest: was ist mit deinen Ermittlungen zu dieser Oberhausener Trockenbaufirma, der dieser abgebrannte Transporter gehörte?"

Hellwich lächelte kurz. „Da scheint was dran zu sein. Zumindest habe ich schon mal festgestellt, dass auch da ein alteingesessenes Familienunternehmen kürzlich einen neuen Besitzer bekommen hat, den es in Wirklichkeit gar nicht gibt.

Die Firma Ohlmanns GmbH gibt es seit 1955, und seit dem 11.09.2014 gehören die Firmenanteile einem Karim Belhadj. Trotz des Namens angeblich Holländer, aber der vorgelegte Pass ist auf eine andere Person ausgegeben und seit Ende 2013 als gestohlen gemeldet. Typisch, wie bei Kießling, habe ich gedacht, habe das Datum überprüft – und bingo. Beide Firmen wechselten am gleichen Tag den Besitzer, und als ich näher hinsah stellte ich fest, dass beide Eintragungen auch noch beim gleichen Notar erfolgten. Und das Datum ist signifikant: 11. September. Insbesondere für Al-Kaida ein nicht zu vergessendes Datum. Vielleicht sollten wir mal den Staatsschutz befragen, ob da was im Busch ist."

„Danke, Jimmy. Das werden wir tun. Leider müssen wir fortan ja auf deine Mitarbeit verzichten, da der Leiter der Kriminalinspektion 2 der Auffassung ist, dass du in deinem Kommissariat 23 unverzichtbar bist." Detlef Schall war der Missmut deutlich anzumerken, doch Jimmy Hellwich störte sich nicht daran und stand grinsend auf.

„Vielleicht bin ich ja eher zurück als ihr glaubt. Hier kann sich ja alles so schnell ändern…" Er nickte zuerst Detlef Schall, dann Klaus Heppner zu und verließ den Besprechungsraum.

„Wisst ihr, was mit ihm los ist?", wandte sich Schall van seiner Kollegen, die nur mit den Schultern zuckten. Klaus Heppner fasste die Ratlosigkeit in Worte. „Was weiß ich. Er ist schon ein paar Tage so komisch." Er schnaubte durch die Nase, als ihm ein Gedanke kam. „Vielleicht hat er sich ja auf eine andere Stelle beworben, bei der er nach A 12 befördert werden kann. Soweit ich weiß, hat man ihm beim KK 23 ja die Tür vor der

Nase zugeschlagen, weil jemand aus Köln hierher versetzt wurde und eine bessere Beurteilung hatte. Vielleicht bewirbt er sich auf die frei gewordene Stelle im Verkehrskommissariat oder wird Fachlehrer an der Fachhochschule. Die suchen wegen der unzähligen Neueinstellungen doch Leute, oder?"

Der Sarkasmus Heppners entlockte den Kollegen nur ein müdes Grinsen. Es würde Jahre dauern, bis der personelle Nachersatz bei der Kripo ankommen würde, da die ausgebildeten Beamten zuerst mal über Jahre hinweg in der Einsatzhundertschaft und im Streifendienst eingesetzt werden würden. Ihrer Motivation tat dies bestimmt nicht gut. Detlef Schalls Widerspruch bezog sich aber auf den wörtlichen Inhalt von Heppners Aussage.

„Vergiss das, Klaus. Das Verkehrskommissariat soll ein Zugführer aus der Einsatzhundertschaft übernehmen, und an der Fachhochschule suchen sie nur Dozenten für Brand- und Todesermittlungsverfahren. Mit jemandem, der seit Jahren keine Leiche mehr gesehen hat und höchstens berichten könnte, das ihm bei diesem Anblick jedes Mal schlecht wird können die dort nichts anfangen. Aber vielleicht bewerbe ich mich ja nach dort. Ein bisschen Tapetenwechsel tut mir vielleicht gut."

Schall schüttelte die trüben Gedanken ab und schickte seine Leute in alle Himmelsrichtungen, um ihre Aufgaben zu erfüllen. Während Willi Beugen und Marco de Koning sich um eine Aussage von Volkhard van Dyke bemühen sollten war es Aufgabe von Steffi Cornelius, die Person Jallanouis, mit dem alles begonnen hatte, näher zu beleuchten. Klaus Heppner seinerseits durfte das Gespräch mit dem Staatsschutz suchen. Drei Etagen nach oben, na bravo, dachte Heppner. Hoffentlich streikt der Fahrstuhl nicht.

Als Heppner das Gespräch mit seinem Kollegen Fleckenberg begann, wurden dessen Augen bereits nach wenigen Worten groß, und er griff zum Telefon, um seinen Chef herbeizurufen. Karsten Pawelczyk hörte sich die Ausführungen Heppners mit zusammengekniffenen Lippen an, bevor er abrupt aufstand und zum Fenster ging, wo er mit auf die Fensterbank gestützten Armen einige Sekunden lang reglos stehen blieb. Dann drehte er sich um, und Heppner konnte erkennen, dass das Gesicht des Dienststellenleiters aschfahl geworden war.

„Ich bin in meiner Jugend mal von ein paar überkandidelten Parapsychologen untersucht worden, die meinten, ich hätte übersinnliche Fähigkeiten. Ist natürlich Quatsch, aber was sie feststellten war, dass ich in der Lage bin, aus wenigen Fakten intuitiv die richtigen Schlussfolgerungen zu ziehen, so abstrus sie manchmal klingen.

Fassen wir noch mal zusammen, was wir haben: Ein angeschossener Marokkaner, von dem wir noch nicht wissen, was er hier in Deutschland wirklich gemacht hat übergibt einem unserer Kollegen eine Datei unbekannten Inhalts. El Tannoui schickt die Daten weiter, bevor man mehr oder weniger erfolgreich versucht, ihn umzubringen, und danach werden die Empfänger der Reihe nach liquidiert. Währenddessen verschwinden hier in Duisburg und Umgebung vier junge Nordafrikaner, von denen wir glauben, dass sie als Schläfer nach Deutschland geschickt worden sind. Ich weiß ja nicht, wie es dir geht, aber ich werde das Gefühl nicht los, dass die Datei etwas mit diesen Jungs und dem, was sie tun sollen, zu tun hat.

Wir werden euch alle Daten, die wir über die Verschwundenen haben zur Verfügung stellen und auch Jallanoui überprüfen. Und knackt den Code dieser Datei! Das dürfte für eine Menge Leute absolut lebenswichtig sein."

Heppner nickte und trottete wieder zurück zum KK 11, während er sich die Arme rieb. Die Worte Pawelczyks hatten ihm eine Gänsehaut verpasst, auch wenn er den Zusammenhang zwischen Morden und Vermissten für reine Spekulation hielt.

***

„Unser Hackfleischbubi macht sich neuerdings gar nicht schlecht", bemerkte Amir mit widerwilliger Anerkennung, während er von der Tür des Trainingsraumes aus zusammen mit ihrem Anführer den Übungen ihrer vier Kandidaten zusah. Mohammed Al-Tahiqq, den man früher Sammy genannt hatte und jetzt nur noch als ‚Nummer vier' bezeichnet wurde, blockte gerade einen brutalen Hieb von ‚zwei' ab, tauchte unter dem zum Sidekick hochschwingenden Bein seines Gegners durch und trat ihm mit Wucht das Standbein weg. Noch bevor der Körper seines Kontrahenten auf den Boden krachte, hatte sich der junge Marokkaner gedreht und hielt das Bein zum tödlichen Tritt bereit.

„Das reicht!", ertönte die Stimme des Erhabenen, und die Kämpfer erstarrten in der Bewegung, bevor sie sich bolzengerade aufrichteten und ihr Gesicht maskenhaft starr wurde. Auch ‚zwei' hatte sich erhoben, obwohl er augenscheinlich Probleme mit seinem rechten Knie hatte.

„Ich bin sehr zufrieden mit euch, Soldaten", begann der Erhabene seine Rede, während er langsam und mit auf den Rücken verschränkten Händen um die wie Statuen dastehenden Männer herumging. „Ihr habt meine Erwartungen nicht nur erfüllt, sondern sogar übertroffen. Von allen meinen Schülern seid ihr die schnellsten, mutigsten und tapfersten. Wenn ihr zusammenarbeitet, machen euch eure Fähigkeiten im Kampf schier unüberwindlich. Und was eure Härte angeht…"

Er blieb urplötzlich vor ‚eins' stehen und rammte ihm unvermittelt die Faust in die Magengrube. Obwohl der Schlag einen völlig überraschten Mann zweifellos umgehend gefällt hätte, zuckte ‚eins' nur einmal kurz. Der Erhabene und Amir nickten befriedigt. Die Körperspannung bewies, dass ihre Rekruten auch über die notwendige Härte verfügten.

„Sehr gut. Es bleibt nur noch eines zu tun, nämlich euren Gehorsam zu testen. Ihr werdet jetzt auf eure Zimmer gehen. Dort liegt ein Umschlag mit Anweisungen, die ihr wortwörtlich auszuführen habt. Anschließend kehrt ihr wieder hierher zurück, und eure Ausbildung ist abgeschlossen. Ihr werdet nicht über eure Aufträge reden, auch nicht untereinander. Weder der Inhalt des Auftrages noch die Art, wie ihr ihn ausgeführt habt dürfen Dritten bekannt werden. Die Aufträge und den Zeitpunkt ihrer Ausführung kennen nur Amir, ich und der jeweilige Empfänger der Order. Wenn ihr zurückgekehrt seid, werdet ihr eure endgültigen Aufträge erhalten, die euch Ruhm und Ehre einbringen und Schrecken in die Herzen der Kreuzzügler tragen werden. Allahu Akbar!"

„Allahu Akbar!", antworteten die Rekruten und streckten die rechte Faust in die Höhe. Danach wandten sie sich um und gingen hinaus, wobei ‚zwei' sein Humpeln zu verbergen versuchte.

Der Erhabene runzelte die Stirn, als ein Summen ertönte, und er griff zu seinem Handy. Die Meldung Mehdis erzürnte ihn sichtbar, denn es fehlte nicht viel, und er hätte sein Handy an die Wand geworfen. Als er zu sprechen begann, klang seine Stimme dennoch beherrscht.

„Das war jetzt der zweite Fehlschlag hintereinander, Mehdi. Ich bin sehr enttäuscht, aber offenbar versuchen die Kräfte der Ordnung mit allen Mitteln, die Zielpersonen zu schützen, und die Dateien werden wir nicht mehr sichern können. Eure Aufgabe wird es sein, die als Nummer 5 auf der Liste stehende Person zu ermitteln und zu töten. Macht erst mal einen Tag Pause, aber dann erledigt den Job möglichst spektakulär und blutig. Ich will Angst, ich will Panik unter der Bevölkerung! Nur so werden wir unser Ziel erreichen. Danach ist eure Aufgabe erfüllt."

Der Erhabene legte auf und sah Amir an. „Schade um die beiden", murmelt dieser. „Sie waren gar nicht so schlecht." Sein Anführer nickte ergeben. „Nichts ist für die Ewigkeit", seufzte er.

Währenddessen saß ‚Nummer vier' auf seinem Bett und starrte auf den Briefumschlag, der immer noch ungeöffnet auf seinem Kopfkissen lag. Was mag darinstehen, dachte er, während er langsam die Hand ausstreckte. Was mögen sie noch von uns fordern, um unsere grenzenlose Ergebenheit zu prüfen?

Kurz entschlossen griff er nach dem Brief und riss ihn auf. Neben einem Foto befand sich ein Brief darin, dessen Inhalt die nagende Stimme des Zweifels nährte und sie den fanatischen Willen zum Gehorsam für kurze Zeit durchdringen ließ.

In seinem Brief stand:

Vor dir siehst du das Bild einer Person, für die du in deinem früheren Leben etwas empfunden hast. Diese Person ist jedoch eine Ungläubige, eine Teufelsanbeterin, deren schiere Existenz eine Verhöhnung des Propheten und eine Beleidigung Allahs darstellt.

Du wirst diese Person übermorgen Abend zwischen 23.00 Uhr und 24.00 Uhr töten. Sie wird arglos sein, da sie dich falsch einschätzen wird. Sie hält dich für den Weichling und Schlappschwanz, der du früher gewesen bist und den sie beherrschen konnte.

Enttäusche uns nicht. Töte die Ungläubige zum Ruhme Allahs!"

Nummer vier drehte das Bild um, und für eine Zehntelsekunde war er wieder Mohammad Al-Tahiqq, der sich fragte, woher der Erhabene von seinen Gefühlen für die abgebildete Person kannte. Dann zerriss er das Foto in kleine Fetzen, die er im Aschenbecher auf seinem Tisch verbrannte. Das Foto würde er nicht brauchen.

Er würde Nadine Lürmann auch so erkennen...

***

Tom Hermanns schreckte hoch und sah sich um. Er brauchte einige Sekunden um festzustellen, dass er sich nicht in seinem Hotelbett befand, sondern die Nacht auf einem Stuhl in Hamits Krankenzimmer verbracht hatte. Diese Tatsache kam ihm noch stärker zu Bewusstsein, als er vorsichtig aufstand und sich räkelte. Alle Muskeln taten ihm weh, und er dachte neidisch an Hanna Karl, die auf dem Feldbett geschlafen hatte. Nach seiner Ansicht wäre auf der Liege ja Platz für zwei gewesen, aber Hanna hatte etwas von strengen Sitten in einem islamischen Land erzählt und ihn kurzerhand ausquartiert. Na ja, es würden noch bessere Zeiten kommen, dachte Hermanns und drehte sich zu dem Feldbett um, wo ihn eine Überraschung erwartete, denn das Bett war leer.

Der Kriminalist runzelte die Stirn, aber er entspannte sich gleich. Wahrscheinlich nur zur Toilette, dachte er und sah zum Bett seines Kollegen hinüber. Was er dort erblickte, ließ ihn spontan seine Rückenschmerzen vergessen.

Hamit El Tannoui hatte die Augen geöffnet und bewegte den Kopf vorsichtig hin und her, während er sich ganz offensichtlich im Zimmer umsah. Während sein linker Arm nach wie vor bewegungslos auf der Bettdecke lag, ballte sich die rechte Hand in fast periodischen Abständen immer wieder zur Faust, um dann wieder zu entspannen.

Tom Hermanns rannte zur Tür, wo er fast Schwester Karima über den Haufen rannte. „Er wird wach! Er wird wach! Das muss ich meiner Kollegin erzählen. Wo ist sie? Haben Sie sie gesehen?", sprudelte es aus ihm heraus.

Schwester Karima sah verblüfft von dem euphorischen Polizisten zu seinem nun nicht mehr katatonischen Kollegen im Bett, dann nickte sie bedächtig.

„Ja. Sie unterhält sich mit Dr. El-Motassir unten in der Cafeteria. Vielleicht können Sie mir ja einen Tee mitbringen. Uns sind hier auf der Station gerade die Beutel ausgegangen. Dann können Sie den Doktor auch gleich über den veränderten Zustand des Patienten informieren. Wenn Sie sich beeilen sind Sie in fünf Minuten wieder hier." Hermanns nickte und verschwand im Sturmschritt.

Die Krankenschwester blickte ihm nach, bis er um die nächste Ecke verschwunden war, dann wandte sie sich um und ging langsam zum Bett El Tannouis, der sie mit immer klarer werdenden Augen ansah.

„Du wirst wach. Damit habe ich so schnell nicht gerechnet", sprach Karima den Polizisten an, während sie den Infusionsbeutel mit der Kochsalzlösung wechselte. „Dein Zustand überrascht mich, ehrlich gesagt, sehr.

Nach der Dosis, die ich dir gestern verpasst habe hättest du bis morgen schlafen müssen. Es wird offenbar Zeit, einschneidendere Maßnahmen zu treffen."

Als sie eine Spritze aus ihrer Kitteltasche zog, weiteten sich die Augen El Tannouis in plötzlichem Verstehen. Es gelang ihn, den Mund zu öffnen, doch statt eines Schreis drang nur ein heiseres Krächzen über seine Lippen. Schwester Karima lächelte kalt.

„Alle Achtung, aber ganz so weit bist du noch nicht. Und du wirst auch nicht dahin kommen. Der Erhabene hat recht, wir können nicht zulassen, dass du redest." Sie stach die Kanüle der Spritze in den Infusionsbeutel und beobachtete die Angst El Tannouis mit offenkundiger Genugtuung.

„Das überlebst du jedenfalls nicht. Ich habe eine Dosis Adrenalin in den Beutel gespritzt, der selbst bei der Verdünnung tödlich wirkt, aber nicht so hoch sein wird, dass es auffällt. Man wird einfach glauben, dass ein tödlicher Infarkt dich dahingerafft hat, weil du dich so aufgeregt hast. Dann sitze ich aber schon wieder unauffällig im Schwesternzimmer. Ich wünsche fröhliches Dahinscheiden." Sie löste die Rollklemme an der Infusion, klopfte El Tannoui auf die Schulter und ging hinaus.

Der Polizist drehte den Kopf zum Tropf und sah, dass die Tropfen sich langsam in Richtung seines Armes in Bewegung setzten, und seine Verzweiflung wuchs fast ins Unermessliche. Mit Hilfe brauchte er nicht zu rechnen, nachdem dieser Todesengel sich offenbar Hannas und Toms hatte entledigen können.

Wie viel Zeit blieb ihm noch? Wann würde das Adrenalin zu wirken beginnen und sein Herz zum Rasen bringen? In seiner Verzweiflung mobilisierte Hamit alle Energie, und wie durch ein Wunder hatte er Erfolg.

Der gedankliche Befehl an seinen Unterarm kam derart klar und deutlich durch, dass Hamit über die früheren Fehlschläge fast verwundert war. Es war, als habe er die ganze Zeit versucht, mit einer Baumsäge einen Grashalm zu Fall zu bringen. Würde aber die Zeit reichen?

***

„Simple Elektroschocks. Eine Methode, die seit Jahrzehnten bekannt ist, die wir aber erst jetzt wirklich dosiert anwenden können. Sie sehen, auch wir beteiligen uns am Fortschritt auf dem Gebiet der Neurologie." Dr. El-Motassir, der offenbar stolz auf die medizinischen Künste in seinem Heimatland war, stieß die Tür zum Krankenzimmer El Tannouis auf – und blieb stehen, als wäre er vor eine Mauer gelaufen. Tom und Hanna drängten sich an ihm vorbei und reagierten ebenso geschockt.

Hamit El Tannoui lag bewegungslos mit weit geöffneten, verdrehten Augen auf seinem Bett. Schwester Karima, die zwischen den Polizisten ins Zimmer lugte stieß einen spitzen Schrei aus und schlug die Hand vor den Mund. „Ich benachrichtige den Professor und hole das Reanimationsgerät", stammelte sie und rannte davon.

Die drei verbliebenen eilten zum Bett des Polizisten, wo El-Motassir den Puls fühlen wollte, doch dies erwies sich als unnötig. Der totgeglaubte Hamit El Tannoui schnappte nämlich sicht- und hörbar nach Luft und formte mit Zeige- und Mittelfinger der rechten Hand das Victory-Zeichen.

„Hamit! Du verdammter Hund! Du hast uns einen furchtbaren Schreck…" Hannas Worte verstummten, als ihr Kollege wedelnde Bewegungen mit der rechten Hand machte und auf die Infusion zeigte. Dann fuhr er zitternd mit dem Zeigefinger über seine Kehle und sah Tom konzentriert an, bis dieser begriff. „Da ist etwas drin, was du für tödlich hältst." Er wollte die Infusion aus dem Arm seines Kollegen lösen, doch der Schlauch glitt ihm aus der Hand und fiel zu Boden. Als Tom aufsah stellte er fest, dass Hamit begonnen hatte zu grinsen. „Du hast das Ding schon herausgezogen", stammelte Tom, und seine Kinnlade klappte vor Erstaunen herunter. „Aber wer…"

Ein Klirren von der Tür her und eine weitere Geste Hamits gaben ihm Antwort. Sein Kollege deutete auf Schwester Karima, die den Defibrillator fallen gelassen hatte und aschfahl in der geöffneten Tür stand. Endgültig verlor sie die Nerven, als Hamit mit den Fingern eine Pistole formte, auf sie richtete und symbolisch abfeuerte. Karima drehte sich um und rannte davon. Tom und Hanna überlegten nicht lange und setzten ihr nach.

„Warum macht sie das?", keuchte Hanna, und Tom lachte kurz und hart auf. „Weil sie eine von den Bösen ist, darum. Mir kam es gleich so merkwürdig vor, dass zufällig eine in Deutschland ausgebildete Schwester auftaucht, wenn Hamit hier liegt." Er blieb stehen und sah sich um.

Die Flüchtende hatte ihren Vorsprung durch Haken schlagen um ihr bekannte Ecken ausgebaut, aber jetzt lief sie durch das Hauptportal des Klinikgebäudes, und dahinter befand sich lange gerade Straße mit wenig Deckung. Karima erkannte die Gefahr und lief nach links, wo sie hoffte, dass die Bäume ihr genug Sichtschutz verschaffen würden, doch die Verfolger waren ihr schon zu nahe gekommen, und so rannte sie unter Aufbietung aller Kräfte weiter, bis der Verkehr auf der kreuzenden Rue des Hopitaux sie zum Stehenbleiben zwang.

Die Schwester drehte sich langsam zu ihren Verfolgern um, die jetzt ihr Tempo ebenfalls verlangsamten und gemessenen Schritts auf sie zukamen. Die Verfolgte ließ den Kopf hängen. Sie wusste genau, dass ihr Weg hier zu Ende war und griff in die Tasche ihres Kittels, doch die war leer. Sie musste die Kapsel irgendwo auf der Flucht verloren haben. Offenbar blieb ihr auch der letzte Ausweg versperrt, wenn nicht….

Tom und Hanna waren noch etwa fünf Meter von der Frau entfernt, als diese urplötzlich zu lächeln begann und zwei Schritte rückwärts in Richtung der Fahrbahn machte. Hanna erkannte entsetzt ihre Absicht, doch es war zu spät. Mit einem lauten „Allahu Akbar!" sprang Karima auf die Straße, direkt in den Weg eines dahinbrausenden Tanklastwagens, dessen Fahrer nicht einmal mehr ans Bremsen denken konnte, bevor er die Frau niederwalzte.

Hanna und Tom wandten sich ab, als sie das widerliche Geräusch des Aufpralls hörten. Sie hatten in ihrer Zeit als Streifenpolizisten zu viele Unfälle aufgenommen, um der Flüchtigen auch nur die geringste Überlebenschance einzuräumen. Nicht einmal die Nähe eines der besten Krankenhäuser Marokkos würde ihr Leben retten können. Trotzdem gingen sie zu dem zerschmetterten Körper und betrachteten ihn stumm.

„Wer sie wohl wirklich war?", brach Tom das Schweigen, und seine Freundin zuckte die Schultern. „Irgendein Berufskiller, denke ich. Ihr einziger Fehler war es, Hamit zu unterschätzen. Warte mal…"

Sie ging zu dem verstümmelten Leichnam, und trotz Widerwillens tastete sie die Taschen der Toten ab. Nach wenigen Sekunden hielt sie ein zertrümmertes Smartphone in der Hand, das mit Sicherheit niemals mehr ein Gespräch annehmen würde, und sie entfernte routiniert die SIM-Karte, die sie intensiv betrachtete, während Tom sich um den geschockten Lkw-Fahrer kümmerte, der sich gerade die Seele aus dem Leib kotzte. Schnell entfernte sie die Karte ihres eigenen Gerätes und schob sie in den Slot des zerstörten Handys, das sie wieder in die Tasche der Toten schob.

„Das wird ein toller Tag", stöhnte Tom, als er und Hanna von vier schlecht gelaunten marokkanischen Kollegen gebeten wurden, ihre Beobachtungen zu Protokoll zu geben. Hanna zog einen Flunsch. Innerlich gab sie ihrem Freund mehr als Recht, doch etwas musste sie ihm noch mitteilen.

„Vielleicht haben wir doch eine Chance, unsere verhinderte Mörderin zu identifizieren. Ich habe ihre SIM-Karte gemopst und durch meine ersetzt. Vielleicht kommen unsere Kollegen in Duisburg dadurch weiter. Es ist nämlich eine deutsche Karte."

Elf
4. März, nachmittags

Der Erhabene lief ruhelos in seinem Büro auf und ab. „Sie meldet sich nicht mehr", murmelte er wie im Selbstgespräch. „Das ist nicht ihre Art. Da muss etwas schiefgegangen sein." Er zog zum weiß Gott wievielten Mal sein Handy hervor und drückte auf die Wahlwiederholung – mit dem gleichen Erfolg wie zuvor.

„Vielleicht kann sie nicht drangehen, weil sie auf der Station einen Notfall haben", mutmaßte Amir, doch der Erhabene schüttelte vehement den Kopf. „Seit drei Stunden? Ich bitte dich!" Er sah seinen Untergebenen missmutig an.

„Und was, wenn der Anschlag gescheitert ist? Wenn sie festgenommen wurde? Ruf doch mal unseren Kontakt bei der Polizei in Marrakesch an. Vielleicht bekommt der etwas heraus."

Jetzt riss dem Erhabenen der Geduldsfaden. „Mann, versteh doch. Der sitzt in Marrakesch und nicht in Casablanca. Wenn in Düsseldorf was passiert ist und ein Münchener Polizist ruft dort an und erkundigt sich nach Vorfällen, bevor die überhaupt bekannt gegeben wurden, erregt das Aufsehen. Wenn Karima etwas passiert ist, werden wir es früh genug erfahren. Wir können es uns nicht leisten, dass Hakim auffliegt."

„Und wenn sie redet? Unter Folter wird man leicht gesprächig, und wir wissen, dass die Polizei in Marokko diese Mittel noch anwendet. Sollten wir die Aktion nicht abblasen oder zumindest verschieben?"

Jetzt explodierte der Erhabene endgültig. „Nein, nein und nochmals nein! Auf keinen Fall! Bin ich denn nur noch von Waschweibern umgeben? Die Gefahr, dass jemand redet, ist nahe null. Alle Exekutoren haben strikte Anweisung, sich nicht gefangen nehmen zu lassen. Wenn Karima gefasst wird, wählt sie den letzten Ausweg. Ich habe sie persönlich rekrutiert, also bin ich mir ihrer sicher."

„Wie bei Jallanoui?", fragte Amir trocken, und der Zornesausbruch verebbte schnell. „Jallanoui…. Ich habe keine Ahnung, warum er die Pille nicht geschluckt hat. Er hatte alle Tests absolviert, und ich habe nie an seiner Loyalität gezweifelt, aber als er wegen dieser blöden Geschichte festgenommen wurde und sich nicht umbrachte, mussten wir nachhelfen. Hakim hat dafür gesorgt, dass Jallanoui aus der Haft entlassen wurde, und Mehdi hat den Rest erledigt. Wer hätte ahnen können, dass er sich eine Kopie der Liste gezogen und sie an den deutschen Polizisten übergeben hat. Allein dafür hatte er den Tod verdient."

„Auf jeden Fall", knurrte Amir trocken. „Aber trotzdem: sollen wir die Aktion nicht verschieben? Es besteht doch die Gefahr, dass…"

„Auf <u>keinen</u> Fall", widersprach sein Anführer scharf. „Die Polizei hat die Liste, das steht fest, und jeder Tag den wir warten erhöht die Wahrscheinlichkeit, dass sie einen Weg finden, die Verschlüsselung zu knacken. Gerade deswegen müssen wir jetzt schnell handeln. Und so eine Gelegenheit, bei der rund hunderttausend Menschen auf einem Fleck versammelt sind, ergibt sich so schnell nicht wieder."

Amir nickte und dachte an die vier jungen Männer, die sich inzwischen mit ihren Aufgaben vertraut gemacht hatten. Der Erhabene hat Recht, dachte er. Diese vier sind tickende Zeitbomben. Wenn wir sie nicht zünden, gehen sie bald unkontrolliert los…

***

„Alle fertig? Dann los!" Matthias Dennewitz, Leiter der 6. Hundertschaft der Bereitschaftspolizei nickte nur und wiederholte das letzte Wort von Frank Saborowski, dem Leiter des Duisburger Ausländeramtes. Auf das Kommando hin öffneten sich die Türen der versteckt stehenden Mannschaftstransporter, und 30 Polizisten des ersten Zuges rannten auf das Gebäude an Waldrand von Hünxe zu, welches eine der Flüchtlingsunterkünfte des Kreises Wesel beherbergte. Nach den vorliegenden Informationen sollten sich in dem Gebäude bis zu 40 illegal in Deutschland aufhältige Nordafrikaner befinden, deren Identität festgestellt werden musste. Dennewitz horchte auf, als es in seinem Funkgerät knackte.

„Erdgeschoss gesichert." – „Erste Etage, gesichert." - „Was ist mit der zweiten Etage? 66/21, Meldung", brüllte Dennewitz, und die Antwort erfolgte prompt.

„Zweite Etage, Probleme in Zimmer 28. Vier Personen im Zimmer, haben sich verschanzt und sind mit Pistolen bewaffnet. Empfehle Einsatz des SEK. Die anderen Räume sind gesichert."

„Alle Bewohner der übrigen Zimmer in diesem Flur evakuieren und zurückziehen auf innere Absperrung. Das Spezialeinsatzkommando ist auf dem Weg." Er nickte PHK Dorfner, dem Leiter des hinzugezogenen SEK Dortmund zu, der bestätigend den Daumen hob und an der Spitze seiner Leute ins Haus trabte.

„Ich verstehe diese Leute nicht", murmelte Saborowski frustriert. „Wir wollen doch nur ihre Personalien, sie registrieren, und alles ist gut. Warum..." – „Diese bewaffneten Leute wollen sich aber nicht registrieren lassen", entgegnete Dennewitz scharf. „Allein schon der Besitz von Schusswaffen ist doch eher Asylanten-untypisch. Ich gehe davon aus, dass wir auf eine Zelle von Straftätern gestoßen sind, die sich unter die Flüchtlinge gemischt haben und diese armen Schweine als Tarnung benutzt." Dem Leiter der 6. BPH war seine Verachtung für solches Verhalten deutlich anzumerken.

Im Treppenhaus zum 2. Stock beobachtete PHK Carsten Blokmeier, der Führer der 2. Gruppe mit Funknamen 66/21 das vorsichtige Herantasten des SEK. Alle Kollegen trugen Helme, Sturmhauben, kugelsichere Westen und Einsatzstiefel. Große Buchstaben auf den Rückenteilen ihrer Kampfmonturen, die das Wort POLIZEI bildeten ließen keinen Zweifel zu, mit wem man es zu tun hatte, auch wenn die Gruppe wegen ihrer Maskierung, der dunklen Kleidung und der Heckler & Koch MP5, welche die Beamten im Schulteranschlag trugen bedrohlich wirkte. Denen möchte ich als Verbrecher nicht gegenüberstehen, dachte Blokmeier sich gerade, als die Männer im umstellten Zimmer offenbar zum gleichen Schluss kamen.

Mit einem gigantischen Krachen, das das gesamte Haus zum Beben brachte detonierte im belagerten Raum ein Sprengsatz, und nicht nur die Tür flog aus den Angeln, sondern die halbe Wand dazu. Drei Männer des Einsatzkommandos, die als vorgeschobener Beobachtungsposten versucht hatten, eine Kamerasonde unter der Tür durchzuschieben wurden durch die Druckwelle von den Füßen gerissen und krachten gegen die Wand auf der anderen Seite des Flurs, wo sie stöhnend liegen blieben, während die Trümmer der weggesprengten Wand auf sie herabregneten.

Auch Carsten Blokmeier war nach der Explosion vorübergehend taub, doch seine Augen funktionierten noch gut, und so sah er, wie vier Männer aus den Überresten des Zimmers sprangen und aus ihren Pistolen gnadenlos das Feuer auf die hilflosen SEK-Beamten am Boden eröffneten. Blokmeier griff zu seiner Waffe, um die Kollegen zu retten, doch noch schneller als er waren die verbliebenen 5 Männer des SEK, die abgesetzt postiert dem Explosionsdruck entgangen waren und jetzt die Killer ins konzentrierte Kreuzfeuer nahmen. Wie gelernt versuchten die Polizisten ihre Gegner nur zu verwunden, indem sie zunächst die Beine ihrer Gegner anvisierten, doch obwohl die Angreifer wenige Sekunden später am Boden lagen schossen sie immer noch zurück. Es blieb den Einsatzkräften keine andere Möglichkeit, als die Brust der Täter aufs Korn zu nehmen, und nach wenigen Sekunden verebbte der Kampflärm.

„Meldung! Meldung!", brüllte Dennewitz, doch niemand schien ihn zu hören. Von seiner Einsatzzentrale konnte er sehen, dass die aus dem Haus zur Personalienfeststellung geleiteten Flüchtlinge ebenso mit offenem Mund zum Haus starrten wie ihre Bewacher. Aus einem Loch im zweiten Stock, wo wenigen Minuten zuvor noch ein Fenster gewesen war quoll dichter Rauch. Es war höchstwahrscheinlich die Erinnerung an die Ereignisse in Aleppo oder andere syrische Orte, an denen der Bürgerkrieg getobt hatte, die Unruhe unter den Bewohnern ausbrechen ließ. Als eine heisere Stimme etwas auf Arabisch brüllte, verwandelte sich die Unsicherheit in nackte Panik, die auf immer mehr Menschen übergriff. Mütter umklammerten ihre Kinder und sanken wehklagend zu Boden, während Männer die Fäuste ballten und mit wilden Augen um sich blickten.

Die Aggression richtete sich ganz offensichtlich gegen die Polizisten, die die Visiere ihrer Helme herunterklappten und sich auf eine heftige Auseinandersetzung vorbereiteten. Dennewitz griff bereits zum Handy, um Verstärkung anzufordern, doch als es schien, dass der erste Schlag nur noch Sekunden entfernt sein konnte, bemerkte er einen Bereich auf dem Vorplatz, von dem sich Ruhe und Entspannung ausbreitete.

Wie eine Welle ging eine Nachricht durch die aufgebrachten Menschen, und wo sie ankam, wurde die Wut einfach weggewischt. Geballte Fäuste sanken herab, verzerrte Gesichter entspannten sich, und nach und nach beruhigten sich alle Menschen auf dem Platz. Die Polizisten öffneten vorsichtig ihre Helme und machten den Flüchtlingen durch Gesten klar, dass die Erfassung fortgesetzt werden sollte.

Dennewitz atmete auf, obwohl ihm die plötzliche Deeskalation der Lage ein Rätsel war. Dieses wurde noch größer, als eine Frau in Polizeiuniform, die er als PK'in Irina Torkanow, die in der 1. Gruppe Dienst verrichtete erkannte durch die Menge schritt und alle fast ehrerbietig zurückwichen.

„Torkanow, zu mir! Und zwar gestern!", knurrte Dennewitz über Funk, und die Polizistin gehorchte der Weisung und stand nur eine Minute später vor ihm. Ihr Einsatzleiter gebot ihr mit einer Handbewegung sich zu setzen, da er gerade über Funk von der Explosion und der anschließenden Scheißerei informiert wurde.

„Vier Angreifer, mutmaßlich Nordafrikaner. Sie haben Tür und Wand weggesprengt und gehofft, das Einsatzkommando weitestgehend auszuschalten, aber nur drei Mann erwischt. Die sind mehr oder weniger schwer verletzt, aber noch am Leben, da Westen und Helme die Kugeln aufgefangen oder abgelenkt haben. Die Angreifer sind alle tot, tut mir leid. Wir hatten einfach keine andere Wahl."

Die Stimme PHK Dorfners klang bedrückt und erschöpft. Dennewitz dankte ihm leise und wandte sich dann an die Polizistin, deren unkonventionelle Art und Weise ihn schon etliche Male geärgert hatte

„So, Torkanow, was ist da draußen passiert? Wir dachten, wir stehen vor dem Ausbruch eines Bürgerkriegs, aber plötzlich entspannt sich die Situation, und die Flüchtlinge behandeln sie mit Ehrfurcht, als wären Sie Mutter Theresa! Also, was haben Sie schon wieder angestellt?"

Die Polizistin war bei der Standpauke knallrot geworden und rutschte unruhig auf ihrem Stuhl hin und her. Als sie antwortete, klang ihre Stimme leise und verunsichert, da sie sich offenbar einiger Verstöße gegen die zuvor gegebenen Einsatzanweisungen bewusst war.

„Na ja... wir haben die Menschen zur Erfassung geleitet, als es krachte und die Schüsse fielen. Die Leute haben sich geduckt und hatten Angst, aber als der eine Typ losbrüllte, wurden sie richtig wütend. Sie stießen sich gegenseitig an, und dabei ist ein kleines Mädchen, etwa drei oder vier Jahre alt, zu Boden gestoßen worden.

Ich habe gar nicht überlegt. Ich habe meinen Helm abgenommen, mich hingekniet, das Kind auf den Arm genommen und es getröstet. Lachen Sie nicht, aber ich habe ihm ‚Guten Abend, gut Nacht' vorgesungen, und es hat sich beruhigt und aufgehört zu weinen. Als seine Mutter kam und die Arme ausstreckte, habe ich ihr die Kleine gegeben. Ich habe dem Kind noch die Tüte Bonbons aus unserer Einsatzverpflegung geschenkt, und als ich aufstand, haben sich die ersten Männer vor mir verbeugt. Vor mir, einer Frau! Ich war total überrascht. Mehr weiß ich auch nicht."

Dennewitz sah die Polizistin vor sich lange an. Zum ersten Mal sah er den Menschen hinter der Polizeiuniform, und ihm wurden einige Dinge klar, die ihn seufzen ließen.

„PK'in Torkanow, dieser Vorfall wird in Ihrer Personalakte vermerkt werden. Sie haben im Einsatz die Linie verlassen, Ihre Kollegen in Gefahr gebracht und vorsätzlich gegen die Weisung eines Vorgesetzten verstoßen. Mit Ihrem höchst eigenmächtigen Verhalten haben Sie…", er hielt inne, als er sah, dass Irina Torkanow bereits Tränen in den Augen hatte, und fuhr in milderem Ton fort, „…wahrscheinlich uns allen den Arsch gerettet. Sie sind impulsiv, aufsässig und hinterfragen Weisungen, was sich jetzt als absolut richtig erwiesen hat. Ich danke Ihnen, und werde Sie zur Belobigung vorschlagen."

Irina Torkanow glaubte, nicht richtig gehört zu haben, und ihr wurde schwindelig. Deshalb blieb sie vorsichtshalber erst mal sitzen. Ein Lob von ‚Eisenfresser' Dennewitz war seltener als sechs Richtige im Lotto, und dieses kam überaus unerwartet. „D… Danke", stammelte sie. „Ich wollte nur das Richtige tun."

„Das haben Sie auch", beruhigte sie ihr Vorgesetzter, dem plötzlich ein Gedanke kam. „Wo stammen Sie eigentlich her?"

„Aus Castrop-Rauxel", antwortete Irina zunächst, doch dann begriff sie den Hintergrund der Frage und lachte. „Ach so, der Familienname und meine slawischen Züge. Meine Familie stammt aus Usbekistan, aber ich bin schon hier geboren. Vielleicht haben die Flüchtlinge ja gesehen, dass ich nicht ganz so mitteleuropäisch aussehe, nachdem ich den Helm abgenommen habe. Möglich wäre es ja."

Der Hundertschaftsführer nickte seiner Untergebenen zu, die den Hinweis verstand, sich erhob und mit federnden Schritten den Raum verließ. Dennewitz sah ihr lächelnd nach. Er kannte seinen Ruf und pflegte ihn, denn er wusste um die Wirkungsweise seines Lobs, das er dosiert einsetzte.

Seine Zimmertür hatte jedoch keine Zeit sich zu schließen, denn im Sturmschritt kam PHK Skrentny herein, der einen jämmerlich wimmernden Mann arabischen Aussehens hinter sich herschleifte. Auf Dennewitz' fragenden Blick sprudelte er die Erklärung hervor.

„Das hier ist der Spacko, Chef. Sie wissen schon, der Kerl, der den ganzen Tumult ausgelöst hat, indem er irgendwas herumgeschrieen hat. Ich habe ihn vorsichtshalber nicht aus den Augen gelassen und ihm zwei Mann hinterhergeschickt, denn er verduftete sofort, nachdem er das Volk aufgehetzt hatte. Unser Dolmetscher hat mir dann seine Worte übersetzt. ‚Die Kreuzzügler-Bullen bringen uns alle um', hat er gerufen. Da habe ich ihn festnehmen lassen."

Das Gesicht von Dennewitz wurde hart, und Skrentny straffte sich. „Gründlich durchsuchen und einbuchten", ordnete der Einsatzleiter an. „Er ist streng zu bewachen, und alle Kräfte sollen auf Eigensicherung achten, denn der Mann ist gefährlich." Als er Skrentnys überraschten

Blick sah fügte er hinzu: „Das weiß ich aus seiner Wortwahl. ‚Kreuzzügler' – das ist eine Standardfloskel aus der Terminologie der IS."

Skrentny fiel die Kinnlade herab, und er packte fester zu, was sich jedoch als sinnlos erwies. Sein Gefangener hatte sich mit einer schnellen Drehung aus seinem Griff befreit und sah die beiden Polizisten kalt an, während er schrittweise zurückwich. „Ihr seid schlau, aber so schlau nun wieder auch nicht", stieß er in lupenreinem Deutsch hervor, bevor er unter seinen Gürtel griff und die Hand schnell zum Mund führte. Skrentny stürzte hinzu, aber es war zu spät.

Binnen fünf Sekunden wälzte sich ihr Gefangener zuckend auf dem Boden, und Schaum trat auf seine Lippen. Dann lag er still, und die Nasenflügel Skrentnys weiteten sich, als er den unverkennbaren Geruch bitterer Mandeln roch.

„Zyankali", bestätigte Dennewitz, seufzte und griff zum Handy, um eine unangenehme Aufgabe zu erfüllen, nämlich Staatsschutz und Mordkommission in Duisburg von dem Massaker in Kenntnis zu setzen.

***

Exakt zu diesem Zeitpunkt berichtete Steffi Cornelius den Kollegen der Mordkommission von ihren Ermittlungen zu dem toten Jallanoui. Klaus Heppner blickte derweil auf einen Ausdruck der Mail, die ihm sein Kollege Fleckenberg vom Staatsschutz geschickt hatte.

„Nusret Jallanoui ist nach unseren Informationen am 18.03.1979 in Marrakesch geboten. Er ist ledig und kam vor fünf Jahren nach Deutschland, um an der Uni München sein Masterstudium im Bereich Software Engineering abzuschließen, wofür er ein Studentenvisum erhielt.

Ich habe an der Uni nachgehört, und er hat tatsächlich den Studiengang mit Glanz und Gloria, genauer gesagt: cum laude, beendet. Aus irgendeinem Grund hat er kein weiteres Visum beantragt, sondern ist einfach hiergeblieben. Keine Ahnung, was er in der Zwischenzeit gemacht hat, wo er wohnte und was er arbeitete, aber verhungert ist er nicht. Er hatte kein Konto, keine Kreditkarte, keine Krankenversicherung; also nichts, wodurch wir ein Bewegungsbild hätten nachzeichnen können. Als er dann nach einem Verkehrsunfall routinemäßig überprüft wurde stellte sich heraus, dass er illegal in Deutschland ist, und er wurde festgenommen und von Hamit nach Marokko abgeschoben."

„Mehr wissen wir nicht über den Burschen?", fragte Detlef Schall verstimmt. „Ich hatte gehofft, dass mehr bei der Recherche herauskommt, und wir seine Beziehung zu den Killern festigen können."

„Doch, können wir", beruhigte Steffi Cornelius ihren Chef. „Und zwar über das Fahrzeug, das Jallanoui bei dem erwähnten Verkehrsunfall fuhr. Es war nämlich ein Firmenfahrzeug, genauer gesagt: ein Fiat Ducato, und Halter war eine Trockenbaufirma namens Ohlmann aus

Oberhausen. Die hat Jimmy ja unter die Lupe genommen."

„Nicht nur Jimmy", fiel Paul Rakowski ein. „Ich habe den Einsatztrupp der Oberhausener Polizei auf die Firma angesetzt, und die Kollegen haben dort zwei Tage lang observiert. Nichts, gar nichts, Leute. Die Firma ist faktisch tot. Keine Bewegungen, und als die Kollegen die Geduld verloren und nachgesehen haben, fanden sie die Geschäftsräume leer."

„Passt wie die Faust aufs Auge", knurrte Heppner in das Schweigen hinein. „Flecki vom Staatsschutz hat mich gerade darüber informiert, dass er Jallanoui in allen Dateien der Verfassungsschutzämter und des Bundesnachrichtendienstes überprüft habe, und einmal hat es ein ‚Bingo' gegeben – aber anders, als ihr es vermutet hättet.

Jallanoui geriet während des Studiums tatsächlich in extremistische Kreise, und er war in der salafistischen Szene in München aktiv. Drei Flugblätter, in denen Kommilitonen zur Unterstützung des Djihad aufgerufen wurden tragen seine Unterschrift, aber…" Heppner holte tief Luft, „das war alles ein großer Schwindel.

Jallanoui war nämlich auf die extremistischen Gruppen angesetzt worden. Leute, unser toter Marokkaner war in seiner Münchner Zeit Undercoveragent des bayerischen Verfassungsschutzamtes."

Eine Handgranate hätte keine größere Wirkung erzielen können als Heppners Worte, die aber durch den eintreffenden Anruf von Dennewitz noch übertroffen wurde. „Wird nix mit Feierabend", seufzte Schall. „Paul, Steffi,

Willi und Marco, ihr fahrt nach Hünxe. Den Erkennungsdienst schicke ich euch nach. Wo soll das noch alles enden?"

„In der Apokalypse, Detlef", schnaubte Steffi Cornelius sarkastisch, „denn da endet alles."

***

El Tannoui schluckte langsam und vorsichtig. Es war fast etwas Neues für ihn, selbst zu essen und seine Kaumuskeln wieder zu bewegen, und er stelle verdrossen fest, dass er etwas gesabbert hatte. Ich esse Grießbrei wie ein Kleinkind, dachte er missmutig, bis ihm einfiel, dass der Vergleich gar nicht einmal schlecht war. Er seufzte und musste husten, als ihm ein Teil des Abendessens in die Luftröhre geriet. Zwei kräftige Schläge auf seinen Rücken behoben das Problem, und dankbar, wenn auch mit tränenden Augen sah er seine Retterin an.

„Daaa…nnnke, Haaaa….nnnna!" krächzte er stockend. Das mit dem Sprechen klappte noch nicht so gut, aber es wurde von Minute zu Minute besser. Sein Gehirn begann offenbar, an Stelle der zerstörten Synapsen Ersatzteile zu bilden. Er grinste schief bei dem Gedanken, dass er sich zumindest daran erinnern konnte, was Synapsen waren.

„Schon gut, Hamit. Jetzt aber schnell zur Sache. Was hat Jallanoui dir gesteckt? Die Daten, die du versendest hast, waren verschlüsselt, und selbst unsere besten Spezialisten können den Code nicht knacken, weil trial and error nicht funktioniert. Was hat Jallanoui dir gesagt? Er wird dir doch einen Hinweis gegeben haben?"

Jallanoui dachte nach. Wie war das gewesen? Was hatte der Sterbende gesagt? Irgendwelche Verbindungen in Hamits Gehirn traten in Aktion, und die Szene stand klar vor seinen Augen.

„Sie haben es! Sie haben es, Herr Kommissar. Denken Sie an Fußpunkt. Und durch drei. Nicht vergessen. Durch drei! Laufen Sie. Schnell! Es hängen Leben…"

„Was? Was sagst du da?", hörte er Hannas erstaunte Frage. Erst da stellte Hamit fest, dass er laut und deutlich Jallanouis letzte Worte ausgesprochen hatte. „Fußpunkt. Und durch drei…", wiederholte er etwas stockender, doch gut verständlich. „Daran sollte ich denken. Nicht vergessen, sagte er."

„Und was soll das bedeuten?", fragte Tom Hermanns, der offenbar nichts mit der Information anfangen konnte. „Fußpunkt durch drei. Echt kryptisch. Ein verschlüsselter Schlüssel sozusagen."

El Tannoui ließ den Kopf erschöpft in die Kissen zurücksinken, doch ein Gedanke erschreckte ihn, und er riss noch einmal die Augen auf. „Wie … viele … haben sie…"

Hanna legte ihm beruhigend die Hand auf die Schulter. „Nur wenige. Venus ist in Ordnung, und van Dyke auch. Aber die Journalistin von Studio 47 hat es erwischt. Tut mir leid. Die übrigen stehen unter permanentem Polizeischutz."

El Tannoui schloss erschüttert die Augen. Sandra ist tot, dachte er. Und wer noch? „Marion… Heppner", flüsterte er, doch Hanna beruhigte ihn. „Keine Sorge. Sie ist gewarnt, und Klaus wird sich persönlich um sie kümmern. Dann bleibt es wenigstens in der Familie."

Zum gleichen Zeitpunkt erwartete Klaus Heppner seine Frau am Ausgang des VENTURA-Parkhauses und begrüßte sie überaus herzlich, während er sich nach allen Seiten umsah. Wahrscheinlich hätten sich seine Nackenhaare aufgestellt, wenn er gewusst hätte, wer ihn von der nächsten Straßenecke aus beobachtete.

Mahmut hatte als angeblicher Fuhrunternehmer einen Termin bei der VENTURA vereinbart, angeblich um seine gesamte Fahrzeugflotte neu zu versichern, und war natürlich an die Filialleiterin verwiesen worden. Während des Gesprächs hatte er unauffällig die unter „Versicherung Marion" in El Tannouis Handy eingetragene Nummer angewählt und zufrieden festgestellt, dass das Handy in der Tasche seiner Gesprächspartnerin zu summen begann. Damit stand sein Ziel fest.

Er zerbiss einen Fluch zwischen den Zähnen, als er die beiden Menschen vor sich verschwinden sah. „Alhazz saeba", knurrte Mahmut neben ihm. „Folgen können wir ihnen nicht, das wäre zu gefährlich. Wir müssen bis morgen warten und ihr im Parkhaus auflauern. Wenn der Bulle vor der Tür bleibt, kann er lange warten, dass sie rauskommt."

Mahmut sah seinen Kollegen befriedigt an. Endlich entwickelte auch der mal einen Plan. Bei der Vorstellung, wie der Polizist zuerst wartet und dann seine Frau tot im Parkhaus finden würde begann der Killer breit zu grinsen.

Er wusste ja nicht, dass Heppners aufgrund böser Erfahrungen mit Parkhäusern vorgesorgt hatten.

Zwölf

2. Juni, Vormittag

„Es war Team vier", berichtete Amir dem wie erschlagen dasitzenden Erhabenen tonlos. „Sie haben sich nach ihrer planmäßigen Aktivierung auftragsgemäß in der Flüchtlingsunterkunft versteckt. Zu blöd, dass genau zu diesem Zeitpunkt zufällig eine Razzia stattgefunden hat, von der wir nichts wussten. Sie glaubten, es gelte ihnen und haben alle ihre Mittel eingesetzt. Schade, dass wir mit der Ausbildung gerade erst begonnen hatten. So wären sie vielleicht..."

„Vielleicht was?", fauchte der Erhabene, der viel von seiner sonstigen Ruhe verloren hatte. „Vielleicht noch drei oder vier Polizisten mehr töten? Gegenüber dem eigentlichen Ziel, bei einem EM-Spiel Deutschlands auf der Fanmeile am Brandenburger Tor ein Massaker anzurichten wäre auch das lächerlich gewesen. Und der Supervisor, den wir im Heim platziert hatten? Den hast doch diesmal du ausgesucht. Wieso hat er sich eingemischt? Er hätte doch weiter unauffällig beobachten sollen."

Amir zuckte nur die Achseln. „Er wollte wohl einen richtigen Aufstand anheizen, hat es aber nicht geschafft. Immerhin hat er die Pille geschluckt – im Gegensatz zu…"

„Ist gut!", fauchte der Erhabene, dem die Anspielungen auf Jallanoui langsam auf die Nerven gingen. Er stand auf und ging einige Male auf und ab, um sich zu sammeln. Dann blieb er stehen und sah Amir an, der unwillkürlich aufstand und so etwas wie eine hab-Acht-Stellung einnahm.

„Wir konzentrieren uns vollständig auf Team eins. Wenn wir diese Aktion erfolgreich zu Ende gebracht haben, aktivieren wir die restlichen drei Teams der Reihe nach. Reserveteam fünf wird den Auftrag des ausgefallenen Teams vier übernehmen. Zunächst konzentrieren wir uns auf den schon geplanten Anschlag, dann Berlin, Düsseldorf und München. Die Menschen werden vor Angst erstarren, und dann wird unsere Zeit kommen."

Amir nickte nur. Es gab momentan nicht viel zu tun, da die vier Rekruten bereits zur Erfüllung der Gehorsamsaufgabe aufgebrochen waren. Er hatte sich vorgenommen, den kleinen Hackfleischschwenker zu beaufsichtigen, damit er nicht im letzten Moment schwach werden würde. Gegen seine Absicht hatte er fast so etwas wie Zuneigung zu dem Jungen gefasst, dessen Leben schon bald beendet sein würde. Er seufzte und sah auf seine Uhr. Es war Zeit, aufzubrechen.

***

Karsten Pawelczyk hielt es nicht mehr in seinem Besuchersessel. Er sprang auf und rannte fast zu dem Schreibtisch, hinter dem eine gelangweilte Sekretärin (pardon: Assistentin des Dezernenten) ihre Nägel manikürte. Sie sah erst auf, als Pawelczyk mit der flachen Hand auf die Schreibtischplatte hieb, so dass der Luftdruck Blätter durch die Luft segeln ließ wie welkes Laub.

„Verdammt noch mal, ich warte schon eine geschlagene Stunde auf den Mann! Geht es nicht in Ihr verdammtes kleines Blondinengehirn herein, dass es hier um Menschenleben geht?" Die Stimme des Polizisten klang schneidend, und die Beleidigung tat ein Übriges, denn die Frau erbleichte sichtlich.

„Wie können Sie es wagen...", stammelte sie, doch Pawelczyk kannte keine Gnade. „Ich kann noch viel mehr, Puppe. Ich kann zum Beispiel dafür sorgen, dass Sie alle Regressforderungen der Hinterbliebenen, Traumatisierten und Verstümmelten bezahlen müssen, wenn tatsächlich passiert, was ich mit Hilfe Ihres Chefs verhindern will, wozu er aber offenbar zu beschäftigt ist oder keinen Bock hat. Was macht er da drin? Golf spielen? Oder legt er eine Patience? Er hat zehn Sekunden Zeit, das verschwinden zu lassen, denn dann marschiere ich in sein Büro hinein. Zehn, neun, acht..."

Bei jeder Zahl machte der Leiter des Duisburger Staatsschutzes einen Schritt auf die Tür zu, und bereits bei sieben hatte Severine De Sol (so stand es auf dem Namensschild) ihren Chef darüber informiert, dass er Besuch bekäme, und zwar sofort. Als der Polizist die schwere Holztür aufstieß, saß seine Zielperson mit gefalteten Händen hinter einem wuchtigen Schreibtisch und lächelte ihm zu.

„Ah, Herr Pawelczyk. Ich freue mich, Sie hier zu sehen. Wie mir berichtet wurde, wollen Sie die polizeiliche Gefährdungsanalyse für die morgige Veranstaltung ergänzen?"

Dem Angesprochenen blieb fast die Luft weg. „Ergänzen ist gar kein Ausdruck", knurrte er und ließ sich auf die Besuchercouch sinken. „Eher pulverisieren, denn was bisher feststand verhält sich zur neuen Lage wie ein Gewitterregen gegenüber einem Tsunami."

Sein Gegenüber hörte ihm wortlos und mit entspannter Miene zu, während der Terrorspezialist seine Erkenntnisse zu den vier verschwundenen Nordafrikanern ausbreitete und durch die Ereignisse in Hünxe ergänzte.

„Wir haben noch keinen Hinweis auf die wirkliche Identität der Toten", berichtete er. „Die Fingerabdrücke und DNA-Proben werden noch analysiert. Ihre Vorgehensweise und ihre Bewaffnung sind für uns jedoch starke Hinweise auf einen geplanten Anschlag auf die Veranstaltung, die an diesem Wochenende in Duisburg stattfinden wird", beendete Pawelczyk seine Ausführungen. „Die vier primären Zielpersonen sind immer noch verschwunden, und der Zeitraum lässt darauf schließen, dass ihre Ausbildung sich der Vollendung nähert. Wenn das der Fall ist, knallt es."

„Und welche Hinweise haben Sie, dass ausgerechnet Duisburg das Ziel sein wird? Dass es an diesem Wochenende passiert, und dass es diese vier Leute sind? Das ist mir alles viel zu weit hergeholt, viel zu vage. Ich habe mich von Profilern der kriminologischen Forschungsinstitute beraten lassen, und die kamen zu dem einhelligen

Schluss, dass ein Anschlag hier in Deutschland unwahrscheinlich ist. Und selbst wenn: was soll ich denn tun? Das gesamte Duisburger Hafenfest absagen? Mein guter Mann, es werden fast 100000 Menschen in Ruhrort herumlaufen, und unsere klamme Stadtkasse kann die Einnahmen wirklich gut brauchen. Wenn ich jetzt absage, brauchen wir in Duisburg nie mehr ein großes Fest zu veranstalten. Überhaupt: ist nicht die Polizei für unseren Schutz verantwortlich? Also sorgen Sie dafür, dass nichts passiert. Dafür beziehen Sie ja schließlich ein üppiges Gehalt. Nichts für ungut, aber ich kann nicht bei jedem vagen Verdacht die Pferde scheu machen. Guten Tag, Herr Kommissar."

Der Dezernent wandte sich ab und begann zum Zeichen, dass die Unterredung aus seiner Sicht beendet war in irgendwelchen Papieren zu blättern. Pawelczyk blieb fast die Luft weg.

„Also kann ich daraus schließen, dass Ihnen die Einnahmen wichtiger sind als Menschenleben? Was passiert wohl, wenn Ihre Wähler diese Einstellung mitbekommen? Glauben Sie denn, dass Sie noch mal gewählt werden?"

Sein Gegenüber grinste nur. „Natürlich! Die Duisburger wählen doch jeden, wenn er nur das richtige rote Parteibuch in der Tasche hat! Und ich bin erst mal für sieben Jahre im Amt bestätigt, also kommen Sie mir nicht mit ‚Wahlen' und ‚Volkes Wille'. Sie sind doch vom Fach, wissen also, wie leicht so etwas zu steuern ist."

Sein Gesichtsausdruck wechselte zu extremer Überheblichkeit, als er fortfuhr. „Im Übrigen habe ich doch die

Gutachten der Kriminologen eingeholt. Ich habe demnach gehandelt, man kann mir also keine Untätigkeit nachsagen. Und das sind Experten, nicht so dahergelaufene…. Kommissare". Er sah Pawelczyk so angewidert an, dass dieser unwillkürlich zwei Schritte zurückwich und erst mal Luft holen musste. Dann nickte er und ging langsam zur Tür, die er öffnete, aber im Spalt noch einmal stehen blieb und sich umdrehte. Da er mit Diplomatie nicht weiterkam, entschloss er sich dazu, Klartext zu reden.

„Sie haben also etwas getan, Herr Dezernent. Ich bin mordsmäßig beeindruckt. Aus meiner Sicht bleibt dann nur noch eines zu tun, um keinen neuen Rekord aufzustellen."

„Rekord? Was meinen Sie…" – „Ich komme mir vor wie ein Kollege, der vor einigen Jahren hier im Büro gestanden und eine ähnliche Warnung ausgesprochen hat", unterbrach Pawlczyk den Politiker rüde. „Damals hat Ihr Vorgänger nicht auf uns gehört, und heute tun Sie es ebenso wenig.

Die vier Attentäter sind bezogen auf 100000 Menschen gerade 0,04 Promille der Besucher, also weniger als die Stecknadel im Heuhaufen. Selbst mit 20000 Polizisten könnte ich sie nicht aus der Menschenmasse herausfiltern, und mir stehen gerade 500 zur Verfügung. Beten Sie, dass sie die Rekordmarke der Loveparade 2010 mit 21 Toten nicht knacken, und nach meiner Meinung sind Sie durch Ihre Ignoranz auf dem besten Weg dahin. Also beten sie was das Zeug hält. Was Anderes können Sie nicht tun – und ich auch nicht."

Die Tür fiel krachend hinter ihm ins Schloss. Severine de Sol wollte ihn schon anfahren, besann sich aber anders als sie bemerkte, dass der Polizist statt mit Wut mit den Tränen kämpfte.

***

Harry Merkens schimpfte wie ein Rohrspatz. „Also entweder war die Leitung nach Marokko gestört, oder bei Hamit sind noch ein paar Schrauben locker!" Er warf sich kopfschüttelnd auf einen Stuhl, der erneut bedenklich knarrte, aber dann doch in seine angestammte Form zurückkehrte. Die übrigen Mitglieder der Mordkommission sahen ihn neugierig an. Harry tat ihnen den Gefallen, nachdem er ausgiebig nach Luft geschnappt hatte.

„Fußpunkt! Und durch drei! Welch ein Quatsch! Das Wort selbst hat als Code nicht funktioniert, und auch der Versuch, jeden dritten Buchstaben zu streichen war eine Pleite! Jetzt habe ich das Problem, nur noch zwei Dateien zur Verfügung zu haben. Die hüte ich wie meinen Augapfel, sonst sind wir im A..."

„Danke für die blumige Schilderung, Harry", unterbrach Detlef Schall. „Wir wissen ja jetzt Bescheid. Was haben unsere weiteren Ermittlungen zu Jallanoui ergeben?" Die angesprochene Steffi Cornelius gähnte und rieb sich die Augen. Man konnte sehen, dass der Abend in Hünxe sehr lang gewesen war. Trotzdem riss sie sich zusammen.

„Nicht mehr viel, Detlef. Ich habe versucht, an den ehemaligen VP-Führer beim bayerischen Verfassungsschutzamt heranzukommen, aber der ist nicht mehr im Dienst. Wurde angeblich von einem Saudischen Scheich als Chef seiner Security-Truppe abgeworben. Kann mir lebhaft vorstellen, dass er dort mehr bekommt als A11."

„Nicht mehr greifbar, also. Na gut. Was war mit Hünxe?" Detlef Schall blickte zu Paul Rakowski, der ebenso müde aussah wie Steffi, sich aber ebenfalls konzentrierte.

„Dort sah es aus, wie es eben nach einem Massaker aussieht, Chef. Die vier Täter haben überhaupt nicht versucht, in Deckung zu gehen. Es war ihnen völlig egal, dass sie nicht überleben, wenn sie nur ein paar von uns mitnehmen können. Die haben da gestanden wie die Clantons im OK-Korral in Tombstone, als sie gegen die Earps antraten. Ich kann Professor Kürten schon mal vorgreifen: todesursächlich waren die Schüsse des SEK.

POK Halfstetter, das ist der am schwersten verletzte SEK-Kollege schwebt nach einem Schuss ins Gesicht noch in Lebensgefahr, die beiden anderen haben nur Treffer in Arme und Beine erhalten und werden es überstehen. Die Täter haben die Wand mit C4-Plastiksprengstoff weggeblasen und danach gezielt auf die wehrlosen Beamten geschossen. Sie handelten also, um zu töten, soviel steht fest.

Bei den vier Angreifern handelt es sich angeblich um Nasir Fellaini, Kasim Tarramas, Rasul Issibane und Mahmut Kadissi. Ob sie wirklich so heißen und tatsächlich Syrer sind, wage ich zu bezweifeln, denn für mich sehen die Toten wie Nordafrikaner aus. Jedenfalls tragen die im Zimmer gefundenen Duldungen ihre Namen, also nennen wir sie erst mal so. Wir haben auch ein paar von den Bewohnern der Nebenzimmer befragt. Alle vier wohnen seit ungefähr einer Woche dort und haben sich von den anderen völlig abgekapselt. Von Waffen und Sprengstoff wusste angeblich niemand etwas."

Detlef Schall nickte nur. War doch klar, dass keiner etwas bemerkt hatte. Paul setzte aber noch einen drauf.

„Handys haben wir im Zimmer nicht gefunden – zumindest keine vollständigen. Die vier Kerle haben ihre Mobiltelefone offenbar zwischen Sprengstoff und Wand platziert und sie völlig unkenntlich gemacht. Sie wollten entweder verhindern, dass wir ihre Telefonate zurückverfolgen, oder haben sie als Zünder des C4 benutzt. Allerdings haben wir doch einige Daten retten können."
Rakowski sah die Kollegen begeistert an und fuhr fort.

„Der fünfte im Bunde, der die Menschen draußen vor dem Heim aufgehetzt hat konnte sein Handy nicht mehr vernichten. Er hat es zwar weggeworfen und funktionsunfähig gemacht, aber wir haben die SIM-Karte auslesen können. Dieser Muzaffer Madalouf (so hieß unser Agitator) hat in den letzten Tagen 43 Anrufe erhalten. Ein Großteil kam von vier Handys mit Prepaid-Karten ohne gemeldeten Benutzer. Interessant ist, dass er jeweils kurz nach diesen Gesprächen selbst eine Nummer angerufen hat, und zwar immer die gleiche. Auch das ist eine Prepaidverbindung ohne gemeldeten Anschlussinhaber. Und trotzdem ist diese Rufnummer der Schlüssel zu unserem Fall.

Ich habe mich nämlich mit Flecki unterhalten, mit dem ich ja beim Staatsschutz auf einem Zimmer sitze. Er hatte von der Freundin dieses Mohammed Al-Tahiqq dessen Handynummer erfragt und die retrograden Verbindungsdaten erhoben..."

„Jetzt komm endlich auf den Punkt, Mensch", stöhnte Detlef Schall, und Rakowski nickte verdrießlich. „Ist ja gut, du hast einfach keinen Sinn für Dramatik. Deshalb zuerst das Fazit: wir können das Handy nicht orten. Offenbar wird die SIM-Karte nur zu bestimmten Zeiten in ein Handy eingelegt, aber…

Das Handy, an welches Madalouf seine Meldungen durchgegeben hat ist das letzte, von dem Mohammed Al-Tahiqqs Handy einen Anruf erhalten hat. Gleiches gilt für die anderen drei Vermissten. Wir müssen also davon ausgehen, dass die vier Schläfer mit diesem Handy aktiviert worden sind."

***

Hanna Karl atmete auf, als ihr Flugzeug vom Flughafen Marrakesch abgehoben hatte. In gut vier Stunden würden sie wieder deutschen Boden unter ihren Füßen haben, und in ihrer bekannten Ungeduld wünschte sie ihrer Boeing 757 Überschallgeschwindigkeit. Ihre Eile war verständlich, denn sie hatte immer noch die SIM-Karte der mörderischen Krankenschwester in ihrem Handy, das sie vorsichtshalber nicht mehr einschaltete. Jetzt brannte sie darauf, in Duisburg die Verbindungsdaten auswerten zu lassen, um die Rufnummer des Auftraggebers zu ermitteln. Ihre Gedanken wanderten zurück zum frühen Morgen, als sie ihren Kollegen zum Abschied besucht hatten.

Hamit hatte aufrecht im Bett gesessen und seinen linken Arm und das linke Bein trainiert, die ihm noch nicht ganz so gut gehorchten wie er sich das wünschte. Professor Al Hattoumi hatte es zu erklären versucht.

„Man kann Ihre Verletzung mit einem Schlaganfall vergleichen. Rechte Hirnhälfte – linke Körperseite und umgekehrt. Andersherum wäre mit Sicherheit Ihr Sprachzentrum stärker geschädigt worden, und Sie könnten jetzt noch gar nicht reden. Seien Sie also froh."

„Klar, ich könnte vor Freude in die Luft springen, nur streikt mein Sprungbein", hatte Hamit sarkastisch geantwortet, was Rückschlüsse sowohl auf seinen geistigen Zustand als auch auf sein Sprechvermögen zuließ.

„Und ihr wollt wirklich zurückfliegen und mich hier alleinlassen?" Hamit El Tannouis Stimme hatte bereits weitestgehend kontrolliert geklungen, wenn auch noch nicht so kräftig wie in früheren Zeiten. „Wir wollen nicht, wir müssen", hatte Tom Hermanns als Antwort geknurrt, und Hanna Karl hatte beifällig genickt. Ihnen hatte Marokko trotz der Intervention der dortigen Polizisten, die sie sechs Stunden lang vernommen hatten, gefallen. „Haltet mich auf dem Laufenden", bat Hamit, und beide hatten es versprochen.

Tom, der direkt neben seiner Freundin saß, gähnte und ließ die Rückenlehne seines Sitzes nach hinten gleiten. Er schloss die Augen und legte seinen Kopf auf Hannas Schulter, der ebenfalls die Lider schwer wurden. Die letzte Nacht war nicht nur aufgrund des unfreiwilligen Besuchs bei ihren marokkanischen Kollegen sehr kurz gewesen, und sie fragte sich, ob sie sich den unfreundlichen Tonfall der einheimischen Beamten nur eingebildet hatte. Widerwillig hatten sie die Information herausgerückt, dass die Identität der Toten noch nicht feststand, es sich aber wohl tatsächlich um eine in Deutschland ausgebildete Marokkanerin gehandelt habe.

Sie erwachte bei der Durchsage, dass sich die Maschine im Landeanflug auf den Flughafen Weeze befinden würde, wo vereinbarungsgemäß ein Mitglied der Mordkommission auf sie warten sollte. Tom kaute missvergnügt an einem Sandwich herum, das er für teures Geld an Bord erstanden hatte.

„Es sollte eigentlich Schinken sein. Ich habe nach dem ersten Biss die Stewardess gefragt, ob es mit Katze oder Hund belegt ist, wurde aber keiner Antwort gewürdigt", murmelte Tom, und Hanna grinste. Sie kannte den Humor ihres Freundes, und liebte ihn.

Als sie nach der Einreisekontrolle durch den Zoll trotteten, bemerkten sie die winkende Gestalt von Harry Merkens, der seine 120 kg zu voller Größe von 173 cm aufgerichtet hatte und durch das Armschwenken bedenklich nahe an den Rand seiner körperlichen Leistungsfähigkeit kam. „Er ist das klassische Beispiel für das tolle Sportprogramm, das bei der Polizei die letzten 10 Jahre praktiziert wurde", frozzelte Tom. „Sport ab es in der Ausbildung, und danach nie mehr. Na Gott sei Dank hat sich das ja jetzt geändert."

„Still, du Frevler!", tadelte seine Freundin. „Nicht jeder kann so eine Sportskanone sein wie du. Er ist aber immerhin ein Ass am Computer. Was er bei einer Auswertung nicht findet, ist garantiert auch nicht da. Und meinen Laptop hat er ja auch repariert, wie du weißt". Tom konnte es sich trotzdem nicht verkneifen, seinen Kollegen auf den Arm zu nehmen. „Hi Harry. Hast du schon mal den Wagen geholt?"

Merkens winkte schnaufend ab. „Ist uralt. Außerdem ist dieser Satz in keiner Derrick-Folge wirklich gefallen. Und dem Koffer trage ich euch auch nicht. Ich bin ja nicht an euren Souvenirs interessiert, sondern nur an der SIM-Karte. Die zu tragen schaffe ich gerade noch."

Logischerweise brachte Merkens sie also nicht nach Hause, sondern auf direktem Wege ins Duisburger Präsidium, wo Hanna ihm den gewünschten Datenträger in die Hand drückte. „Was bin ich froh, dass Detlef schon den Datensicherungsantrag geschrieben hat, sonst müsste ich mich hier noch an den PC setzen", stöhnte Tom, der Harrys Hang zu Formalismus kannte. Der winkte einfach ab und machte sich an die Arbeit.

Als die Auflistung der Verbindungsnachweise auf dem Bildschirm seines Rechners erschien, fuhr Merkens zusammen und pfiff leise durch die Zähne. „Na das ist ja eine… oder eher keine Überraschung! Das muss Detlef sofort erfahren." Er druckte die Liste aus und stürmte mir für ihn unfassbarer Geschwindigkeit aus dem Raum, so dass Hanna und Tom ihm kaum folgen konnten.

Detlef Schall nickte den drei Ankömmlingen zu, und während Harry Merkens nach Luft rang versorgten sich Hanna und Tom mit Kaffee, der bei Ryanair auch kostenpflichtig gewesen wäre. Als Tom das Heißgetränk vorsichtig kostete, war Harry wieder redefähig.

„Wieder die Nummer, Detlef. Es ist wieder die Nummer", stammelte er. Schall runzelte die Stirn. „Welche Nummer, Harry? Ach, du meinst…"

„Genau", schnaufte Merkens. „Die Prepaid-Handynummer, die als letzter Anrufer bei den vier verschwundenen Nordafrikanern registriert ist, war auch der letzte Gesprächspartner unserer unbekannten Todes-Schwester. Deadly Nurse, würden die Engländer sagen.

Bei ihr ist aber eine Auffälligkeit. Sie hat nämlich in den letzten 14 Tagen 22 Mal mit dieser Nummer telefoniert. Die Rufnummer ist in den Kontakten der Attentäterin vermerkt, und zwar unter ‚Mohammed Bruder'. Vielleicht bietet uns das einen Hinweis. Ich habe schon mal beim Provider angefragt, versuche also herauszufinden, in welcher Funkwabe sich das Handy zum Zeitpunkt der Telefonate mit der angeblichen Schwester Karima befunden hat."

„Sehr gut, Harry", lobte Detlef und sah die beiden Urlauber lächelnd an. „Ich werde mal versuchen, bei unserer Verwaltung die Tage, an denen ihr in Marokko ermittelt habt als Dienstzeiten anerkennen zu lassen. Vielleicht haut das hin. Immerhin habt ihr beide der Behörde die Kosten für eine Dienstreise erspart."

Tom winkte ab, und aus seinem Gesichtsausdruck sprach die Skepsis. Er kannte die Verwaltung ihrer Behörde. „Werden sie ablehnen, weil die Ermittlungen nicht vorher beantragt worden sind", seufzte er. „Ist aber auch wurscht. Hamit geht es viel besser, und die Ärzte dort glauben, dass er in den nächsten Tagen nach Deutschland ausgeflogen werden kann. Soweit ich weiß, ist in der Neurologie der städtischen Kliniken am Kalkweg schon ein Bett für ihn reserviert."

„Die heißen jetzt SANA-Kliniken", korrigierte Hanna ihn, doch Tom zuckte nur die Achseln. „Name und Besitzer ändern sich doch im Jahresrhythmus, aber der Laden bleibt der Gleiche. Zumindest die Neurologen und Psychologen können was. Also ist unser Kollege da gut aufgehoben."

„Und ihr beide marschiert jetzt nach Hause und kommt morgen früh wieder hierher", ordnete Detlef Schall an. „Ich habe das dumpfe Gefühl, dass ich euch sehr nötig brauchen werde."

Detlefs Schalls Bauchgefühl erwies sich im Dienst erheblich besser als in seinem Privatleben…

***

Nadine Lürmann schnitt routiniert die Hamburger-Brötchen auf und schob sie ihrem Kollegen herüber, der sie in Empfang nahm, um sie mit einem Salatblatt und je einer Scheibe Tomate und Gurke zu belegen. Nadine seufzte. Seitdem Sammy nicht mehr hier arbeitete, machte ihr der Job keinen wirklichen Spaß mehr.

Ein Klopfen riss sie aus der Routine. Sie drehte sich um und sah einen ihr unbekannten, etwa 12-jährigen Jungen, der am Fenster zur Küche stand und mit einem Zettel winkte. Sie runzelte die Stirn, schob das Fenster hoch und sah das Kind fragend an.

„Bist du Nadine?", fragte der Junge, und die junge Frau nickte verblüfft. „Dann ist das für dich. Der, der mir den Zettel gegeben hat meinte, ich bekomme bestimmt einen Cheeseburger dafür." Der Kleine sah Nadine erwartungsvoll an, die zuerst irritiert das Blatt anstarrte und dann die Hand gegen den Mund presste, um nicht laut aufzuschreien. Dann drehte sie sich um, nahm einen frischen Cheeseburger vom Tablett und drückte ihn dem grinsenden Boten in die Hand, bevor sie sich in eine Ecke setzte und fassungslos den Brief anstarrte. Der Text bestand aus wenigen Sätzen, die der Schreiber offenbar in Eile aufgeschrieben hatte.

Nadine las:

„Liebste Nadine,

verzeih mir mein Benehmen vor ein paar Tagen. Ich wurde mit meiner Vergangenheit konfrontiert, die ich gern vergessen wollte und sie deshalb total verdrängt habe. Jetzt bin ich aber wieder mit mir im Reinen und total klar im Kopf.

Ich habe dich furchtbar beleidigt, weil ich echt geflasht war von der Nachricht am Telefon. Ich wusste nicht mehr was ich sagte und war voll durch den Wind. Das tut mir besonders weh, weil ich ausgerechnet die gedizzt habe, die mir am meisten bedeutet.

Diese Zeilen sollen eine erste Entschuldigung sein, aber nicht die letzte. Ich möchte mich gern persönlich entschuldigen und dich heute Abend bei dir zu Hause besuchen, wenn es dir passt.

Hoffentlich bist du nicht böse, weil ich dem Boten den Burger versprochen habe. Das Geld bekommst du von mir zurück.

Dein Sammy"

‚Dein' Sammy! Davon hatte das Mädchen schon ewig geträumt. Sie drückte den Brief an ihr Herz und vergaß alle Verhaltensanweisungen, die sie von KHK Fleckenberg erhalten hatte. Die Hormone tobten durch ihren Körper, und sie konnte den Abend kaum erwarten.

Nur sollte der sich anders gestalten als erträumt...

Dreizehn
2. Juni, Nachmittag und Abend

Klaus Heppner sah auf die Uhr. Noch fünf Minuten, dann hätte Marion endlich Feierabend und würde in die Tiefgarage zu ihrem Mazda gehen, der auf ihrem reservierten Parkplatz stand. Es war geplant, dass beide zum Präsidium zurückfahren, den Dienstwagen des Kommissars bei der Kriminalwache abgeben und dann gemeinsam nach Hause fahren würden. Marion war von den Vorsichtsmaßnahmen, die sie für übertrieben hielt, schon beinahe genervt, aber noch fügte sie sich.

Ihren Mann beschlich urplötzlich ein mulmiges Gefühl, das einem Déjà vu ziemlich nahekam. In dieser Tiefgarage war es schon einmal zu einem Angriff auf Marion gekommen, den sie nur mit knapper Not überlebt hatte. Kurz entschlossen öffnete er die Autotür und spurtete durch den einsetzenden Regen in die Einfahrt der Tiefgarage, flankte über die Schranke und ließ den Spurt in einem leichten Trab ausklingen.

Sein Blick wanderte zu Marions MX-5 und den umliegenden Stellplätzen, die ausnahmslos leer waren, und er schüttelte den Kopf. Wie immer war Marion die erste, die morgens das Büro betrat und die letzte, die es wieder verließ. Er…

Ein Geräusch ließ ihn zusammenzucken, und er wich in den Schatten eines Stützpfeilers zurück. Als er sah, wie sich die Zugangstür zum Bürogebäude der VENTURA öffnete und Marion heraustrat atmete er erleichtert auf, doch die Erleichterung schwand schnell und machte reinem Entsetzen Platz.

Von der Seite war eine dunkle Gestalt an Marion herangetreten, und Marions zum Hals fliegenden Hände belegten eindeutig, dass ihr etwas die Luft abschnürte. Heppner zögerte keine Sekunde länger und sprang aus der Deckung hervor, während er seine Waffe herausriss und auf den Angreifer richtete.

„Loslassen, sofort, oder ich schieße!", brüllte Heppner und richtete seine Walther P 99 auf die Gestalt, die unwillkürlich den Griff lockerte. Marion nutzte die Chance und schob ihre linke Hand unter die Schnur, die der Mann um ihren Hals geschlungen hatte, während sie mit rechts in ihre Hosentasche griff.

Die Reaktion des Hünen hinter Marion überraschte Heppner, denn der Mann begann zu grinsen. Als ein heftiger Schlag sein Handgelenk traf und ihm die Waffe aus der Hand prellte, erinnerte er sich entsetzt, dass die Killer immer zu zweit gearbeitet hatten.

Heppner wandte sich dem Angreifer zu, doch seine rasche Folge aus Schlägen und Tritten schien keinerlei Wirkung zu erzielen, denn der bärtige Mann lachte nur und drang seinerseits auf den Polizisten ein, der unter dem Ansturm der wirbelnden Fäuste Schritt um Schritt zurückwich. Während Marions Angreifer aufbrüllte, durchbrach ein Hieb Heppners Deckung, traf ihn in den

Solarplexus und raubte ihm die Luft, und ein weiterer Treffer in seinen Unterleib ließ ihn zusammenknicken und in die Knie sinken. Sein Gegner drehte ihn fast spielerisch herum und schlang einen Arm um seinen Hals, während er den zweiten um seinen Kopf legte. Heppner verfiel fast in Panik, als er die Absicht seines Gegners erkannte, die dieser auch gleich in Worte fasste.

„Keine Angst", wisperte er. „Wenn es gleich knackt, ist es nur dein Genick." Der Polizist versuchte verzweifelt sich zu befreien, doch der Killer lachte nur, während er den Druck weiter verstärkte.

Eine donnernde Explosion ließ den Angreifer zusammenzucken, und sein Griff lockerte sich. Heppner wand sich heraus, ließ sich zu Boden fallen und rollte sich zur Seite, bevor er den Kopf hob.

Der Bärtige starrte fassungslos auf Marion, die Heppners Dienstwaffe mit beiden Händen in geradezu schulmäßigem Combatanschlag auf ihn gerichtet hielt. An der linken Schulter des Mannes vergrößerte sich von Sekunde zu Sekunde ein dunkler Fleck. Von dem zweiten Killer war nirgendwo etwas zu sehen.

„Nicht so", flüsterte der Angeschossene. „Nicht so", wiederholte er und machte zwei schnelle Schritte auf Marion zu, die keine Sekunde zögerte und erneut schoss. Die Kugel traf den Killer tief im Bauch und riss ihn nach hinten, so dass er zu Boden stürzte und reglos liegen blieb. Heppner erhob sich vorsichtig und ging zu seiner Frau, um ihr die Pistole aus der Hand zu nehmen.

„Wunderbar geschossen", ächzte er. „War doch gut, dass wir geübt haben." Marion nickte mehrmals in schneller Folge, und der Polizist sah, dass der Schock ihre Knie weich werden ließ. Er griff ihr vorsichtig unter die Arme und lehnte sie an einen Pfeiler, wo sie sich in sitzender Position zu Boden sacken ließ. Dann fiel ihm etwas ein.

„Wo ist der zweite Kerl geblieben?", fragte er alarmiert und hob erneut die Waffe. „Abgehauen", krächzte Marion, deren Hals offenbar von der Attacke in Mitleidenschaft gezogen worden war. „Ich habe ihm eine Ladung von deinem Pfefferspray direkt in die Augen verpasst. Da hat er mich losgelassen und ist davon getorkelt. Ich habe mir deine Waffe geschnappt und geschossen, als ich sah, wie er dir das Genick brechen wollte. Und dein Kopf war so nah an seinem Oberkörper. Wenn ich dich…"

„Hast du aber nicht", beruhigte Heppner seine Frau. Weitere Beruhigungen musste er auf später verschieben, denn der Angeschossene begann sich zu regen.

Der Mann hatte die Augen geöffnet und sah zu den beiden Opfern herüber, die den Spieß erfolgreich umgedreht hatten. „Besiegt von einem Weib", stöhnte er. „Ich sterbe in Schande. Allahu Akbar!"

Seine rechte Hand fuhr zum Mund, und sein Körper bäumte sich auf. Unnötig zu sagen, dass Heppner wenige Sekunden später den typischen Bittermandelgeruch des Zyankalis registrierte, als er sich über den mittlerweile Toten beugte.

Marion hatte sich inzwischen berappet und trat neben Heppner. „Sag mal, du Einzelkämpfer, wieso hast du eigentlich keine Verstärkung angefordert, als ich angegriffen wurde?" Heppner wurde rot, und er sah zu Boden.

„Na ja… aus zwei Gründen. Einerseits hatte ich gar keine Zeit dafür und andererseits…" er klopfte auf seine Taschen, „…habe ich das Handy im Dienstwagen liegenlassen. Als ich es merkte, wollte ich es holen, aber es hat so geregnet, und dann ging alles so schnell…" Er zuckte verlegen die Achseln.

Marion schüttelte den Kopf. Klaus und Handy, zwei Welten treffen aufeinander. Sie schnaubte also missbilligend und griff zu ihrem Gerät, um 110 anzurufen.

***

Sie hatte sich für einen Hauch von Dolce & Gabbana Light Blue entschieden, welches sie vor einigen Wochen einmal aufgelegt hatte und von Sammy mit „du riechst aber gut" kommentiert worden war. Nadine Lürmann betrachtete sich im Spiegel und nickte zufrieden. Das lange dunkle Haar war frisch gewaschen, das Make-Up ebenso dezent wie das hellgraue T-Shirt und ihre Jeans. Jetzt erwartete sie mit wachsender Ungeduld die Ankunft des jungen Mannes, dem sie jetzt ebenfalls sagen wollte, was sie für ihn empfand.

Das Mädchen ging ruhelos in ihrem Zimmer, welches sie noch in ihrem Elternhaus auf der Schützenstraße in Rheinhausen-Friemersheim bewohnte, auf und ab. Sie hatte nach dem im letzten Jahr erfolgreich abgelegten Abitur einen Ferienjob bei dieser Imbisskette angenommen und dabei Sammy kennen gelernt, der dort seit knapp zwei Jahren arbeitete. „Wir lieben es" bekam dadurch für Nadine eine besondere Bedeutung, und sie dehnte die Beschäftigung länger aus als es ihren Eltern lieb war. Im September wollte sie nun endlich mit dem Studium an der RTWH in Aachen beginnen, obwohl ihr die Vorstellung, wieder in einem Klassenzimmer zu sitzen nicht so recht behagte.

Ein leises Klopfen an ihrer Fensterscheibe ließ sie ihren Kopf herumwerfen, und mit Freude, aber auch Überraschung erkannte sie Sammys lächelndes Gesicht am Fenster. Sie öffnete das Fenster, und der junge Mann kletterte behände in den kleinen Raum, während er sich prüfend umsah.

„Sammy! Warum kommst du nicht durch die Tür?", lachte Nadine, und ihr Besucher grinste zurück. „Ich habe auf der Kronenstraße geparkt und den direkten Weg genommen. Du hast mir ja mal erzählt, dass du von deinem Fenster aus direkt in den Garten siehst."

„Ungewöhnlich, aber das ist ja nichts Neues bei dir", befand Nadine und deutete auf den Stuhl an ihrem Schreibtisch. Der junge Marokkaner zögerte kurz, ließ sich aber auf die Sitzfläche fallen. Nadines Frage, ob er etwas zu trinken haben wolle, beantwortete er nur mit einem Schütteln des gesenkten Kopfes.

„Hast du jemandem erzählt, dass ich heute Abend kommen wollte?", fragte er leise, und Nadine schüttelte überrascht den Kopf. „Nein... das hat sich irgendwie nicht ergeben. Mein Vater ist noch arbeiten, und meine Mutter sieht sich bestimmt gerade das ‚perfekte Dinner' an. Ist ihre Lieblingsserie, und sie versucht sehr oft, die Menus nachzukochen, um uns zu verwöhnen. Ich hoffe aber, es hat noch keinen Einfluss auf meine Figur gehabt."

Sie drehte sich mit ausgebreiteten Armen um die eigene Achse, aber als keine Reaktion erfolgte setzte sich auf ihr Bett und blickte auf ihren Besucher, der sie irgendwie keines Blickes mehr würdigte. Deshalb sprach sie weiter, um die Stille zu überbrücken.

„Du warst ja wirklich gemein zu mir, aber der Brief hat so einiges erklärt und ich kann mir so ungefähr vorstellen, was du gefühlt haben musst. Ich hatte mal eine Schwester, weißt du. Sie hieß Karin und war vier Jahre älter als ich. Als sie siebzehn war, ging sie mit ein paar Freunden ins Delta und kam nie wieder zurück. Ihr damaliger Freund verlor betrunken die Kontrolle über seinen Golf und schleuderte in den Gegenverkehr, wo sie auf einen LKW prallten. Karin wurde herausgeschleudert und starb noch am Unfallort.

Ich habe zwei Jahre gebraucht, um darüber hinweg zu kommen, und die Therapiesitzungen waren sehr schmerzhaft. War es bei dir etwas Ähnliches, was du verdrängen wolltest?"

Sammy schüttelte nur stumm den Kopf und sah die junge Frau einige Sekunden lang stumm an. Dann seufzte er und schloss die Augen, während er zu sprechen begann.

„Ich habe nicht sehr viel Zeit, Nadine, denn ich werde erwartet. Nichts von dem was ich getan habe oder tun werde ist persönlich gemeint, sondern dient nur einem höheren Ziel. Verstehst du? Es ist nichts Persönliches."

Nadine sah Sammy stirnrunzelnd an. Das Gespräch entwickelte sich nicht ganz so, wie sie es erwartet hatte, und sie trat zu ihrem Besucher, um ihm die Hände auf die Schultern zu legen, was er jedoch unterband, indem er schnell aufstand.

„Hab keine Angst", murmelte er, „es wird schnell gehen, und du wirst nichts spüren." Nadine war verblüfft. „Aber Sammy…" begann sie, doch der Angesprochene, in dessen Augen es irrlichtern zu flackern begonnen hatte, unterbrach sie sofort.

„Ich bin nicht mehr Sammy und auch nicht mehr Mohammed Al Tahiqq. Ich bin nur noch Nummer vier."

Das Mädchen verstand nicht, was er damit sagen wollte, bis seine rechte Faust an ihre Schläfe krachte und ihr Bewusstsein erlosch wie eine ausgeblasene Kerzenflamme. Bevor ihr Körper zu Boden fallen konnte fing ‚Nummer vier' die Zusammenbrechende auf, damit die Geräusche des Sturzes ihn nicht verraten würden. Dann legte er die Bewusstlose aufs Bett, und seine Hände schlossen sich um ihre Kehle.

Fünf Minuten später schwang er sich aus dem Fenster, ohne sich irgendwelche Gedanken um zurückgelassene Fingerabdrücke oder DNA-Spuren zu machen. Er huschte durch den Garten und überlegte, wie er wohl zurück zum Sammelpunkt kommen sollte. Sein Auto war nach dem Kurzschließen noch unbrauchbar, und er war mit dem Zug bis zum Bahnhof Rheinhausen und dann mit dem Bus Linie 927 zur Schützenstraße gefahren. Nur dass er von der Kronenstraße aus in den Garten gelangt war, hatte der Wahrheit entsprochen. Der junge Mann wollte sich schon in Trab setzen, als plötzlich eine Gestalt wie aus dem Boden gewachsen vor ihm stand. ‚Nummer vier' blieb wie angewurzelt stehen, als er Amir erkannte.

„Hallo, Nummer vier", ertönte die zynische Stimme seines Ausbilders, „ich wollte nur nachsehen, ob du Mist gebaut hast. Ist der Auftrag erledigt?"

Der junge Marokkaner nickte nur stumm. „Und wo ist der geforderte Beweis dafür, dass du die Aufgabe ausgeführt…" Ein schriller Schrei einer Frauenstimme unterbrach ihn jäh, gefolgt von den geschrienen Worten „Nadine! Nadine! Oh mein Gott! Hilfe! Hilfe!"

Amir nickte befriedigt. „Das genügt mir. Komm jetzt. Ich fahre mit dir zum Sammelpunkt."

Sammy gab keinen Laut von sich, als er dem Mann folgte, und auf dem Weg nach Oberhausen starrte er ununterbrochen auf seine Hände, als würde Nadine Lürmanns Blut wirklich an ihnen kleben.

***

Karl-Heinz Fleckenberg, von Freunden und Kollegen einfach nur „Flecki" genannt war in Hochform. Er hatte bereits die ersten drei Legs im Finale der Vereinsmeisterschaften seines Dart-Clubs gewonnen und setzte dazu an, die entscheidende Double 7 zu werfen, als sein Handy in der Hosentasche vibrierte und ihn zusammenzucken ließ, sodass er den letzten Wurf verriss und er bei 14 stehen blieb. Während sein Gegner mit einem erleichterten Seufzen an die Linie trat, um seine drei Pfeile in die Scheibe zu befördern, blickte ‚Flecki' auf das Display und rollte die Augen. Anonymer Anrufer, so ein Dreck.

Er kam nicht einmal dazu, seinen Namen zu nennen, denn die Leitstelle brüllte ihm die Meldung geradezu ins Ohr, und der Polizist erstarrte. Er nahm nur am Rande zur Kenntnis, dass sein Kontrahent das vierte Leg durch eine Double 19 gewann und auf 1:3 verkürzte. Fleckenberg stakste mit steifen Knien zum Kampfrichtertisch und erklärte den fassungslosen Juroren, dass er aufgeben müsse. „Der Job, ihr versteht. Ich habe Bereitschaft, bin alarmiert worden und muss sofort weg."

„Du wirst doch nicht kneifen wollen, oder?", fragte sein Gegner misstrauisch, und ‚Flecki' schnaubte verächtlich. „Dich schlage ich doch, wenn ich mit links werfe", frozzelte er und wandte sich zum Gehen. Als er die Tür erreichte, hörte er einen erregten Wortwechsel zwischen der Jury und seinem Gegner Stephen Frodham, nahm den Inhalt aber nicht wahr.

Automatisch rief er Karsten Pawelczyk an, der versprach, sofort die entsprechenden Überprüfungen einzuleiten. Fleckenberg hörte nur noch halb zu. Wie in Trance raste er nach Friemersheim, wo er nicht nur von den eingesetzten Streifenpolizisten, dem Notarzt und einem Team der Kriminalwache erwartet wurde, sondern auch von Nadines Eltern, die ihre Fassungslosigkeit nicht verbergen konnten.

„Wir hatten ihr immer wieder gesagt, dass sie sich an Ihre Anweisungen halten sollte", schluchzte Kirsten Lürmann, und ihr Ehemann Joachim nickte bekümmert, als sie Fleckenberg in das Zimmer des jungen Mädchens führten, dessen Tür nur angelehnt war.

Nadine Lürmann lag noch auf ihrem Bett, und auf ihrem Hals hatten sich rote Druckstellen abgebildet. Der Polizist nickte nur und schloss die Tür hinter sich. Als er eine halbe Stunde und drei hitzige Telefonate später die Eltern des Mädchens hereinwinkte, wirkte seine Miene angespannt wie selten zuvor.

Es dauerte weitere zehn Minuten, bis alle drei wieder herauskamen. „Ist alles klar? In ein paar Minuten werden die Kollegen des Erkennungsdienstes hier sein, die alles Weitere übernehmen. Ich bespreche mich jetzt mit dem Arzt und meinen Kollegen, um die Formalitäten zu erledigen. Und halten Sie durch! Es ist enorm wichtig, dass Sie nicht zusammenbrechen. Es könnte das Leben von etlichen Menschen davon abhängen."

Die Worte des Beamten vom Staatsschutz stießen zwar bei Notarzt und Polizisten auf Überraschung, aber schließlich seufzte der Notarzt und machte die entsprechenden Kreuze auf der Todesbescheinigung. Die Polizisten nickten Fleckenberg zu, bestiegen ihre Fahrzeuge und fuhren davon. Der Kriminalbeamte sah ihnen nach, bevor er sein Handy herausholte und Pawelczyk erneut kontaktierte. Der hatte inzwischen ein niederschmetterndes Ergebnis erhalten, das seinen Kollegen aber nicht überraschte.

„Ayse Korkut, Rabia Al-Fassi und Tanja Sayyed sind tot. Alle drei wurden innerhalb der letzten vier Stunden getötet, und das mit Sicherheit von unseren Zielpersonen. Verdammt! Alle wurden bewacht, alle waren entsprechend gebrieft, was sie bei einer Kontaktaufnahme zu tun hatten, aber keine hat auch nur einen Mucks von sich gegeben. Anscheinend haben sie den Worten ihrer Männer und Brüder mehr getraut als uns.

Flecki, unsere Assassinen haben ihre finale Gehorsamsaufgabe ausgeführt. Es wird also morgen passieren. Ich werde noch mal mit diesem Penner von Dezernenten reden. Hoffentlich ist er noch erreichbar."

Fleckenberg wünschte seinem Chef in Gedanken viel Glück dabei, aber seine Skepsis bewahrheitete sich, als Pawelczyk nur fünf Minuten später deprimiert zurückrief.

„Er ist nach wie vor nicht zu überzeugen, dass das Hafenfest Ziel der Attentäter ist, und wälzt die Verantwortung für die Sicherheit auf uns ab. Wir haben keine Ahnung, wo sich die Burschen befinden, und da Attentäter in den letzten 24 Stunden vor einem Anschlag keine Handys mehr benutzen, können wir sie auch nicht orten. Es werden also viele Menschen sterben, und wir sind nicht in der Lage, das zu verhindern, es sei denn, ein Wunder geschieht. Was nützen uns Videokameras, mit denen wir den Anschlag rekonstruieren können, nachdem es passiert ist? Es ist zum Heulen, Flecki. Oder hast du noch Hoffnung?"

„Vielleicht", antwortete Fleckenberg langsam. „Vielleicht passiert etwas, das wir als Wunder bezeichnen würden." Sein Vorgesetzter schnaubte nur und legte auf, um den Einsatzbefehl an die Einsatzkräfte des nächsten Tages noch einmal zu überarbeiten.

Ein Wunder, dachte Pawleczyk bitter. Es würde mehr als ein Wunder nötig sein, um Opfer zu verhindern.

***

„Verflucht und zugenäht!", schimpfte Harry Merkens vor sich hin. Da galt man als bester IT-Spezialist im Polizeidienst des Landes, aber an so einer blöden Datei biss man sich die Zähne aus. Das einzige, was er herausgefunden hatte war, dass das Codewort nur 5 Zeichen hatte. Nur fünf erbärmliche Zeichen, aber eine fast unvorstellbare Menge an Kombinationen. Frustriert schlug Merkens mit der Faust auf seinen Schreibtisch, was seinen jungen Kollegen Stefan Paschmann zum Grinsen veranlasste.

„Kommst du immer noch nicht weiter, alter Mann?", stichelte der um fast 20 Jahre jüngere Kommissar, und Merkens rollte mit den Augen. Obwohl er sonst auf derartigen Spott scharf und aggressiv reagierte, ließ er sich die Frozzelei Paschmanns gefallen, was vielen ein Rätsel war. Sie wussten nicht, dass Merkens in Paschmann ein großes Talent auf dem IT-Gebiet erkannt und ihn zu seinem Nachfolger ausersehen hatte.

„Ja, ich komme nicht weiter", knurrte er verdrossen. „Viellicht solltest du übernehmen. Ich bin wahrscheinlich zu alt für derartige neue Spielereien." Paschmann winkte bescheiden ab, konnte es sich aber nicht verkneifen, noch einen draufzusetzen.

„Vielleicht hast du Recht, Harry. Vielleicht ist jetzt der Moment gekommen, wo du den Zenit deines Könnens überschritten hast und einem jüngeren Platz machen solltest." – „Ja, vielleicht", raunzte Merkens zurück. „Aber noch habe ich nicht…" Er verstummte abrupt, und sein Kinn klappte nach unten.

„Was hast du da gerade gesagt, Stefan?", flüsterte er verdattert. Der war verwirrt. „Ach, ich habe doch nur Spaß gemacht, als ich meinte, dass es mit dir bergab ginge." – „Nein, wörtlich", schrie Merkens ihn an, und Paschmann zuckte zusammen. „Weiß ich gar nicht mehr genau. Ich habe nur so dahergeredet. Ich glaube nicht wirklich, dass du den Gipfelpunkt deines Könnens…"

„Ja, genau das war es!", schrie Merkens noch einmal. Er tippte fieberhaft auf der Tastatur seines Rechners herum, bis Google ihm den gewünschten Begriff anzeigte. Er fluchte noch einmal kurz, bevor er einen Triumphschrei ausstieß, sich in seinem Stuhl zurücklehnte und fast hysterisch zu lachen begann.

„Oh Mann, du hast ja so recht", japste er nach einer Minute. „Ich bin wirklich manchmal zu blöd. Schau es dir an, Stefan!" Der Angesprochene lief zu Merkens und blickte über seine Schulter hinweg auf den Monitor, und was er sah, ließ ihn scharf einatmen.

Merkens hatte eine der beiden verbliebenen Dateien aufgerufen und ein Password eingegeben, doch an Stelle des bisher gewohnten „Access denied, Data deleted" stand nur „Access granted", also „Zugang gewährt".

„Nadir", stöhnte Merkens. „Das war des Pudels Kern, und du hast mich darauf gestoßen. Der Zenit ist der Gipfel- oder Scheitelpunkt des Himmelsgewölbes, und sein Gegenpol, der Fußpunkt, heißt Nadir.

Du siehst gerade auf die letzte unserer Dateien. Nadir selbst war falsch, was uns die vorletzte Datei gekostet hat, aber ich erinnerte mich, dass wir es mit Arabern zu tun haben, und im Arabischen heißt Nadir ‚nazir'. Ich habe als letzten Versuch die arabische Schreibweise eingegeben, und bingo!"

Paschmann sah Merkens beeindruckt an, und diesem tat die Bewunderung sichtbar gut. Er drückte nun auf die Enter-Taste, und auf dem Bildschirm erschien die von ihm erwartete Excel-Datei. Staunend sah er auf die Eintragungen:

1: P1 Cleansweep with K   153-12-15-18-0-21-6

   P2 X-Fire on Flock   21-6-18-15-18-27

2: P1 Cleansweep with K   153-12-15-21-27-6-0

   P2 X-Fire on Flock   21-6-18-9-15-9

3: Flockdrive to 4 with K   153-12-15-27-6-21-0

   P2 X-Fire on Flock   21-6-15-24-3-21

4: Big Bang with Flock   153-12-15-18-15-24

                                     21-6-24-21-9-21

18-09-6600 DOA

„Und was hat das schon wieder zu bedeuten?", wunderte sich Paschmann, doch Merkens winkte nur ab und bemühte seinen Rechner. Nach zwei Minuten hatte er das Ergebnis:

1: P1 Säubern mit K   51-4-5-6-0-7-3

P2 Kreuzfeuer auf Herde   7-2-6-5-6-3

2: P1 Säubern mit K   51-4-5-7-9-2-0

P2 Kreuzfeuer auf Herde   7-2-6-3-5-3

3: P 1 Herde mit K zu 4 treiben   51-4-5-9-2-7-0

P 2 Kreuzfeuer auf Herde   7-2-5-8-1-7

4: Großer Knall mit Herde   51-4-5-6-5-8

                             7-2-8-7-3-1

06-03-2200 TBA

„Durch drei, das war der Schlüssel", murmelte er. Er druckte das Ergebnis aus und versuchte, jemanden aus MK oder Staatsschutz zu erreichen, doch es war entweder besetzt oder die Teilnehmer meldeten sich nicht. Er wusste nicht, dass sich die Kollegen gerade um die Schießerei im VENTURA-Parkhaus oder ermordete Angehörige von Schläfern kümmern mussten. So fluchte Merkens noch einmal herzhaft und drückte Paschmann die Ausdrucke mit dem Auftrag in die Hand, sie am nächsten Morgen Detlef Schall zu übergeben.

„Ich habe genug, Stefan", seufzte Merkens, und man sah ihm die Erschöpfung deutlich an. „Ich bin offenbar ziemlich kaputt und lege mich ins Bett. Die Aufgabe ist erledigt; der Code ist geknackt und die decodierte Datei habe ich mehrfach kopiert und an Detlef Schall, Klaus Heppner und Karsten Pawelczyk geschickt."

„Und warum die Ausdrucke, Harry?", stöhnte Paschmann frustriert. „Na, zum Malen, Junge", höhnte der Ältere. „Manche Leute haben es nicht so mit PC-Arbeit. Die brauchen Zettel und Stift, um zu denken."

Er stand langsam auf und schlurfte müde, aber zufrieden aus dem Büro. Paschmann sah ihm lächelnd nach.

Vierzehn

3. Juni, Vormittag

Hanna Karl war als Geo-Cacherin wieder in ihrem Element. „Das sind natürlich Geokoordinaten. Es fehlen nur die Punkte hinter der ersten Zahl und die Kommas zwischen x- und y-Koordinaten. Ich habe mir die Daten angesehen, und mir ist schlecht geworden.

Die Koordinaten sind mit Ziffern 1 bis 4 gekennzeichnet, bezeichnen also offenbar jeweils den Standpunkt eines der Attentäter. Das Ziel ist die Mühlenweide, die beim Hafenfest gerammelt voll mit Menschen sein wird. Nummer eins wird auf der Brücke stehen, die über den Rhein führt, Nummer zwei auf der Brücke zur Dammstraße und Nummer drei an der Landzungenspitze. In P 1, also Phase 1 ist es ihre Aufgabe, den Standort mit „K" zu säubern. Vermutlich sollen die dort befindlichen Menschen mit Kalashnikovs niedergemäht werden. Danach ist es geplant, die Herde (also die in Panik flüchtenden Menschen) ins Kreuzfeuer zu nehmen, wofür die Positionen ideal sind, und sie auf den vierten Mann zuzutreiben, der am Richard-Hindorf-Platz steht. Und wenn sich die Herde um ihn ballt, gibt es den ‚Big Bang'. Er wird sich also mit möglichst vielen Menschen in die Luft sprengen."

„Danke, Hanna", flüsterte ein erschütterter Detlef Schall, und Karsten Pawelczyk tat es ihm nach. „Wir wissen also, wo es stattfindet. Wissen wir auch, wann?" Der Leiter des Staatsschutzes hob die Hand und nickte.

„Das wissen wir dank der untersten Eintragung. ‚18-09-6600 DOA' ist Englisch und bedeutet decodiert und auf Deutsch ‚3. Juni 22:00 Uhr Tod bei Ankunft'. Morgen Abend um 22:00 Uhr beginnt das Höhenfeuerwerk. Alle Besucher werden nach oben sehen, das Knallen der Schüsse anfangs noch für explodierende Feuerwerkskörper halten und vom Zusammenbrechen der Menschen neben ihnen nichts mitbekommen, bis sie selbst getroffen werden. Ort und Zeit sind perfekt gewählt, um ein nie dagewesenes Massaker anzurichten."

Die wortlose Stille der nächsten Sekunden spiegelte die Fassungslosigkeit der Anwesenden nur unvollkommen wider. Detlef Schall fing sich zuerst, räusperte sich und fragte Pawelczyk, ob er seinen Ansprechpartner bei der Stadt jetzt von einer Absage der Veranstaltung habe überzeugen können. Pawelczyk warf den Kopf in den Nacken und lachte, kurz, hart und bitter.

„Von wegen!", fauchte er, und seine Verachtung schwang in jedem Wort mit. „Er hat einfach gesagt: ‚Na, dann wissen sie ja, wann die Terroristen wo sein werden. Dann ist es doch ein Leichtes für Sie, die Kerle festzunehmen oder auszuschalten. Wozu also dieser Firlefanz?' Ich habe erwidert, dass man einen Selbstmordattentäter nicht festnehmen, sondern nur erschießen kann, und das möglichst, bevor er eine Hand frei hat, um seine Sprengmittel zu zünden, und dass es in einer Menschenmenge extrem schwierig sein wird, den Terroristen mit dem ersten Schuss direkt zu erwischen, ohne dabei Unbeteiligte in Gefahr zu bringen. Ich habe sogar wörtlich gesagt, dass wir lediglich in der Lage sein werden, die Anzahl der zivilen Opfer zu reduzieren. Und soll ich euch seine Reaktion verraten? ‚Ist doch Prima! Denken

Sie nur daran, unter 21 zu bleiben. Alles andere ist Ihr Problem', hat er gesagt und aufgelegt. Und so was nennt sich Volksvertreter. Ich könnte kotzen."

„Dann haben wir noch knapp 14 Stunden Zeit, um zu verhindern, dass die Killer überhaupt nach Duisburg kommen", knirschte Detlef Schall.

„Harry hat übrigens etwas übersehen, oder er dachte, es wäre unsere Aufgabe", ergänzte Hanna. „Die Excel-Datei hat sechs Unterdateien, und fünf davon sind so aufgebaut wie die erste, deren Inhalt ihr kennt. Wir müssen also davon ausgehen, dass fünf Anschläge geplant sind. Der erste wird morgen bei uns stattfinden, der zweite in Berlin beim letzten Vorrundenspiel der deutschen Mannschaft im Rahmen der Europameisterschaft, die nächsten beiden bei der Düsseldorfer Rheinkirmes und der Cranger Kirmes und der letzte auf dem Oktoberfest in München. Die Zeiten deuten darauf hin, dass bei den Volksfesten jeweils zum Zeitpunkt des Feuerwerks der Anschlag erfolgen soll.

Die sechste Datei ist eine Personenliste, die in Segmente mit jeweils vier Namen und einer Telefonnummer eingeteilt ist. Segment 1 beinhaltet die Namen unserer vier Verschwundenen, also Al Tahiqq und so weiter, Segment vier die Namen der vier in Hünxe Getöteten nebst Rufnummer des Burschen, der nach seiner Festnahme die Zyanidkapsel verschluckt hat. Einer der Anschläge wird wohl mangels Personal ausfallen müssen." Hanna zog eine Grimasse.

„Drollige Aussichten", kommentierte Schall. „Wir werden die Daten an die örtlichen Polizeidienststellen, Landes- und Bundeskriminalamt weitergeben. Allerdings müssen wir uns erst mal darum kümmern, dass der erste Anschlag bei uns gar nicht erst stattfindet. Gibt es etwas Neues von den retrograden Verbindungsdaten?", fragte er in die Runde, und erst in diesem Moment fiel das Fehlen Harry Merkers auf.

„Wo ist Harry? Meint er, sich nach getaner Arbeit auf seinen Lorbeeren ausruhen zu können?", fragte der MK-Leiter leicht genervt. „Tom, ruf mal bei ihm an und klingle ihn aus dem Bett. Wenn er nicht drangeht, fahr hin und hämmere gegen seine Tür. Wir brauchen die Ergebnisse auch in Papierform."

„Die habe ich hier", meldete sich eine Stimme von der Tür her, und alle Köpfe fuhren herum. Es war nicht Harry, sondern Steffen Paschmann, der ein Gesicht machte wie drei Tage Regenwetter.

„Ich bin als Ersatz hier", gab er mit tonloser Stimme bekannt. „Harry hat heute Nacht einen Herzinfarkt erlitten. Ein Wunder, dass er noch selbst dem Notarzt die Tür aufmachen konnte, sonst wäre es vielleicht zu spät gewesen. Er liegt auf der Intensivstation im Kaiser-Wilhelm-Krankenhaus in Meiderich, und sein Zustand ist ernst."

Schall schluckte und nickte Paschmann zu. „Danke, Steffen. Das KK 31 reagiert schnell, wenn jetzt schon Ersatz bereitsteht. Was gibt es zu der Nummer zu berichten?"

„Nicht viel, fürchte ich. Es ist ja eine Prepaid-Karte, und die Einsätze erfolgten im Großraum Ruhrgebiet. Essen, Mülheim… zweimal in Oberhausen im Gewerbegebiet rund um die Weißensteinstraße."

„Hee, Moment mal!", fuhr Paul Rakowski hoch. „Auf der Weißensteinstraße befindet sich der Sitz dieser Trockenbaufirma, die der Oberhausener ET überprüft hat. Sie war zwar leer, aber das ist doch ein drolliger Zufall."

„Ich glaube nicht an Zufälle", versetzte Detlef Schall. „Liegt dir der Bericht der Kollegen vom ET vor? Nein? Dann rufe die Jungs mal an. Ich brauche Details zu der Observation. Irgendwie habe ich bei dem Laden ein mulmiges Gefühl."

Rakowski nickte und zog sein Handy hervor, um den Auftrag auszuführen. Auch Klaus Heppner tat es ihm nach, weil sein Mobiltelefon zu vibrieren begonnen hatte. Er sah auf das Display und erstarrte. Was würde Volkhard van Dyke wohl von ihm wollen? Er sollte es sogleich erfahren. Die Stimme van Dykes klang bei den nachfolgenden Worten sehr kühl.

„Herr Heppner, Sie haben sich um die Planstelle A 12 im KK 11 beworben. Es tut mir sehr leid, Ihnen mitteilen zu müssen, dass wir aufgrund der in der Person eines Mitbewerbers liegenden Eigenschaften Ihre Bewerbung abschlägig bescheiden müssen."

Heppner ließ sich auf den Stuhl hinter ihm fallen. Gott sei Dank war dieser leer. „Und warum? Sie wissen genau, dass diese Stelle für mich maßgeschneidert war. Ich bin der einzige in meiner Dienststelle, der sämtliche

Lehrgänge für Todesermittlungen und auch für Brandermittlungen absolviert hat. Ich habe bereits drei Mordkommissionen geleitet…"

„Und bei der letzten konnten Sie nicht schnell genug den Schwanz einziehen und die Leitung an Detlef Schall abgeben, als es kompliziert wurde. Außerdem – wie das gestern Abend in der Tiefgarage dieser Versicherung abgelaufen ist, schreit doch zum Himmel. Sie haben dabei keine sehr gute Figur abgegeben. Das alles hat mich bewogen, ihre bisherige Beurteilung zu verwerfen und eine Anlassbeurteilung zu schreiben, die Ihre Leistung nicht mit 4,95 Punkten, sondern nur noch mit 4,51 Punkten einstuft, und da ist der andere Bewerber halt mit seinen 4,53 Punkten besser als Sie."

Heppners Halsadern schwollen an, als er die Wut zurückzudrängen versuchte – vergeblich, wie er feststellte. „Vielleicht haben Sie mehr Erfahrung als ich mit dem ‚Schwanz einziehen'", höhnte er, ohne zu überlegen, dass dies als Anspielung auf van Dykes sexuelle Disposition betrachtet werden könnte. „Es entspricht absolut ihrem Ruf, der Ihnen bei Ihrer Versetzung nach Duisburg vorausgeeilt ist, Gründe für das Verhalten eines Mitarbeiters vorauszusetzen, statt sie zu erfragen. Ist der andere Bewerber denn geübt in Todesermittlungsverfahren? Wie sieht seine Kompetenz denn aus?"

„Seine Aufgabe wird die Mitarbeiterführung sein, und da ist die Sachkompetenz eher zweitrangig, Herr Heppner", antwortete der Kriminaloberrat kalt. „Die Beurteilung seiner Kompetenz ist im Übrigen meine Sache, nicht Ihre. Er wird in wenigen Minuten bei Ihnen erscheinen, wenn er kommt, um sich seinen neuen Untergebenen vorzustellen. Es ist zwar noch nicht beschlossene Sache, aber ich kann mir nicht vorstellen, dass sich ein besser beurteilter Bewerber innerhalb der nächsten sechs Stunden bei der Behörde meldet."

Heppner schnitt van Dyke das Wort ab, indem er einfach das Gespräch beendete und sein Handy ausschaltete. Paul Rakowski hatte inzwischen sein Telefonat ebenfalls beendet und erstattete Rapport.

„POK Lars Füllhauer war der Verantwortliche für die Observation, und er hat mir geschildert, wie es dort in Oberhausen abgelaufen ist. Da ein permanent vor der Firma stehender Pkw aufgefallen wäre, haben sie sich umgesehen und festgestellt, dass gegenüber der Firma ein Security-Unternehmen namens „TPATS GmbH" seinen Sitz hat. Steht für das amerikanische Polizeimotto ‚To protect and to serve'. War auch logisch, weil der Geschäftsführer früher bei einer Sicherheitsbehörde gearbeitet hat, bevor er sich wegen einer Rückenverletzung aus dem Staatsdienst verabschieden musste. Füllhauer hat launig angemerkt, dass der Chef ihnen eigentlich hätte unsympathisch sein müssen, weil er einen Wimpel von 1. FC Nürnberg im Büro hängen hat, aber das war nur eine Randerscheinung. Er war sehr kooperativ, hat die Kollegen mit Kaffee und Kaltgetränken versorgt und ihnen ein Büro zur Verfügung gestellt, von dem aus sie das Gebäude der Ohlmanns GmbH beobachten konnten. Sogar eine Videokamera bekamen sie gestellt, mussten nur die SD-Karten mitbringen."

„Alle Achtung!", kommentierte Tom Hermanns sarkastisch, „Dem Burschen sollte man das Verdienstkreuz verleihen." – „Hat er schon", versetzte Rakowski. „Das hat dem Glauben an seine Zuverlässigkeit bei den Kollegen einen richtigen Schub versetzt. Der Geschäftsführer der TPATS hatte die Verleihungsurkunde im Büro hängen, und Lars Füllhauer hat sie fotografiert. Hier, er hat mir das Foto per What's App rübergeschickt."

Er reichte Detlef Schall sein Handy, und nach einem Blick auf das Display nickte dieser beifällig. „Na gut, dann eben keinen Orden, aber vielleicht können wir diesem Peter M. Sartorius einen Kasten…"

Das Krachen eines umfallenden Stuhls unterbrach Schalls Worte. Klaus Heppner war aufgesprungen und starrte mit weit aufgerissenen Augen auf den Mann, der mit einem breiten selbstgefälligen Grinsen in der Tür stand.

„Du?", flüsterte der erschütterte Heppner, und die Blicke aller Kollegen hefteten sich auf die Person in der Tür, die sich lässig von Rahmen abstieß und in den Raum trat.

„Ja, ich", antwortete der Mann, und sein Grinsen wurde breiter. „Ich werde die Planstelle A 12 beim KK 11 bekommen, wenn jetzt nichts mehr schiefgeht. Du bist als Konkurrenz ausgeschaltet, was nicht leicht war, aber dank der Hilfe von van Dyke hat es ja doch geklappt." Er ließ den Blick über die sprachlosen Anwesenden gleiten, und sein Grinsen wurde so breit, dass es fast die Ohren erreichte. „Habe ich nicht gesagt, dass ich vielleicht schneller zurück bin als erwartet?"

Es war Jimmy Hellwich, und nicht nur Klaus Heppner schien mit den Tränen der Wut zu kämpfen. „Und ich habe dich für meinen Freund gehalten", flüsterte er. Hellwich ließ das kalt.

„Du verstehst das völlig falsch, Klaus. Hier geht es nicht um Freundschaft, sondern um eine Planstelle nach A 12. Da ist Freundschaft irrelevant. Für die 250 € mehr im Monat würde ich sogar meine Mutter verkaufen, wenn sie noch lebte."

Klaus Heppners Blutdruck ließ seinen Kopf rot anlaufen. Er schnappte nach Luft, sprang auf und rannte aus dem Raum. „Da geht er hin und kommt nicht wieder", kommentierte Hellwich den Abgang seines ehemaligen Kontrahenten gallig.

Dieser Zynismus war zu viel für Hanna Karl und Tom Hermanns. Beide erhoben sich ebenfalls, gingen hinaus und musterten Hellwich dabei mit einem Blick, mit dem man wohl einen dampfenden, stinkenden Misthaufen bedacht hätte. Ihr Handeln und das kommentarlose Hinnehmen des Verschwindens durch Detlef Schall brachte alle Kollegen offenbar auf die Idee, es ihnen nachzutun, und mit jedem hinausgehenden Kollegen wurde Hellwichs Grinsen schmaler, bis es völlig verschwand.

Nur er, Detlef Schall und Steffi Cornelius befanden sich noch im großen Besprechungsraum. Hellwich bemerkte seine Kollegin, die in ihrem Handy herumscrollte, und wieder erschien ein siegessicheres Lächeln auf seinem Gesicht.

„Na, wenigstens eine ist auf meiner Seite. Ich freue mich darüber, Steffi, und ich glaube, dass…"

Steffi Cornelius blickte auf und bemerkte, dass Paul Rakowski sein Handy auf dem Tisch vergessen hatte, und ohne Jimmy Hellwich auch nur eines Blickes zu würdigen stand sie auf und war mit zwei Schritten neben Pauls Platz. Als sie nach dem Gerät griff und auf das Display sah, versteifte sie sich und sah ihren Chef mit aufgerissenen Augen an.

„Ruf sie zurück, Detlef. Alle! Und zwar sofort. Das müssen sie einfach hören. Ich hätte es nicht geglaubt, wenn ich es nicht selbst gesehen hätte." Sie legte ihr eigenes Handy neben das ihres Kollegen Rakowski auf ihre Handfläche und hielt Detlef Schall beide Geräte unter die Nase. „Sieh selbst! Ohne Frage die gleiche Person, wenn auch mit anderem Namen."

„Das ist ja ein dicker Hund", flüsterte Schall und nickte Steffi zu, die sich wieder setzte. „Was für ein dicker Hund?", fragte Hellwich, doch Detlef Schall reagierte erst nach der zweiten Wiederholung der Frage, indem er aufblickte und Hellwich kalt ansah.

„Nichts, was dich angehen würde. Du bist nicht Mitglied dieser Kommission, und du wirst diesen Raum jetzt umgehend verlassen. Ich habe deine Insubordination und deine Intrigen gegen Klaus genau beobachtet, und ich habe meine Schlüsse daraus gezogen. Du bist nicht im Mindesten teamfähig, sondern egozentrisch, intrigant und karrieregeil, und genau das brauchen wir hier beim KK 11, auch in der Führungsetage, so nötig wie Fußpilz oder die Beulenpest.

Ich weiß nicht, was ich tun kann, um zu verhindern, dass du diese Planstelle bekommst, aber ich werde alle mir zur Verfügung stehenden Mittel einsetzen. Was machst du noch hier? Raus jetzt!"

Schall war bei den letzten Worten aufgestanden und auf Hellwich zugegangen, der kreidebleich geworden war, sich auf dem Absatz umdrehte und hinauslief. Seinen ersten Auftritt als neuer stellvertretender Leiter des KK 11 hatte er sich anders vorgestellt.

Schwer atmend setzte sich Schall wieder und versammelte seine Herde. Selbst Heppner saß mit gesenktem Kopf auf seinem Stuhl, aber nicht einmal die zahlreichen Klapse auf seine Schultern vermochten ihn zu trösten. Er hob erst wieder den Blick, als Steffi Cornelius ihre Nachricht verkündete.

„Als Detlef den Namen des Chefs der TPATS aussprach, klingelte noch nichts in meinem Hirn, aber nachdem ich sein Foto auf Pauls Handy gesehen habe wusste ich, wo ich ihn hinstecken soll. Haltet euch besser fest.

Peter M. Sartorius dürfte inzwischen 33 Jahre alt. Ich kenne ihn unter dem Namen Sebastian M. Pastorius. Kling schon sehr ähnlich, doch das ist nicht alles. Beide Personen sind auf jeden Fall identisch, und das liegt nicht nur daran, dass der mittlere Name in beiden Fällen Mohammed lautet.

Der zweite Vorname resultiert aus der Tatsache, dass sein Vater Tunesier war, weshalb er auch fließend Arabisch und französisch spricht. Seine Eltern starben am 11.04.2002 bei dem Anschlag auf Djerba, als Terroristen einen Tanklastzug vor einer Synagoge explodieren ließen. Sartorius legte den arabischen Namen seines Vaters ab, nahm den Geburtsnamen seiner Mutter an und änderte die Reihenfolge seiner Vornamen. Er trat in den Staatsdienst ein, um Terroristen bekämpfen zu können, aber er war kein Polizist. Er war auch nicht aus Nordrhein-Westfalen, sondern aus Franken, was den Club-Wimpel in seinem Büro plausibel macht. Seine Personalakte wurde mir zugesandt, und sein Foto habe ich auf mein Handy kopiert.

Leute, der Bursche war früher beim bayerischen Verfassungsschutzamt und in dieser Funktion der VP-Führer unseres Nusret Jallanoui."

„Ich wird bekloppt", flüsterte Schall, und alle nicken beifällig. „Es ist garantiert kein Zufall, dass Jallanouis ehemaliger Führungsoffizier ausgerechnet dort auftaucht, wo wir die Zentrale der Terroristen vermuten. Aber da kann doch was nicht stimmen! Jemand, der Terroristen bekämpft, wird doch nicht plötzlich selbst zu einem!"

„Trotzdem ist das unsere heißeste Spur", sagte Hanna Karl und stand auf. „Ich bin dafür, dass wir uns mit geballten Kräften diese TPATS GmbH mal ansehen. Vielleicht ist es besser, wenn wir alles dorthin schicken, was Beine hat, inklusive der Spezialeinheiten. Vielleicht können wir diese Killer dort abfangen."

Schall nickte und griff zum Telefon, um die Durchsuchungsbeschlüsse zu beantragen und die Spezialeinheiten zu bestellen. Alle anderen rannten in ihre Zimmer, um sich mit Schutzwesten und Dienstwaffen auszustatten. Auch Heppner folgte ihnen und machte sich für den Einsatz fertig. Als er sein Büro verließ, war auf dem

Bildschirm immer noch das Formular zu sehen, welches er zuletzt aufgerufen hatte.

Das Versetzungsgesuch für eine Fachlehrerstelle im Ausbildungszentrum Selm-Bork.

Fünfzehn

3. Juni, Nachmittag

„Ihr seid echte Stümper, Mehdi! Nicht nur, dass ihr die Frau nicht getötet habt, ihr habt euch auch dabei erwischen lassen, und Mahmut…. Ich habe keine Worte für das Versagen. Erschossen von einer Frau! Ihr habt Schande über euch und über den Djihad gebracht!"

Der Erhabene war fast weiß vor Wut. Er stand vor dem unglücklichen Mehdi, dessen Augen nach wie vor rot und geschwollen waren. Marions Pfefferspray hatte ganze Arbeit geleistet.

„Ich überlege mir noch, was ich mit dir anstellen werde", fauchte der Erhabene, und Mehdi nickte unglücklich. „Geh jetzt zu den Soldaten und hilf Amir, die Kämpfer auszurüsten. Und stelle dich dabei nicht ungeschickt an. Die Sprengmittel sind echt."

Mehdi nickte und ging mit gesenktem Kopf hinaus. Er kochte innerlich vor Wut und schwor sich, die Scharte auszuwetzen. Er würde sich diese Hündin schon noch holen, koste es, was es wolle. Vielleicht würde der Erhabene ihn dann mit mehr Achtung betrachten. Er öffnete die Tür zum Ausbildungsraum, wo die vier Attentäter und Amir um ihre Ausrüstung herumstanden.

„Alles klar? Jeder von euch erhält eine komplett mit Sprengmitteln gepolsterte Windjacke, eine ebenso präparierte Cargohose und einen zusätzlichen Rucksack, der drei Mineralwasserflaschen mit hochentzündlichen Flüssigkeiten und weiterem Sprengstoff enthält. In die Westen, die ihr darüber zieht, sind gezackte Metallstücke eingenäht. Darüber hinaus erhält jeder von euch eine Kalaschnikov mit einschiebbarer Schulterstütze, die ihr an einem Schulterriemen unter der Jacke tragen werdet.

Nummer vier wird euch die Flaschen aus den Rucksäcken holen und anreichen, wenn ihr das Zielgebiet erreicht habt. Nach dem Einnehmen eurer Positionen werdet ihr zunächst die Flüssigkeiten unauffällig ausgießen und zu Beginn des Feuerwerks einen Feuergürtel erzeugen, der die Menschen von euch fernhält und schon etliche Ungläubige verbrennen wird. Dann werdet ihr die Personen um euch herum mit den Maschinenwaffen niederkämmen und auf Nummer vier zutreiben, der zwischen den Fliehenden seine Sprengstoffe zünden wird.

Die übrigen verschießen ihre restliche Munition, simulieren dann aufzugeben und jagen sich mit den Polizisten, die sie festnehmen wollen, in die Luft.

Ich schätze, dass ihr ungefähr 400 bis 500 Ungläubige mit euch nehmen werdet. Allah und sein Prophet werden stolz auf euch sein, und im Paradies werden die Jungfrauen auf euch warten. Sprecht eure Gebete, dann werden Mehdi und ich euch beim Anlegen eurer Ausrüstung helfen. Allahu Akbar!"

„Allahu Akbar!", antworteten die vier jungen Männer wie aus einem Mund und knieten in Richtung Osten nieder. Der Erhabene, der das Ganze durch den venezianischen Spiegel beobachtete stellte fest, dass Nummer vier mit besonderer Inbrunst zu beten schien. Nun ja, wer sich in wenigen Stunden zum Märtyrer Allahs machen würde, durfte sich auch Trost verschaffen.

Nach wenigen Minuten standen die vier auf und nickten Amir zu, der erstaunt den Unterschied im Gesichtsausdruck der vier feststellte. Während die Nummern eins bis drei angespannt wirkten, überzog so etwas wie ein glückliches Lächeln die Miene des kleinen Hackfleischschwenkers. Amir schnaubte nur verächtlich. Jetzt entwickelte der Kleine sogar Glücksgefühle, dass er sich in die Luft sprengen durfte. Er ging zu ihm und half ihm in Jacke, Weste und Rucksack, bevor er die Steckkontakte der Zündeinrichtungen verband.

„Denkt daran, dass ihr die Sicherung des Auslösers erst unmittelbar vor dem Einsatz löst", erinnerte Amir seine Schützlinge noch einmal. „Sie befindet sich in eurem rechten Ärmel und wurde von Nummer eins konstruiert." Er nickte dem Soldaten zu, der früher einmal Hakeem Al-Fassi genannt worden war. „Der Zünder ist durch einen Bügel gesichert, den ihr beiseiteschieben müsst. Wenn ihr dann auf den roten Knopf drückt…. Ihr werdet nichts mehr merken."

Die vier nickten und breiteten die Arme aus. Amir kontrollierte bei Nummer vier, der als einziger keine Maschinenwaffe erhalten sollte, nochmals den Sitz von Jacke und Weste. Er bemerkte, dass der Junge den rechten Arm besonders vorsichtig bewegte, und nickte befriedigt, als er feststellte, dass keine verräterischen Drähte zu sehen waren.

Als er Nummer zwei ausstaffiert hatte, der sofort die Hände in die Taschen seiner Weste steckte, wollte er den

Saal verlassen, doch ein unerwartetes Ereignis hielt ihn zurück. Eine Stimme ertönte, und die Worte ließen Amir seinen Ohren nicht trauen.

„Keiner bewegt sich!"

Amir drehte sich langsam um, und blickte auf Nummer vier, der mit ausgebreiteten Armen nahe der verspiegelten Wand stand, und seine Überraschung wurde zum Erschrecken, als er den entsicherten Auslöser in der Hand des Jungen sah.

„Was soll das?", ertönte die Stimme des Erhabenen über die Lautsprecher, und Amir beruhigte sich wieder. Ihr Chef würde den kleinen Hackfleischfuzzi schon zur Vernunft bringen. Der rührte sich jedoch nicht von der Stelle.

„Ihr wollt Tod und Terror in dieses Land tragen. Ihr wollt unschuldige Menschen töten, die uns nichts getan haben. Und das im Namen des Islam. Oder ist euer Grund in Wirklichkeit ein anderer?"

„Was meinst du damit", fragte Amir, der jetzt beunruhigt einen Schritt auf Nummer vier zu machte, der jedoch sofort die Hand hob und signalisierte, dass er den Auslöser drücken würde. Amir entschloss sich, nichts zu riskieren und blieb stehen.

„Die Menschen hier haben uns freundlich aufgenommen und mit Achtung und Respekt behandelt. Sie haben uns Möglichkeiten gegeben, die wir in unserer Heimat nie gehabt hätten. Wir fanden Achtung, Anerkennung und haben Freundschaft und Liebe erfahren. Und wie wollen wir das vergelten? Mit Tod und Hass im Namen unseres Glaubens, den sie sogar respektieren!"

„Das reicht!", grollte der Erhabene, und über den Lautsprecher war zu hören, dass er von dem plötzlichen Aufbegehren seiner Nummer vier überrascht war. „Achtung, Anerkennung…. All das ist doch nur Schein! Die Ungläubigen tun doch nur so als würden sie unseren Glauben tolerieren, doch insgeheim verachten sie uns. Deshalb müssen sie vertilgt werden, und zwar alle und ohne Gnade!"

„Wir werden heute Abend Frauen töten…. Und Kinder! Versteht ihr das?" Der junge Mann wandte sich an seine drei Kameraden, doch diese zeigten keinerlei Regung und schienen nur zu warten.

„Von ihnen wirst du keine Unterstützung erhalten", zischte Amir. „Ich wusste doch, dass man dir nicht trauen kann. Hätte ich nur auf mein Gefühl gehört."

„Bleibe ganz ruhig, mein Junge." Die Stimme des Erhabenen hatte jetzt einen väterlichen Klang angenommen. „Du bist verwirrt, und…" – „Nein, ich weiß genau, was ich mache. Vielleicht sehe ich jetzt endlich klar", unterbrach ihn Nummer vier.

„Ihr wollt im Namen des Propheten ein unfassbares Massaker anrichten. Genauer gesagt, wir sollen es für euch tun, und ihr seht euch alles beruhigt und mit auf dem Bauch gefalteten Händen an. Warum sprengt ihr euch nicht selbst in die Luft, wenn ihr so erpicht aufs töten seid?"

„Weil wir noch eure Nachfolger ausbilden müssen, du Vollidiot!", übernahm Amir die Erklärung. „Glaubst du denn im Ernst, dass ihr die einzige Gruppe seid? Nein, es sind noch drei andere im Rennen, die wir wie euch schulen werden. Und bei denen ist bestimmt kein Versager wie du dabei." Ihm fiel etwas ein, und er begann langsam zu grinsen.

„Wieso kröpfst du dich eigentlich so auf, weil du Frauen und Kinder töten sollst? Du hast doch schon damit angefangen, als du deine Freundin liquidiert hast. Du bist also schon ein Mörder, hast also den point of no return überschritten, und eine oder mehrere, wo ist der Unterschied?"

„Es gibt einen Unterschied, sogar einen wesentlichen", antwortete der Junge fest, und das Lächeln auf seinem Gesicht wurde strahlend. „Meine Kameraden haben vielleicht ihren Auftrag ausgeführt, aber ich nicht."

Amirs Augen wurden groß, und auch der Erhabene schwieg verblüfft, sodass der Junge in der Sprengweste weitersprechen konnte. „Nadine Lürmann lebt. Ich habe sie zwar niedergeschlagen, aber nicht wie gefordert erwürgt.

Als ich meine Hände um ihren Hals legte, ist etwas in mir zerbrochen. Ich sah auf einmal, dass ich sie nicht töten konnte, nicht töten durfte. Es war nicht mein Wille, sondern etwas, was mir übergestülpt worden war, was mich zwingen sollte, sie umzubringen.

Ich habe also einen Zettel geschrieben, dass sie ihre Mutter holen und diese laut schreien sollte, um den Mord vorzutäuschen, denn ich wusste, dass ich beobachtet werden würde. Und richtig; unser Ausbilder erwartete mich, und meine Vorsicht erwies sich als richtig.

Ihr wollt uns zu Mördern machen, zu Mördern im Namen meines Glaubens, doch ihr seid im Irrtum. Der Islam ist keine Religion des Hasses.

Meine Kameraden haben getötet, und ich habe es nicht verhindert. Ich habe Schuld auf mich geladen, und ich kann es nur sühnen, indem ich euch aufhalte. Ich habe diese Worte schon oft gesagt, aber jetzt sage ich sie von ganzem Herzen!"

„Halt, Nummer vier, ich…" Der Erhabene wich entsetzt von der Glaswand zurück, doch sein letzter verzweifelter Versuch verpuffte, denn der Angesprochene drehte sich nur zur Wand und lächelte.

„Ich bin nicht Nummer vier. Ich bin Mohammed Al-Tahiqq, und du darfst mich Sammy nennen.

Allahu Akbar!"

Amir und Mehdi sprangen den Jungen gleichzeitig an, doch es war zu spät. Die Explosion der Weste löste eine Kettenreaktion aus, und als auch die übrigen Bombenequipments explodierten, wurden die Wände der Halle nach außen gedrückt. Der große Spionspiegel zerbarst, und mit Entsetzen sah der Erhabene die Splitter auf sich zu fliegen.

***

„Heiliger Himmel, was war das denn?", schrie Detlef Schall, der sich wie die übrigen Kollegen schleunigst zu Boden geworfen hatte.

„Offenbar sind denen die eigenen Bomben um die Ohren geflogen", vermutete Heppner, dem die Ohren klingelten. Er hob vorsichtig den Kopf und spähte aus der Deckung auf die rauchenden Trümmer der Halle, die sie eigentlich zu stürmen gedacht hatten.

Ein Teil des Daches war eingestürzt, doch die massiven Außenpfeiler hatten dem Explosionsdruck standgehalten, und nach wenigen Minuten signalisierten die eindringenden Spezialeinheiten, dass die Ruine gesichert sei. Detlef Schall und seine Kollegen tasteten sich vorsichtig über die Trümmer durch halb eingestürzte Flure bis ins Zentrum des Gebäudes, in dem die Zerstörung am stärksten war. Die freie Fläche war mit Blut, Gewebefetzen und abgerissenen Gliedmaßen bedeckt, und der Anblick löste selbst bei den abgebrühtesten Polizisten einen Brechreiz aus.

Ein leises Stöhnen aus den Überresten eines Nebenzimmers ließ die Männer zusammenzucken. Es war unwahrscheinlich gewesen, in diesem Chaos einen Überlebenden anzutreffen, aber offenbar hatte jemand die Explosion überstanden. Vorsichtig räumten die Beamten die Trümmer beiseite, bis sie einen Körper freigeräumt hatten.

Der Mann lebte, aber das war auch das einzig Positive. Seine Kleidung war völlig zerfetzt, und er schien am ganzen Körper zu bluten, was wenig verwunderlich war, da er mit Glassplittern gespickt war wie ein Mettigel mit

Salzstangen. Trotzdem war er bei Bewusstsein, und trotz seiner Verletzungen lächelte er die Polizisten an.

„Ausgespielt, Sartorius, oder soll ich Sie mit Ihren wirklichen Namen Pastorius anreden?" Detlef Schall übernahm die Kommunikation mit dem Verletzten, obwohl er nicht sonderlich erpicht darauf war, aber er benötigte noch einige Antworten von ihm. Der Mann schnaubte, und der blutige Schaum, der aus seinen Nasenlöchern trat zeigte eindeutig, dass die Splitter sehr tief eingedrungen waren.

„Sieht so aus", stöhnte der Verletzte. „Der Plan ist gescheitert. Verdammt! Ich hätte niemals gedacht, dass der kleine Maroc die Konditionierung durchbricht." Er hustete, und feine Blutstropfen erschienen auf seinen Lippen.

„Nicht sprechen, der Arzt ist unterwegs". Schall legte dem Verletzten vorsichtig die Hand auf die Schulter, doch der schüttelte den Kopf. „Bis der kommt, bin ich tot. Ihr müsst die ganze Geschichte erfahren."

„Ja, das würde mich schon interessieren", meldete sich Tom Herrmanns. „Wie wird ein Terroristenjäger selbst zum Terroristen?" Ihr Gefangener verzog trotz seiner Schmerzen sein Gesicht zu einem Lächeln.

„Wer sagt denn, dass ich ein Terrorist bin? Ich jage sie nach wie vor, allerdings mit meinen eigenen Mitteln."

Er sah die Verständnislosigkeit in den Gesichtern der Umstehenden, und sein Lächeln wurde traurig. „Unsere

Maßnahmen zur Bekämpfung von Terroristen waren gescheitert, als Unmengen von Flüchtlingen unsere Grenzen überfluteten. Unter ihnen befanden sich neben normalen Kriminellen etliche Schläfer, die nur auf ihren Einsatzbefehl warteten, und IS-Kämpfer, die nur kamen um unsere Rechtsordnung zu zerstören. Wir haben mit der Öffnung der Grenzen die Büchse der Pandora geöffnet und unser System der öffentlichen Sicherheit selbst vernichtet."

Der Mann holte keuchend Luft, um fortfahren zu können. „Vor drei Jahren berichtete mir Jallanoui von einem syrischen Kurier, der eine Liste mit Schläfern mitführen sollte. Er hat sich an den Boten herangemacht und sich die Informationen von ihm besorgt. Ich weiß nicht was er mit ihm angestellt hat, aber die Zielperson war nachher nicht mehr am Leben. Wir haben den Wert der Erkenntnisse sofort erkannt und den Tod des Syrers vertuscht.

Ich entwickelte dann einen Plan, der das Ende des Terrors bedeuten sollte. Statt der wirklichen Terroristen würde ich die Schläfer aktivieren, nachdem ich aus dem Dienst ausgeschieden war. Durch die Anschläge sollte die Bevölkerung so in Wut versetzt werden, dass sie die Flüchtlinge aus Deutschland wieder vertreibt, und zwar alle. Ich wollte das Problem also an der Wurzel packen. Wenn der deutsche Michel aus der Lethargie erwacht, macht er keine halben Sachen. Keine Ausländer in Deutschland, keine Terroristen." Er hustete, und ein Blutfaden begann aus seinem Mundwinkel zu sickern, während sich sein Gesicht verzerrte.

„Und dafür opfern Sie so viele Menschenleben? Jallanoui, Sandra Vetter und die anderen, und dazu die vielen Opfer beim Anschlag auf die Mühlenweide… unschuldige Opfer in einem perfiden Spiel?" Heppners Stimme war der Ekel anzumerken, doch Pastorius/Sartorius widersprach, obwohl er immer mehr Mühe hatte zu sprechen.

„Ja. Es müssen immer einige sterben, um viele zu retten. Jallanoui hatte plötzlich Bedenken und musste ausgeschaltet werden. Die anderen… traurig, aber notwendig. So einfach ist das."

„So einfach ist das", echote Schall. „Und dann sollte sich Deutschland in einen ausländerfeindlichen, autoritären Polizeistaat verwandeln. Mann, Sie haben wohl zu viel ‚V wie Vendetta' oder ‚Watchmen - die Wächter' gesehen. Und das höre ich von jemandem, dessen Vater selbst außerhalb Deutschlands geboren wurde. Na klasse! So was kann doch nur einem einzelnen verwirrten Geist entspringen. Ich wundere mich nur, dass der Verfassungsschutz Sie nicht gestoppt hat." Er sah seinen Gefangenen an, dessen Augen sich bereits umschatteten. Dennoch zeigte er in seinen letzten Sekunden nichts als Erheiterung.

„Wie rührend naiv", flüsterte der Sterbende, während Blut aus seinen Augen trat. „Glaubt doch echt, ich hätte die Scheinfirmen, falschen Pässe und die ganze Organisation ohne Hilfe…" Er hustete, und ein Strom von Blut schoss aus seinem Mund, bevor er sich mit einem letzten Röcheln aufbäumte und zurückfiel.

„Vorbei", seufzte Schall und ließ den Körper des Toten zurücksinken. Er stand auf und verließ mit seinen Männern den Tatort, um den Männern des Oberhausener Erkennungsdienstes Spurensicherung und Aufräumarbeiten zu überlassen.

Vor der Tür blieb Heppner stehen und riss sich die Schutzweste vom Oberkörper. Er sah sie fast angewidert an und schleuderte sie in den Kofferraum des Dienstwagens. „Was ist mit dir los?", fragte ihn Detlef Schall, doch es dauerte fast eine Minute, bis sein Kollege antwortete.

„Ich könnte kotzen, Detlef. Nicht, weil irgendein Spinner einen Plan entwickelt, der Menschen das Leben kostet, um eine abstrakte Bedrohung abzuwehren. Auch nicht, weil nicht wir es waren, die den Anschlag verhindert haben, sondern ein tapferer Junge, der sich geopfert hat, um andere zu retten. Zu schade, dass er nicht wusste, dass wir schon vor der Tür standen. Nein, es ist etwas Anderes.

Hast du die letzten Worte von Pastorius gehört? Wenn ich es richtig verstanden habe, wurde er von behördlicher Seite bei der Durchführung der Aktion unterstützt. Verfassungsschutz, Bundesnachrichtendienst... irgendjemand war der Meinung, dass er richtig handelt, dass das Opfer unschuldiger Menschen gebilligt werden kann. Und für diesen Staat arbeiten wir?"

„Ruhig, Klaus", beruhigte ihn sein Chef. „Auch die Unterstützer werden wir irgendwie herausfinden, und dann gnade ihnen Gott. Es wird Zeit kosten, aber wir kriegen sie."

Heppner versank in dumpfes Brüten, als sie nach Duisburg zurückfuhren. Er war nicht Detlefs Meinung. Zu oft schon hatte er feststellen müssen, dass Geheimdienste scheinbar außerhalb des Gesetzes standen. Er schloss die Augen und dachte über die Worte von Pastorius nach. Die Büchse der Pandora… da war irgendetwas, doch es fiel ihm nicht ein. Noch nicht…

***

Karsten Pawelczyk stützte die rechte Hand auf den Schreibtisch und sah den Mann auf der anderen Seite fassungslos an. „Was haben Sie da gesagt, Mann?", flüsterte er.

„Ist doch nichts passiert! Was wollen Sie denn eigentlich? Ich hatte doch recht mit meinem Vertrauen in die Polizei. Sie und Ihre Kollegen haben einen guten Job gemacht. Warum also gehen Sie mir auf den Geist?"

Der Dezernent der Stadt Duisburg schien ziemlich genervt zu sein über den Polizisten, der ihn bebend vor Wut musterte. Jetzt stand er auf und holte tief Luft.

„Ich habe Ihnen schon einmal gesagt, dass ich alles getan habe, was in meiner Macht stand. Die Veranstaltung absagen? Wie kommen Sie mir denn vor? Warum hätte ich das tun sollen? Und jetzt ist die Gefahr vorbei, wenn sie überhaupt so konkret war, wie Sie behauptet haben. Das einzige, was dafür spricht ist doch Ihre eigene Aussage!"

„Und vierzehn tote Menschen", entgegnete Pawelczyk kalt. „Zumal es nicht uns zu verdanken ist, dass der Anschlag vereitelt wurde. Wenn nicht einer der Terroristen plötzlich zu Verstand gekommen wäre, wären wir zu spät gekommen, das Attentat hätte geklappt, und wir hätten wahrscheinlich nur noch die Toten zählen können."

„Pah! Was sind denn 14 Tote? Hauptsache, Duisburg ist mit einem vereitelten Attentat mal wieder positiv in den Schlagzeilen. Wie das hingehauen hat, ist mir scheißegal. Auch die 14 Toten sind mir scheißegal. Erstens waren nur ein paar davon Duisburger, und zweitens spielte sich das fast unter Ausschluss der Öffentlichkeit ab. Also wozu die Nachricht breittreten? Die Wahrheit würden die Schafe doch nicht verkraften."

„Ich bin echt gespannt, wie Ihre Wähler oder Ihr Chef auf diese Worte reagieren würden", wiederholte sich Pawelczyk, doch sein Gegenüber grinste nur zynisch.

„Mein Chef hört ja nicht mit, und was er nicht weiß, macht ihn nicht heiß. Politik bedeutet für die Führer doch, dass Untergebene die unangenehmen Dinge von ihnen fernhalten. Da wird das Dementi gleich viel glaubwürdiger. Und die Wähler? Die müssen und wollen doch auch nicht alles wissen! Ich habe Ihnen schon mal gesagt, dass mein Vertrag erst in sieben Jahren ausläuft. Egal, wie viele Menschen ins Gras beißen: bis dahin hat die blöde Masse Mensch alles vergessen. Und schließlich werde nicht ich zur Rechenschaft gezogen, sondern das Stadtoberhaupt selbst. Sollen sie doch ihr Bauernopfer bekommen, Hauptsache ich bleibe bedeckt."

Der Mann sah nicht, wie sich hinter ihm eine Tür öffnete und ein hellblonder Mann mit Hornbrille hinter ihn getreten war, bis dieser ihm von hinten auf die Schulter tippte. Der Dezernent drehte sich herum, und seine Kinnlade fiel herab.

„Herr... Herr Oberbürgermeister, ich..." – „Sie werden heute Ihren Schreibtisch räumen und sich in einen sehr, sehr langen Urlaub verabschieden. Neben Ihrer Meinung zu meiner Person, die Ihre Privatsache ist dulde ich in meiner Verwaltung keinen Mitarbeiter mit einer solch menschenverachtenden Einstellung. Gehen Sie! Gehen Sie einfach, und wagen Sie es nicht, irgendwelche Akten mitzunehmen. Wir haben ja die Polizei hier, um strafrechtliche Maßnahmen einzuleiten." Er nickte Pawelczyk zu, der das Duisburger Stadtoberhaupt vertraulich angrinste.

„Aber wie... wie haben Sie..." Der Dezernent war immer noch über das Auftauchen seines Chefs wie vom Donner gerührt. Der Polizist lächelte und zog die linke Hand hinter dem Rücken hervor. Sie hielt ein eingeschaltetes Handy, und das Display zeigte die Durchwahl des Duisburger OB an. „Sie Dreckschwein", knirschte der Dezernent, aber Pawelczyk zuckte nur die Achseln.

„Wer das wirkliche Dreckschwein ist, darüber braucht man wohl nicht zu diskutieren. Gut gemacht!", lobte der Politiker, als sein Untergebener sein Büro verlassen hatte. „Wenn wir eine bürgerorientierte Verwaltung installieren wollen, müssen wir die Unmenschen von ihren Posten entfernen. Bei zumindest einem haben wir es geschafft."

Wenigstens etwas, dachte Pawelczyk, als er in sein Büro zurückkehrte. Er sah auf seinen Schreibtisch und entdeckte vier Fernschreiben mit aktuellen Terrorwarnungen, die mit den Worten „Wichtig" und „eilt" versehen waren.

Der Kommissariatsleiter seufzte und schüttelte frustriert den Kopf, während er zum Telefon griff. So etwas wie eine Ruhepause blieb der geschundenen Polizei wohl nicht vergönnt.

Epilog

Eine Woche später

Heppner saß in seinem Büro und starrte auf den Bildschirm, als Hanna Karl sein Büro betrat und sich lächelnd in seinen Besucherstuhl fallen ließ. „Weißt du schon das Neuste? Detlef Schall hat beim Leiter der Direktion Kriminalitätsbekämpfung und unserer Polizeipräsidentin gegen die Besetzung der Führungsposition beim KK 11 durch Jimmy protestiert, da diese Personalentscheidung dazu führen würde, dass fast alle Mitglieder des KK 11 sofort Versetzungsgesuche einreichen würden. Also wurde Jimmy mit sanftem Druck gebeten, seine Bewerbung zurückzuziehen. Man wird ihm stattdessen die Leitung des Regionalkommissariates in Hamborn anbieten. Da bekommt er in drei Monaten auch die ersehnten A 12 und ist uns nicht mehr im Wege, denn Detlef will ihn nicht mehr bei uns in den Mordkommissionen sehen. Seine Intrigen haben ihm hier alle Türen zugeschlagen."

Ihr Kollege nickte nur stumm und lehnte sich mit geschlossenen Augen zurück. Er fühlte sich einfach nur noch müde. Hanna betrachtete ihn einige Sekunden lang und erkannte die Notwendigkeit, ihn auf andere Gedanken zu bringen. „Hatte ich dir schon erzählt, dass Tom mir einen Heiratsantrag gemacht hat? Nein? Dann nimm dir für den 17. März 2018 mal nichts vor. Ich habe nämlich ja gesagt."

Sie sah, dass Heppner sich bei diesen Worten etwas entspannte und legte nach, indem sie schnell das Thema wechselte. „Übrigens, Klaus, was hat es eigentlich mit dieser Büchse der Pandora auf sich? Du bist doch unser Fachmann für Sagen des klassischen Altertums". Der Polizist dachte kurz nach, und zum ersten Mal seit Tagen wanderten seine Mundwinkel wieder etwas nach oben.

„Du hast Recht, das stammt aus der griechischen Mythologie. Ich musste auch erst nachschlagen. Erinnerst du dich vielleicht an Prometheus, der den Göttern das Feuer gestohlen und den Menschen geschenkt hatte?" Hanna nickte. Soviel war ihr bekannt.

„Der oberste Olympier Zeus war über den Diebstahl stinksauer und ersann eine List. Er ließ Hephaistos, den Gott des Feuers, aus Lehm die erste Frau schaffen und nannte sie Pandora. Sie heiratete den Bruder des Prometheus, und Zeus schenkte ihr zur Hochzeit eine Büchse, wies sie aber an, das Gefäß auf keinen Fall zu öffnen. In typisch weiblicher Neugier sah Pandora trotzdem nach, und mit dem Öffnen der Büchse kam alles denkbar Schlechte wie Seuchen, Gier, Hass und Tod über die bis dahin perfekte Menschheit, bevor Pandoras Gatte den Deckel wieder schließen konnte. Dabei wurde das zuunterst befindliche Geschenk des Zeus wieder eingesperrt..."

Er verstummte, riss die Augen auf, und eine plötzliche Assoziation ließ ihn pfeifend ausatmen. Er dachte an einige Nachrichten, die er in den letzten Tagen erhalten hatte. Harry Merkens befand sich auf dem Weg der Besserung und würde wohl in zwei Wochen aus dem Krankenhaus entlassen werden, um in die Reha zu gehen.

‚Flecki' hatte ihm freudestrahlend erzählt, dass sein Gegner im Finale den Vereinsmeistertitel aus Gründen der Fairness abgelehnt habe und der Endkampf neu angesetzt worden sei – an einem seiner Urlaubstage. Er erinnerte sich an den Einsatz seiner Kollegen für ihn, an Peter Elgert, der sich der für seinen Kollegen bestimmten Kugel in den Weg geworfen hatte und mit ein paar Prellungen davongekommen war, und an seine tapfere Marion. Seine Gedanken wanderten von Hamit El Tannoui, der im wahrsten Sinn des Wortes wieder auf die Beine gekommen war, zu dem erfolgreichen Kampf gegen den Terror inklusive der Köpfe, die jetzt tatsächlich im bayerischen Verfassungsschutz rollten, und mit einem Gefühl unsagbarer Hochachtung dachte er an einen tapferen jungen Marokkaner, der eine fast unzerstörbare Konditionierung durchbrochen und sein Leben geopfert hatte, um andere zu retten.

„Was war denn das letzte Geschenk des Zeus, Klaus?", wollte Hanna wissen. Heppner sah von ihr zum Bildschirm seines PC, auf dem immer noch sein Versetzungsgesuch zu sehen war. Er löste seinen Blick vom Monitor, blickte zu ihr, gab sich einen Ruck und drückte auf „Löschen", bevor er seiner Kollegin lächelnd antwortete.

„Ein Seufzer, Hanna. Der Seufzer der Hoffnung..."

Ende

Vorschau

„April. Mai. Tot"

Von Georg von Andechs

Verona, Sommer 2015.

Auf ihrer Hochzeitsreise erinnert sich Klaus Heppner, wie er seine frisch angetraute Marion in Walsum Ende April 2010 kennengelernt hatte. Zu diesem Zeitpunkt starben binnen weniger Tage mehrere Paare nackt in ihren Betten, ermordet von einem Einbrecher, der keine Gnade mit den Schlafenden kannte.

Die Duisburger Mordkommission um Klaus Heppner beginnt mit den Ermittlungen, und mit Entsetzen stellen sie fest, dass es sich bei der letzten Toten der Mordserie um die Ehefrau eines ihrer Kollegen handelte. Doch sie lag mit einem anderen Mann im Bett, was ihren Mann Jochen Zander automatisch zum Hauptverdächtigen macht. Der scheint jedoch über jeden Zweifel erhaben zu sein, bis Hinweise auftauchen, die seine Reputation in Zweifel ziehen und zu beweisen scheinen, dass die Toten in Walsum nicht der Anfang der Mordserie waren....

„April. Mai.Tot" aus der Feder von Georg von Andechs erscheint Anfang 2018 bei Books on Demand